# SVEN KOCH

# DÜNEN STURM

EIN NORDSEEKRIMI

KNAUR

**Besuchen Sie uns im Internet:**
**www.knaur.de**

Aus Verantwortung für die Umwelt hat sich die Verlagsgruppe Droemer Knaur zu einer nachhaltigen Buchproduktion verpflichtet. Der bewusste Umgang mit unseren Ressourcen, der Schutz unseres Klimas und der Natur gehören zu unseren obersten Unternehmenszielen. Gemeinsam mit unseren Partnern und Lieferanten setzen wir uns für eine klimaneutrale Buchproduktion ein, die den Erwerb von Klimazertifikaten zur Kompensation des $CO_2$-Ausstoßes einschließt. Weitere Informationen finden Sie unter: www.klimaneutralerverlag.de

FSC
www.fsc.org
MIX
Papier aus verantwortungsvollen Quellen
FSC® C014496

Originalausgabe März 2023
Knaur Taschenbuch
Ein Imprint der Verlagsgruppe
Droemer Knaur GmbH & Co. KG, München

Dieses Werk wurde vermittelt durch die
Literarische Agentur Thomas Schlück GmbH, 30161 Hannover.
Redaktion: Regine Weisbrod
Covergestaltung: Kristin Pang
Coverabbildung: sergklein / AdobeStock
Satz: Adobe InDesign im Verlag
Druck und Bindung: GGP Media GmbH, Pößneck
ISBN 978-3-426-52944-7

2 4 5 3 1

# 1.

Die Nordsee gibt, die Nordsee nimmt.

Viele, die hier lebten, wussten von jemandem, den sie verschlungen hatte. Sie war nicht berechenbar, rau und stand für den Kampf des Menschen gegen die Natur. Sie war ein gefährlicher Gegner, Fluch und Segen zugleich. Sie formte das Land, und sie konnte es zerstören. Sie war undurchdringlich. Niemand wusste, was sie in ihren Tiefen verbarg. Einen ersten Schluck an Bord goss man vor dem Ablegen ins Meer – noch heute. Es hieß, es wäre ein Opfer für die Götter der Winde, doch es war eher eines für die See: Ich gebe dir, damit du mir nichts nimmst. Denn am Ende, das wusste jeder, der sich mit dem Wasser anlegte, am Ende siegte immer das Meer.

Tjark rauchte die Zigarette auf und blickte auf die grauen Wogen, über denen sich ein ebenso grauer Himmel spannte. Auch er hatte eine gespaltene Beziehung zum Meer. Er liebte es – und hasste es. Auf seinem Arm war eine große Woge tätowiert, frei nach einem bekannten japanischen Holzschnitt. Seine Mutter war ertrunken, wofür er sich lange verantwortlich gefühlt hatte. Und obwohl die Umstände ihres Todes mittlerweile geklärt worden waren, verschwand das Schuldgefühl nie ganz. Denn sie war bei einer Reise ums Leben gekommen, die Tjark seinen Eltern geschenkt hatte. Und letztlich blieb es ein Fakt: Sie würde noch leben, hätte er ihnen die Reise nicht geschenkt.

Und doch fühlte er sich zum Meer hingezogen – womöglich, da er in den Gischtkronen die Seele seiner Mutter zu erkennen glaubte? Da es nur einige Schritte und etwas Mut brauchte, um sie wiederzusehen und eins zu werden mit dem Wasser? War es das, was er fürchtete? Den Abgrund in sich selbst?

Tjark bohrte die Kippe in den Sand. Dort steckten schon einige Filter. Die Wolken hatten die Farbe des Betons der halb im Strand versunkenen Bunker, mit denen der Küstenstreifen bei Hvide Sande gesprenkelt war. Hier in Dänemark hatte die Wehrmacht die Invasion aufhalten wollen. Dabei hatten sich die Planer um ein paar Tausend Kilometer verschätzt. Weil man die Betonklötze nicht sprengen konnte und das Entsorgen viel zu aufwendig gewesen wäre, hatte die dänische Regierung beschlossen, die Trumme der Natur zu überlassen – und manchen Künstlern, die sich auf unterschiedliche Art und Weise mit den Relikten aus dunklen Zeiten befasst hatten. An Tjarks Lieblingsbunker war ein Schild mit der Aufschrift »Motel« angebracht. Denn nichts anderes war diese Welt: ein Ort, an dem man ein und aus ging, der mal von diesen, mal von jenen bewohnt und in den vergangenen Jahrtausenden von den verschiedensten Machthabern regiert worden war.

Nicht weit davon hatte Tjark kürzlich ein Ferienhaus auf unbestimmte Dauer gemietet. In seinem vorherigen hatten sich Dinge zugetragen, an die er sich nicht gerne erinnerte. Und vor allem wollte er Anne Madsen dem nicht aussetzen.

Anne war Polizistin wie Tjark, lebte in Århus und war in den letzten Monaten häufig zu Besuch gewesen – seit sie gewissermaßen ein Paar waren. Einer dieser Besuche würde ihr und Tjark bis in alle Ewigkeit in schlechter Erinnerung bleiben, und das Echo jener Geschehnisse schien zwischen den Wänden

des Hauses widerzuhallen. Daher hatte Tjark entschieden, das Mietverhältnis zu beenden und ein neues abzuschließen.
Dieses Mal hatte er ein Haus gewählt, das dunkelrot gestrichen war, ein schwarzes Dach und weiße Firste und Fensterrahmen hatte. Dänischer ging es kaum. Allerdings war es modern gebaut und eingerichtet, verfügte über große Panoramafenster und einen ebenfalls rot gestrichenen Carport, in dem Tjarks schwarzer BMW Z4 parkte – sein persönliches Batmobil.
Madsen hatte Tjark vorgeschlagen, dass er bei ihr in Århus wohnen könne, wann immer er wolle. Doch er war nicht auf das Angebot eingegangen. Denn Tjark war sich nicht sicher, ob ihre Beziehung reif genug dafür war. Vielleicht wollte er es ruhig angehen lassen, weil sie beide Verwundete waren und erst wieder Vertrauen gewinnen sollten. Womöglich machte er sich auch schlicht zu viele Gedanken, statt Tatsachen zu schaffen.
Er war kein einfacher Mann, was Madsen wusste. Noch immer machte er sich Vorwürfe wegen der runenförmigen Narbe an ihrem Oberschenkel. Madsen stand mit beiden Beinen im Leben und war eher praktisch veranlagt. Für sie war die Narbe nur eine Narbe. Behauptete sie zumindest. Tjark ahnte jedoch, dass sie log.
Denn er wusste, dass Madsen ihm in vielerlei Hinsicht ähnlich war und auf Knopfdruck einen Schutzschild hochfahren konnte. Dumm war nur: Wenn ein Dampfkochtopf zu viel Druck hatte und kein Ventil, flog er einem früher oder später um die Ohren. Tjarks Ventil funktionierte einigermaßen. Bei Madsen war er sich dessen nicht so sicher. Sie war fraglos hart im Nehmen, aber von der zerbrechlichen Seite her kannte er sie nicht gut genug. Und deshalb bereitete ihm große Sorge, dass sie nach ihrer Freistellung in der Folge der Vorfälle mit dem Runenkiller wieder mitten in intensiven Ermittlungen steckte:

Am Ostseeufer nahe Århus waren zwei junge Frauen brutal ermordet aufgefunden worden.
Ganz anders Tjark: Er hatte auf Drängen seines damaligen Chefs Hauke Berndtsen gekündigt, um die Kollegen von der Sonderkommission für Gewaltverbrechen und organisierte Kriminalität, kurz SKO, zu schützen.
Aber wie es nun für ihn weitergehen sollte und was er mit seinem Leben anstellen würde? Hier in der klaren Luft an der Nordsee würde er womöglich eine Antwort darauf finden – und wenn es nur die war, ein neues Buch zu schreiben.
Seit seinem True-Crime-Erfolg *Am Abgrund* vor einigen Jahren war der Verlag an einem Nachfolger interessiert. Tjark hatte das vor sich hergeschoben, weil er die Erfahrung gemacht hatte, dass der Abgrund in einen zurückschaute, wenn man nur lange genug hineinstarrte. Aber in seiner neuen Lebenssituation lagen die Dinge womöglich anders. Und von irgendetwas würde er leben müssen. Seine Ersparnisse und die Renditen aus Anlagegeschäften sowie die Tantiemen würden nicht für ewig und schon gar nicht für große Sprünge reichen, zumal es an den Börsen nicht gut lief. Er hätte sich von einem Teil seiner Comic-Sammlung trennen können, aber … Nein, da musste es etwas Besseres geben, um langfristig über die Runden zu kommen.
Er nahm einen Schluck aus der halb vollen grünen Bierflasche und betrachtete das Meer. Dann warf er einen Blick auf die Leinwand, die er gegen den Wind auf der Staffelei mit Klebeband fixiert hatte, verglich die Farben auf der Palette mit denen der echten Wellen, stellte gravierende Unterschiede fest und murmelte: »Scheiß drauf.«
Er machte sich ans Werk, die dunkleren Töne aufzutragen, und sagte sich, dass Künstler wie Vincent van Gogh vor demselben

Problem gestanden hatten, wenn sie in der freien Natur malten. Nämlich dem Problem, dass sich mit dem wechselnden Sonnenlicht permanent die Farben änderten und einem im Grunde nichts anderes übrig blieb, als sich für ein bestimmtes Graublau zu entscheiden. Es ging nicht darum, die Natur zu kopieren. Dann sollte man besser ein Foto machen. Es ging darum, eine subjektive Auffassung einzufangen – wenngleich Tjark manches Mal objektiv festgestellt hatte, dass es zwischen dem Bild und selbst dieser subjektiven Auffassung eine massive Diskrepanz gab.

Das lag an seinem mangelnden Talent. Tjark war ein entsetzlicher Maler.

Anne Madsen hatte ihn gefragt, ob die Bilder an den Wänden des Ferienhauses von Kindern aus seiner Familie stammten und er gezwungen sei, sie aufzuhängen. Seine Antwort war gewesen, dass er die Bilder selbst gemalt habe, aber künstlerisch durchaus Luft nach oben sehe. Madsen hatte das lächelnd bestätigt.

Silje vom Supermarkt, bei der er Farben und Leinwände bestellte, hatte unbedingt mal seine Werke sehen wollen. Er hatte eines abfotografiert und ihr auf dem Handy gezeigt. Siljes Kommentar war gewesen, dass es ja doch in erster Linie um den Spaß an der Sache gehe und nicht jeder ein Leonardo sein könne.

Das Malen beruhigte Tjark jedenfalls. Immer schon. Außerdem hatte er ein Faible für Comic-Kunst und Comics generell, Superheldenhefte aus den Sechzigern insbesondere, die er nicht nur als Geldanlage sah: In jungen Jahren hatte er sich nie welche leisten können. Jetzt schon.

Früher hatte er probiert, den Silver Surfer aufs Papier zu bannen, seinen Lieblingshelden, und war spektakulär an den anatomischen Gesetzmäßigkeiten gescheitert sowie an verkürzten Perspektiven: Es gab nach Tjarks Meinung nichts Schwierigeres, als einen ausgestreckten Finger zu zeichnen, der direkt auf den Betrachter deutete. Die Erfahrung hatte seinen Respekt vor Comic-Künstlern wie John und Sal Buscema oder Jack Kirby noch vergrößert – den Respekt vor Künstlern generell. Also hatte er sich auf Landschaften spezialisiert, wenngleich er auch in diesem Genre die Grenzen seines Könnens blitzschnell erreichte.

Wie auch beim aktuellen Gemälde. Das zweitmieseste Bild von der dänischen Küste hatte er bereits gemalt. Dieses hier war nicht ganz so übel, was immerhin bedeutete, dass er nicht schlechter, sondern behutsam besser wurde.

# 2.

## *Vor wenigen Wochen*

Django stand knöcheltief im Watt und starrte auf die Nordsee. Sie wirkte geschwollen und mächtig. Ihre Wellen bewegten sich wie die grauen Rücken von Walen auf und ab. Die gleißend weißen Schaumkronen erinnerten an übers Wasser kreisende Möwen, die nach Krebsen und Muscheln im dunklen Watt Ausschau hielten, das seinerseits gurgelte und gluckerte, als sei es hungrig und dabei, etwas zu verdauen.
Django zog an seinem Zigarillo und paffte eine Wolke in den knallblauen und wolkenlosen Himmel. Die Sonne brannte ihm auf den Schädel. Die verbliebenen grauen Haare waren zum Pferdeschwanz gebunden, der wie das Ende eines Drachens im Wind zappelte.
Die schlanken Finger von Lady Macmeth legten sich auf den in schwarzer Tinte gestochenen Kojotenkopf auf dem Oberarm und bedeckten das grinsende Gesicht der Comic-Figur mit den spitzen Zähnen mit Sonnencreme. Faktor fünfzig. Djangos Haut war hell, empfindlich und bereits leicht gerötet.
»Du musst aufpassen, Baby«, gurrte sie in seinem Nacken und rieb seinen bloßen Oberkörper von hinten ein.
»Schon klar«, knurrte Django.
Aber hier am Meer konnte er am besten nachdenken, mit der Nase im Wind und den Füßen im Schlick, und darauf warten, dass ihm etwas einfiel und dass die Nachricht eintraf. Wenn er zu Ende gedacht und das »Ja« oder »Nein« erhalten hatte, würde er sich umdrehen und zum Strandkorb gehen, wo ein paar Dosen Bier in der Kühlbox standen.
Lady Macmeth trug die Jeansshorts, die er so scharf fand. Sie

war zwar ebenfalls schon jenseits der fünfzig, konnte solche Hosen aber gut tragen, besser als manche Dreißigjährige. Dazu das enge T-Shirt, auf dem der Roadrunner aufgedruckt war – dieser Comic-Vogel, der so irre schnell rannte. Django hatte gelesen, dass es solche Biester sogar in echt gab. Kein Scheiß: flitzende Vögel. Wozu sollte das gut sein, wo die doch fliegen konnten? Kapierte er nicht. In den Cartoons wurde der Runner stets von einem Kojoten gejagt.

»Ist genau wie bei uns, Baby«, hatte die Lady erklärt, »hinter mir ist auch ein heißer Kojote her.«

Damit war er gemeint, Frank »Django« Feddersen, weil er der Präsi des Motorradklubs »Bad Coyotes« war. Vor ein paar Jahren hatten sie ihn dazu bestimmt, nachdem sein Vorgänger von einem miesen Bullen vom Bike geschossen und anschließend in den Knast gewandert war. KHK Tjark Wolf, der Bastard, hatte die Knarre gehalten. Na ja, wenn man ehrlich war, hätte Django dem Mistkerl sogar dankbar dafür sein sollen, denn andernfalls wäre er niemals Präsi geworden. Aber er war ihm nicht dankbar, oh nein, kein Stück.

Denn Django hatte danach erneut mit dem Torfkopp Tjark Wolf zu tun gehabt, der ihn sogar in seiner Werkstatt aufgesucht hatte, und das war keine schöne Begegnung gewesen, absolut nicht. Nein, der Dreckskerl hatte die Coyotes und die Northern Riders gegeneinander ausgespielt und dafür gesorgt, dass die Kacke nicht nur gedampft hatte, sie war sogar übergekocht. Mit dem Ergebnis, dass die Riders mittlerweile nahezu keine Rolle mehr spielten, wofür Django dem Bullen eigentlich ebenfalls dankbar hätte sein sollen. Aber das war er nicht. Kein Stück.

Und scheiße, ja: Die Lady hatte absolut recht. Django war wie der Teufel hinter ihr her, genau wie der Kojote hinter dem

Roadrunner. Sie war seine Queen, seine Bitch, seine große, weise Dame und die heißeste Milf aller Zeiten – auch wenn sie keine Kinder hatte. Allerdings war er der Meinung, dass sie sich deutlich zu viel reinzog – und zwar von allem, was sie in die Finger bekam. Im Laufe der Jahre war sie davon zunehmend durchgeknallt und litt an so etwas wie mangelnder Impulskontrolle, wie Django mal in einem Blog über Drogenkonsum und Spätfolgen gelesen hatte.

Aber hey. Na und? Django stand drauf. Es war besser, zu verglühen als zu verblassen. Und sie saßen an der Quelle, was wollte man da erwarten? Ein Bäcker oder Schlachter stopfte sich ja auch Kuchen oder Steaks rein.

Die »Bad Coyotes« hatten im Norden Ostfrieslands die Hosen an und kontrollierten den Drogenhandel. Sie hatten so viel Meth, dass selbst Walter White aus *Breaking Bad* Freudentränen weinen würde. Der Stoff kam aus Holland und Polen oder wurde hier oben in Scheunen im Niemandsland zwischen Watt, Wiesen und Deichen gekocht.

Und deswegen nannte Django sie zärtlich seine »Lady Macmeth«: Weil sie auf das Zeug stand und gleichzeitig seine irre Queen war, und er war der King. Wie bei Shakespeare.

Django paffte, während ihm die Lady schweigend den Rücken eincremte und dann wieder zurück zum Strandkorb ging. Sie wusste, wann sie ruhig zu sein hatte. Zum Beispiel jetzt, denn Django musste eine Entscheidung treffen, die eine halbe Million Euro in seine Kasse spülen könnte. Es war verdammt keine leichte Entscheidung, das war mal klar. Denn an die Zahlung der halben Million war ein Name gebunden und insbesondere ein Code zu einem Lagerraum oder Schließfach.

Den Code kannte Django nicht, und das war das größte Problem. Der Name war das zweite Problem, denn er lautete einerseits Vural Attaman, und zu allem Überfluss wusste niemand, unter welchem Stein sich diese Kakerlake verkrochen hatte. Zuvor hatte er einen größeren Einbruch begangen. Dann hatte er sich offenbar von einer internationalen Bande anheuern lassen, die in Rotterdam einen Juwelenraub plante. Das endete mit einer Schießerei und Verhaftungen. Vural konnte entkommen, hatte sich dann aber in Luft aufgelöst und war abgetaucht, nachdem sein Name gefallen war und ihm deswegen Europol an den Hacken klebte.

Aber natürlich löste sich niemand jemals in Luft auf. Es gab immer Spuren und jemanden, der etwas wusste. Weswegen Django ein paar Coyoten mit Brechstangen nach Aurich geschickt hatte, wo Cem Demirici einen Dönerstand betrieb. Cem war Vurals Buddy. Er hatte ein paar Zähne ausgespuckt, nachdem die Jungs mit ihm fertig waren, doch dummerweise keinen Code. Dafür aber immerhin, dass sich Vural in die Türkei abgeseilt hatte. Nein, schlimmer: nach Kurdistan, das zur Hälfte im Irak und weiß der Geier wo sonst lag. Schöne Scheiße.

»Aber was ist mit Tarik und Serhat?«, hatte Lady Macmeth geflüstert und Djangos Laune schlagartig verbessert.

Genau darüber dachte er nach. Über Tarik und Serhat. Die beiden waren Kurden und hatten Kontakte in ihre Heimat. Sie kannten sich aus. Doch das, was Django vorschwebte, war nicht so einfach zu bewerkstelligen und außerdem teuer und gefährlich.

Das Handy in der Hintertasche seiner Jeans summte. Schien so, dass das Warten endlich ein Ende hatte und er bald mit dem Nachdenken würde abschließen können.

Django zog das Smartphone aus der Tasche, schattete das Display gegen die Sonne ab und las die WhatsApp, die nur aus den

zwei Buchstaben O und K bestand. Damit war grünes Licht für mehr Geld und etwas mehr Zeit gegeben. Perfekt, dachte Django, suchte eine Nummer aus dem Speicher und rief sie an. »Tarik«, sagte er, »wo geiht di dat?« Er fragte nur aus Routine und erwartete keine Antwort. »Schnapp dir Serhat – und dann ab in die heiße Heimat, oder? Bring mir mit, worauf ich stehe. Fetter Bonus für euch beide.«
Er beendete das Gespräch, steckte das Handy wieder ein und inhalierte die herrliche frische Luft. Dann drehte er sich um und ging mit schmatzenden Schritten zurück zum Strandkorb, wo sich Lady Macmeth in der Sonne aalte.
Scheiße, dachte Django, jetzt hatte er aber so richtig Bock auf Bier und ein Krabbenbrötchen im Schatten. Beides hatte er sich redlich verdient, denn ihm glühte der Schädel, was nicht nur an der Sonne lag. Django war nicht gut im Nachdenken. Es strengte ihn körperlich an. Aber nun würde alles seinen Weg gehen.
Alles easy, altes Haus.

# 3.

Ein kühler Wind wehte an diesem klaren Morgen über die Hochebene nahe Mossul im Nordirak und trieb Sandkörner die staubige Straße entlang. Sie zog sich durch ein flaches Gebirge, dessen Höhenzüge sich noch violett gegen den dunkelblauen Himmel abzeichneten, an dem die letzten Sterne wie glühende Stecknadelköpfe leuchteten. Auf der schnurgeraden Straße fuhr ein weißer Datsun-Pick-up in Richtung Süden. An der Antenne war eine Flagge befestigt – eine Trikolore in den Farben Rot, Weiß und Grün mit einem gelben Sonnensymbol in der Mitte. Man nannte sie *Ala Rengîn,* was *farbige Flagge* bedeutete.

Sie galt als Hoheitszeichen der Autonomen Republik Kurdistan, die zumindest im Norden Iraks seit Mitte der Zweitausenderjahre anerkannt war. Insgesamt erstreckte sich das kurdische Siedlungsgebiet auf die Türkei, den Irak, Iran und Syrien. Die Republik war bereits 1970 ausgerufen worden, hatte sich jedoch bis nach dem Zweiten Irakkrieg nicht durchsetzen können, schon gar nicht auf türkischem Gebiet. Die Region Kurdistan gab es hingegen bereits seit über tausend Jahren. Und auch wenn der Landstrich mal in die Hände der einen, mal in die von anderen gefallen war, die Kurden hatten hier immer gelebt und sich stets als solche verstanden.

Wenige Minuten später bog der Wagen auf eine steinige Piste ab. Sie führte zu einer Ansiedlung von vier verlassenen Steinhäusern. Es waren einfache Bauten. Graue Holzzäune wiesen darauf hin, dass hier einmal Ziegen gehalten worden waren. Ihre Besitzer mussten geflohen sein. Vielleicht waren sie auch alle tot, denn unterhalb dieser Siedlung erstreckte sich eine Senke, die nach mehreren Kilometern auf die Vororte von Mossul traf.

Der Islamische Staat war zum Greifen nah. Er hatte in Syrien und im Irak vor einigen Jahren einen Flächenbrand entfacht und überall entsetzlichen Terror verbreitet. Er war zurückgedrängt worden, und in den Kurdengebieten hatte die Bevölkerung das selbst in die Hand genommen, genauer: die Peschmerga, die Streitkräfte der Autonomen Republik Kurdistan. Der Begriff bedeutet so viel wie »die dem Tod in die Augen Sehenden«. Tausende Kurden waren aus der ganzen Welt gekommen, um sich ihnen anzuschließen.

Im öffentlichen Bewusstsein Europas war der IS längst besiegt. Aber das stimmte nicht. Seine Kämpfer terrorisierten den Irak und die kurdischen Gebiete nach wie vor. Sie verkrochen sich in der Wüste, in Tunneln, in Höhlen, verübten Anschläge und verbreiteten unverändert Angst und Schrecken. Der Krieg war stiller geworden. Doch er war nicht beendet.

Genau das war der Grund, weswegen die kurdische Peschmerga-Patrouille in dem weißen Datsun hierherkam. Mit knirschenden Reifen kam der Wagen im Schatten eines der kargen Gebäude zum Stehen. Drei Männer stiegen aus. Die ersten beiden waren regelrechte Hünen, größer als eins neunzig. Sie wirkten wie Bodybuilder, denen man statt Hanteln deutsche G-36-Sturmgewehre in die Hand gegeben hatte. Sie trugen gesprenkelte Tarnanzüge in Sandfarben und waren braun gebrannt. Auf den Unterarmen und am Halsansatz zeichneten sich bei beiden die Linien alter Tätowierungen ab. Einer trug einen Kinnbart. Sein Name war Serhat. Der andere hatte die Haare zu einem kurzen Zopf gebunden und hieß Tarik.

Der Dritte namens Vural war kleiner, schlanker und älter. Er war etwa Mitte vierzig, trug ebenfalls einen Kampfanzug und einen grau-weißen Dreitagebart. Sein Kopf war kahl geschoren. Die schwarzen Augen lagen tief unter fein geschwungenen Brauen. In die Stirn hatte sich ein Canyon aus feinen Falten gezogen. Eine AK-47-Kalaschnikow hing ihm von der Schulter. Die rechte Hand ruhte schussbereit am Griff der Waffe. In der Linken hielt er ein leistungsstarkes Fernglas.
Die drei Männer bewegten sich um die Häuser herum, gingen dicht an einer Wand entlang und hielten auf einen Felsvorsprung zu, von dem aus sich ein guter Blick über die Ebene bot. Die drei wechselten einige Worte auf Deutsch miteinander, das sie weitaus besser sprachen als Kurdisch. Weswegen der Kommandant der Miliz sie zusammen losgeschickt hatte.
Die beiden Hünen waren erst kürzlich eingetroffen, um ihre Landsleute im Kampf der Peschmerga gegen den IS zu unterstützen. Vural war schon länger hier und erfahrener.
Er ging voraus und nahm dabei nicht wahr, dass die beiden anderen ihre Schrittfrequenz reduzierten und sich etwas zurückfallen ließen, bis sie stehen blieben. Am Ende der Hauswand stoppte auch er und stellte sich auf einen großen Stein. Er markierte die Grenze zu einer schroffen Böschung, die nahtlos in einen steilen Abhang überging. Darunter erstreckte sich die vom Islamischen Staat kontrollierte Wüste.
Vural warf einen langen Schatten. Bald, wenn die Sonne höher stand, würde sie brutal und heiß auf das Land brennen. Um ihn herum pfiff und jaulte der Wind.
Er blickte nach vorn, aber statt das Fernglas hochzunehmen, drehte er sich zu seinen Mitfahrern um, die nun sechs oder acht Meter hinter ihm standen.
»Was ist?«, fragte er.

Die beiden Kämpfer antworteten nicht. Sie nahmen die Gewehre in den Hüftanschlag und richteten die Läufe auf Vural, der sich nicht einen Zentimeter bewegte. Er reagierte kein bisschen.
»Gib uns den Code!«, sagte Tarik mit dem Zopf.
Vural schwieg. Blinzelte nicht einmal.
Er überlegte einige Momente und verstand, dass die zwei Männer aus Deutschland nicht für den Kampf gegen den IS hierhergekommen waren. Und ganz ehrlich: Das war auch nicht sein Beweggrund gewesen. Aber offenbar wusste das jemand und hatte ihm die beiden auf den Hals gehetzt. Irgendjemand, der von dem Code wusste, und das waren nicht viele. Keine Handvoll, nein, man konnte es an drei Fingern abzählen, und er fragte sich allen Ernstes, wie sie ihn hier hatten finden können und was sie mit diesem Code wollten, der nichts zu bedeuten hatte und der lediglich …
»Weg mit der Waffe!«, sagte Serhat, der mit dem Bart.
Vural ließ das Fernglas fallen. Sein AK behielt er an Ort und Stelle.
»Die Waffe«, wiederholte Serhat.
Vural fragte: »Wer schickt euch?«
»Der Tod«, erwiderte Tarik.
»Deiner oder meiner?«, fragte Vural.
Serhat sagte nichts, blinzelte nur. Tarik schluckte schwer. Man konnte selbst von hier aus sehen, wie sich der Adamsapfel bewegte.
Es war nicht das erste Mal, dass Vural Attaman in den Lauf einer Waffe schaute. Den meisten Menschen allerdings war Folgendes nicht bewusst: Wenn du eine Waffe auf einen anderen Mann richtest, musst du bereit sein, sie zu verwenden. Bist du das nicht, nutzt dir die Waffe gar nichts. Es legitimiert jedoch

dein Gegenüber, aus Gründen des Selbstschutzes auf dich zu schießen. Richtest du also die Waffe auf einen anderen, musst du damit rechnen, zu sterben. So einfach ist das.

An dieses Gefühl gewöhnte man sich im Krieg. Für die beiden Gorillas, die auf ihn zielten, dürfte es jedoch neu sein. Sie waren im Unterschied zu Vural nicht daran gewöhnt und verstanden vielleicht gerade in diesem Moment, was das Quidproquo bedeutete, wenn man die Waffe auf jemanden richtete. Außerdem waren sie keine Profis. Absolut nicht. Profis wären das anders angegangen.

Zusammengenommen ergaben sich also einige Vorteile für Vural, wenn man denn von Vorteilen überhaupt sprechen mochte: Sie waren unerfahren, sie waren Amateure, und sie hatten Angst vor der eigenen Courage.

»Wenn du abdrückst und mich erschießt«, sagte Vural, »bekommst du keinen Code. Und in jedem Fall werde ich noch genug Zeit haben, zurückzuschießen.«

»Ich schieße dir erst in die Kniescheiben. Dann in den Ellbogen. Den Code spuckst du schon aus.«

Vural schüttelte schwach den Kopf. »Ich werde verbluten und vor Schmerzen schreien, ihr Schwachköpfe, aber den Code werde ich nicht ausspucken. Der Code hat nichts zu bedeuten, aber im Moment ist er meine Lebensversicherung. Sobald ihr ihn habt, legt ihr mich um. Also sage ich kein Wort. Was auch immer ihr mit dem beschissenen Code anfangen wollt, solange ich ihn für mich behalte, werde ich leben.«

Die beiden schwiegen.

»Und jetzt?«, fragte Vural.

»Waffe weg!«, herrschte Tarik ihn erneut an.

Er und Serhat nahmen die Gewehre fester in den Hüftanschlag, um ihre Entschlossenheit zu unterstreichen. Nahmen sie hoch,

um sich die Kolben zwischen Wange und Schulter zu pressen und sich breitbeinig und stabil aufzustellen, so wie man es ihnen in der kurzen Ausbildung im Peschmerga-Camp beigebracht hatte. Für zwei Sekunden geriet dabei ihr Ziel aus der Achse von Kimme und Korn und musste neu justiert werden.
Jetzt oder nie.
Vural sprang hinter die Hausecke. Fast gleichzeitig krachte eine Kaskade von Schüssen. Er warf sich zu Boden. Im Fallen drehte er sich und schlug mit dem Rücken auf.
Von der Hausecke sprühten Putz und Steine herab. Splitter lösten sich in kleinen Explosionen vom Felsvorsprung und wirbelten jede Menge Staub auf. Instinktiv streckte Vural das AK-47 in die Höhe, um denjenigen mit einer Salve zu begrüßen, der sich als Erster um die Hausecke herum trauen würde. Aber es gab zwei solcher Ecken: eine vor Vural, eine hinter ihm. Und wenn die beiden Kerle nicht allzu bescheuert wären, würden sie von zwei Seiten um das Haus herum marschieren und ihn in die Zange nehmen.
Vural biss die Zähne zusammen und hockte sich hin. Er hatte sich offenbar den Kopf aufgeschlagen, heiß und klebrig lief ihm das Blut in den Nacken und verfärbte den Saum seines Hemdes tiefrot. Er bohrte die Hacken in den Boden, schob sich an der Wand nach oben, presste sich mit dem Rücken gegen die Mauer und griff mit der Linken in die Seitentasche seiner Armeejacke.
»Du bist tot!«, hörte er Serhats Stimme.
»Du hast keine Chance!«, ergänzte Tarik.
Beide Stimmen kamen aus derselben Richtung. Also waren sich die zwei noch nicht sicher, wie sie weiter vorgehen sollten, und setzten zunächst darauf, dass Vural aufgeben würde.
Fehler.

Was Vural aus der Tasche zog, hatte in etwa die Größe einer Coladose und wog ein knappes Pfund. Er klemmte sich das Gewehr zwischen die Schenkel, zog an einem Ring den Sicherungsstift aus der Zündmechanik und ließ den Schalthebel aufschnappen, den man normalerweise mit dem Handballen so lange zudrückte, bis man die Handgranate von sich schleuderte. Anschließend hatte man etwa vier Sekunden bis zur Explosion.
Doch Vurals Granate war bereits scharf.
Er wollte den Burschen keine vier Sekunden geben, in denen sie sich in Sicherheit bringen konnten, nachdem ihnen die Granate vor die Füße gefallen war – oder, schlimmer noch: sie sie aufnehmen und zurückwerfen konnten.
Vural zählte. Bei zwei drehte er sich um. Bei drei warf er die Granate quer über die Hausecke in die Richtung, in der Serhat und Tarik stehen mussten. Bei vier hatte die Granate das Dach überquert und explodierte einen Wimpernschlag später in etwa zwei Metern Höhe, wobei sie ihre volle Wirkung in allen Himmelsrichtungen über den Männern entfaltete.
Die Sprengladung im Kern der Granate zerfetzte den Splitterkörper, hinter dem sich mehr als sechstausend Stahlkugeln befanden, was im Radius von zehn Metern ziemlich tödliche Auswirkungen hatte.
Vural war weit genug entfernt und durch die Mauer geschützt. Dennoch spürte er die Druckwelle. Der Knall ließ seine Ohren taub werden. Er griff die Kalaschnikow, hielt sie mit einer aus dem Häuserkampf routinierten Geste um die Ecke und feuerte blind einige Schüsse ab. Dann riskierte er einen Blick und erkannte, dass er sich keine Gedanken mehr machen musste. Serhat und Tarik hatte es böse erwischt. Kein schönes Bild, wirklich nicht.

Er ging zu den zerfetzten Leichen und gab im Gehen noch einige Schüsse auf die Körper ab. Die Taubheit auf den Ohren legte sich langsam. Das Geräusch des heulenden Windes kam zurück.

Vural ging zum Datsun, öffnete die Türen und nahm ein Erste-Hilfe-Set heraus. Im Seitenspiegel betrachtete er seinen Kopf. Die Platzwunde war nicht schlimm, aber blutete wie verrückt, wie es oft bei Kopfverletzungen der Fall war. Er riss eine Verpackung auf und presste eine Kompresse auf den Cut, verklebte sie mit Pflastern.

Vural ging zurück zu den Leichen. Er untersuchte das, was von den beiden übrig war. Fand in den Taschen jeweils eingeschaltete Handys, stellte sie stumm und steckte sie ein. Dann packte er Tariks Körper an dem Bein, das noch einigermaßen fest an der Hüfte saß, und schleppte ihn zum Datsun. Vural wuchtete ihn auf die Ladefläche, gönnte sich zwei Minuten Pause. Dann schleifte er Serhats Körper zum Wagen und ging noch einmal zurück, um dessen rechten Arm zu holen. Die Explosion hatte ihn vom Körper und aus der Uniform gerissen.

Dabei fiel Vural die Tätowierung auf. Während er den Arm ebenfalls auf die Ladefläche warf, dachte er nach. Die Tätowierung sagte ihm etwas: ein stilisierter Hund und die Initialen B. C. Ja, verflucht, jetzt verstand er, woher die Burschen gekommen waren. Aber die Hintergründe blieben ihm dennoch schleierhaft.

Vural stieg schwitzend und von der Anstrengung halb ohnmächtig in den Wagen ein, leerte zwei Flaschen Wasser und ließ den Motor an. Bis zum Camp waren es fünfzig Kilometer. Er griff nach vorne und nahm das Satellitentelefon aus der Ablage, verständigte den Wachhabenden und erklärte, was geschehen war. Ziemlicher Schlamassel. Eine beschissene IS-

Streife habe sie erwischt, und er – ja, er Vural Attaman – habe verdammtes Glück gehabt, ihn habe nur ein Splitter am Kopf getroffen.
Man sagte ihm, er solle zusehen, dass er sich in Sicherheit brachte. Sie würden ihm auf halbem Weg entgegenkommen.
Vural dachte an Shirin. Er warf ein paar Schmerztabletten ein und stellte sich ihr rabenschwarzes Haar vor, wie es in der Sonne glänzte. Manchmal trug sie es bis zu den Hüften. Wie es jetzt war, wusste er nicht. Er dachte an ihre helle Haut, ihre roten Lippen, die gütigen braunen Augen. An ihren Duft und das Gefühl, sie in den Armen zu halten, und den Klang ihrer warmen Stimme, wenn sie sagte: »Wir kriegen das schon hin.«
Was würde er dafür geben, sie wiederzusehen? Nur für einen kurzen Moment? Alles. Sein Bein, seine Arme, sein Herz, sein Leben. Es gab nichts Wichtigeres als sie. Nichts Wichtigeres als Shirin. Früher oder später würde er seine Tochter zu sich holen. Sie und Franziska, seine Frau. Dann wären sie wieder zusammen und eine Familie. Entweder hier in Kurdistan oder in einem anderen islamischen Land. Neue Identitäten. Ein neues Leben. Gemeinsam.
»Wir kriegen das schon hin«, flüsterte Vural Attaman, schnallte sich an und stemmte den Stiefel mit einem lauten Keuchen aufs Gaspedal. »Wir kriegen das schon hin.«
Die Reifen des Datsun drehten knirschend durch und wirbelten eine Staubfahne auf, sie ließ den Wagen in einer beigefarbenen Wolke verschwinden, die sich hell gegen den kobaltblauen Himmel abzeichnete.

# 4.

Erde zu Erde, Asche zu Asche, Staub zu Staub«, sagte der Pfarrer. Die Glocke schlug. Ansonsten war es still in der Kapelle auf dem Auricher Friedhof, wo der Gedenkgottesdienst stattfand. Zwei Bilder, die Serhat und Tarik zeigten, standen neben dem Altar. Django hätte sich einen anderen Spruch von dem Geistlichen gewünscht. Eher: *»Like a true nature's child we were born, born to be wild, we can climb so high, I never wanna die.«*

Tja, das mit dem »never wanna die« hatte sich für die beiden jedenfalls erledigt. Ihre Leichen waren nach Deutschland geschickt worden, nachdem die Verwandtschaft sich doch dagegen entschieden hatte, sie in den jeweiligen Heimatdörfern in Kurdistan beizusetzen. Scheiße, warum denn auch: Tarik und Serhat waren in Deutschland geboren, selbst wenn sie sich als Kurden fühlten. Aber egal.

Django hatte die Krise bekommen. Zwei Kojoten hatte er wegen Vural nach Kurdistan gesandt. Zwei Leichen kamen postwendend zurück. Das war eine Kriegserklärung.

»Dafür muss er bezahlen«, hatte Lady Macmeth gesagt und Django in seiner Trauer beigestanden.

Jetzt saß sie neben ihm auf der Holzbank in der dritten Reihe hinter den Angehörigen und hielt seine Hand. Auf den anderen Bänken saß der Rest der »Bad Coyotes«. Alle trugen ihre Kutten und darunter Schwarz.

Django hörte das Weinen, das Jammern. Die Verwandten von Tarik und Serhat würden die beiden in einer eigenen Zeremonie verabschieden und dann ihre Asche beisetzen. Dennoch waren sie zur Gedenkfeier gekommen, um mit dem Motorradklub Abschied zu nehmen.

Djangos Hand verkrampfte sich in der von Lady Macmeth. Die Frauen der beiden Toten weinten herzergreifend. Die Mütter. Die Väter, die Brüder. Und allen, die Bescheid wussten, hatte Django versprochen, dass der Tod von Tarik und Serhat gerächt werden würde. Er stand jetzt im Wort. Abgesehen davon stand er auch bei dem Auftraggeber im Wort.

Tja, nur konnte Django ja schlecht weitere Biker nach Kurdistan schicken, um Vural zu finden und umzulegen. Außerdem würde er dann niemals an den Code kommen. Also musste er sich etwas anderes einfallen lassen. Und wie so oft hatte Lady Macmeth eine neue Idee an ihn herangetragen, nachdem sie sich eine Nase Koks reingezogen hatte.

»Wir haben eine Sache noch nicht ausprobiert, weil wir dachten, es wäre zu gefährlich. Aber eigentlich ist es ganz einfach«, hatte sie gesagt und genauer erklärt, wie sie das meinte.

Denn Vural Attaman war sehr viel verwundbarer, als er selbst annahm.

*Fire all your guns at once, and explode in space,* dachte Django, knirschte mit den Zähnen und starrte auf die Porträtfotos am Altar.

Ich treffe dich da, Vural, wo es dich am meisten schmerzen wird.

# 5.

Und warum eigentlich nicht, dachte Lady Macmeth und stakste auf ihren Pumps über das Pflaster in der Fußgängerzone von Esens. Ein Gespräch von Frau zu Frau, und die Bullen würden ihr es kaum verwehren können, ein wenig zu shoppen. Falls sie sie überhaupt erkennen würden. Denn sie kam ja auf keinem Bike angerauscht, trug auch keine Kutte, sondern hatte sich eine ihrer Langhaarperücken mit der Betty-Page-Frisur auf den Kopf gesetzt, die aus ihrer Zeit als Stripperin stammte, und trug zudem eine übergroße Sonnenbrille auf der Nase. Die Jungs mochten Cem aufgemischt haben und Vural in Kurdistan. Erfolg hatte das kaum gehabt, und auf die naheliegende Idee war keiner gekommen.

Das heißt: Waren sie schon, aber das Haus von Franziska Attaman wurde von den Bullen überwacht. Da kam keiner rein, zu riskant. Bei der Boutique war das etwas anderes. Okay, vielleicht würde auch die überwacht, logo, aber, wie gesagt: Shopping war ja nicht verboten.

Sie verließ die Fußgängerzone, erreichte eine Nebenstraße und hielt sich an ihrer Handtasche fest, bis es eine Lücke im Verkehr gab und sie auf die andere Straßenseite huschen konnte. Und da war auch schon die Boutique – nicht groß, aber hübsch. Lady Macmeth linste über den Rand der Sonnenbrille hinweg in die Schaufenster. Schicke Mode. Das Geschäft sah außerdem leer aus. Kein Wunder um die Uhrzeit, morgens ging kaum wer einkaufen, weswegen sie diesen Zeitpunkt gewählt hatte. Aber in erster Linie kam es ihr auf die Spiegelungen an, weil sie sehen wollte, ob irgendwo Autos parkten, die mit Personen besetzt waren. Natürlich war das kaum zu erkennen. Jedenfalls fiel ihr nichts auf, und eben beim Überqueren der Straße hatte sie auch nichts gesehen. Von daher …

Lady Macmeth öffnete die Tür und betrat das Geschäft. Sie nahm die Sonnenbrille ab, setzte sie aber sofort wieder auf, als sie eine Videokamera hinter der Kasse sah.

»Hallöchen«, sagte sie zur Verkäuferin, bei der es sich zweifellos um Franziska Attaman handelte. Die Lady kannte sie von Fotos. Sie hatte eine gute Figur, trug ein schickes, buntes T-Shirt und Jeans, war geschminkt und wirkte so überhaupt nicht wie die Frau von einem wie Vural Attaman, sondern total normal.

»Hallo«, sagte sie und war mit irgendetwas hinter der Kasse befasst, kam aber um den Tresen herum. »Kann ich Ihnen helfen?«

Lady Macmeth stürzte sich sofort auf einen Ständer mit Blusen im Ibiza-Stil. »Also die sind ja heiß. Genau das suche ich doch!« Sie lachte.

Franziska Attaman lächelte und nickte. »Die sind toll. Mögen Sie mal anprobieren? Größe achtunddreißig?«

»Aber ganz genau«, erwiderte die Lady und stöckelte sofort zur Umkleidekabine, die sich neben dem Verkaufstresen und damit außerhalb der Sichtweite der Videokamera befand. Sie ließ sich die Blusen von Franziska hinterhertragen. Mit Absicht. Denn sie wollte sie in Richtung Umkleide lotsen. Lady Macmeth blickte nach oben. Keine Kamera. Wäre ja auch noch schöner.

Sie ging rein, drehte sich mit einem strahlenden Lächeln um und nahm die Blusen mit der linken Hand in Empfang. Mit der rechten fasste sie in ihre Handtasche und zog die kleine Automatik hervor.

Franziska Attamans Lächeln gefror.
»Keinen Mucks. Und keine Bewegung, Schätzchen«, sagte Lady Macmeth. »Ich komme nicht wegen der Blusen. Ich komme wegen deinem Mann. Er hat etwas, das wir gerne haben möchten, und vielleicht hast du mitbekommen, dass der gute Cem ein paar Tage im Koma lag?«
An Franziskas Gesichtsausdruck war abzulesen, dass ihr das neu war.
»Tja, das lag daran, dass er nichts ausspucken wollte, außer ein paar Zähnen. Dann weißt du auch nicht, dass zwei Männer tot aus Kurdistan zurückgekehrt sind, weil sie deinen Mann dort auftreiben wollten?«
»Um Himmels willen …«, murmelte Franziska und hielt sich die Hand vor den Mund.
»Tja, und wie es aussieht, bist du jetzt an der Reihe, ihm gut zuzureden. Auf dich wird er wohl hören, oder?«
Franziska Attaman schluckte schwer. Ihr Augenlid zuckte.
»Was …« Sie stotterte. »Was wollen Sie? Die Polizei …«
»Die kannst du mal vergessen, die Polizei. Wo versteckt dein Mann seinen Plunder?«
»Ich weiß es nicht. Was wollen Sie von ihm?«
»Es geht um einen Code, Schätzchen. Den Code zu einem Schließfach oder einer Storagebox. Ich weiß es leider nicht genau. Aber ich weiß, dass ich diesen Code will und mit einem Rasiermesser zurückkomme und dir das Gesicht zerschneide, wenn ich ihn nicht erhalte. Und von deiner Tochter wollen wir noch gar nicht reden.«
Franziska Attaman blinzelte erneut. Sie zitterte.
»Weißt du«, sagte die Lady, »ich glaube dir sogar. Mein Django verrät mir auch nicht alles, wirklich nicht. Na, jedenfalls dachte ich, wir unterhalten uns mal von Frau zu Frau.«

Was sie dann taten. Bis Franziska Attaman leise und mit starrem Blick sagte: »Wenn ihr mir oder Shirin etwas antut … Dann wird er kommen. Er wird das nicht durchgehen lassen, glaub mir. Niemals.«
Lady Macmeth lächelte zufrieden und wackelte mit dem Bügel, an dem die Bluse hing. »Die nehme ich. Geht aufs Haus, nehme ich an?«

# 6.

Shirin lief.
Sie spürte den festen Sand unter den Füßen. Er konnte hart wie Beton werden, wenn das Wasser zurücklief und herausgesogen wurde. Er war weich wie Samt, wenn die Flut es wieder zurückspülte. Die Wellen hatten Muster in den Strand gezeichnet.
Shirin pumpte die frische Luft in die Lungen, die nach Salz und Tang roch, während die Sonne an diesem Morgen noch wie ein Pfirsich am blauen Himmel klebte und das flache Meer in Pastellfarben glitzern ließ. Möwen kreisten über der Langeoog vorgelagerten Sandbank und suchten nach Beute.
Jeden Morgen drehte Shirin ihre Runde am Strand, wenn das Wetter es zuließ. Einen Kilometer in die eine Richtung, einen Kilometer in die andere. Das machte sie fit für den Tag und für den Job im Café. Aus den iPods lieferte Rihanna den passenden Soundtrack. Manchmal suchte sich Shirin eher chillige Musik heraus, je nach Laune.
Jetzt kehrte sie zurück zu den Strandkörben. Neben dem mit der Nummer achtundsechzig hatte sie ihre Sachen abgelegt. Mit jedem Schritt gruben sich ihre Füße in den pudrigen Sand. Zerbrochene Muscheln pikten ihre bloßen Sohlen. Sie machte einen Sprung über den Graben, den Kinder am Vortag rund um den Strandkorb gezogen haben mussten, setzte sich und wischte den Sand von ihren Zehen ab, bevor sie in ihre Turnschuhe schlüpfte und einen großen Schluck Elektrolyte aus der Wasserflasche trank. Sie zog ihren Hoodie über, verstaute dann alles in dem kleinen Rucksack und blickte noch einmal aufs Meer.

Sie wusste, dass es die falsche Himmelsrichtung war, denn sie schaute nach Norden. Falls man dort etwas in ein paar Hundert Kilometern Entfernung entdecken wollte, dann wäre das Skandinavien. Aber sie glaubte kaum, dass Vural sich dort aufhielt. Nein, ihr Vater war woanders. Im Gegensatz zu ihrer Mutter wusste sie nicht, wo. Aber dennoch stellte sie sich vor, er wäre irgendwo dort hinter dem Horizont.

Sie erinnerte sich an den Tag, an dem er gegangen war. An dem er hatte gehen müssen.

»Wir kriegen das schon hin«, hatte er geflüstert und sie auf die Stirn geküsst. Dabei hatte er gezwinkert, weil das eigentlich ihr Spruch war. Dachte er zumindest, dabei stimmte das nicht. Shirin hatte ihn bloß übernommen. Denn ihr Vater hatte das immer gesagt, wenn sie als Kind Schwierigkeiten in der Schule oder sie sich das Knie aufgeschlagen hatte.

Was auch immer es gewesen war: »Wir kriegen das schon hin«, gesprochen in der unerschütterlichen Zuversicht und Selbstsicherheit eines Vaters, der wusste, dass man seine Tochter in Sicherheit wiegen musste – auch wenn er selbst nicht davon überzeugt war, dass tatsächlich alles wieder gut werden würde. Irgendwann hatten sich die Rollen ins Gegenteil verkehrt, und Shirin hatte seinen Spruch übernommen.

Zum Beispiel, als ihre Mutter ins Krankenhaus musste und als ihr klar wurde, dass ihr Vater bis zum Hals in Problemen steckte. In gewaltigen Problemen, in die er sich selbst hereingeritten hatte, denn er war nun einmal …

Er war Vural Attaman. Niemand sonst. Und Shirin wusste einerseits nur vage, aber andererseits sehr genau, womit er sein Geld verdiente. Sie hatte ihn angefleht, endlich damit aufzuhören. Auch Mama. Ihr Vater hatte es lange ignoriert und erklärt, sie sollten sich zusammenreißen, als Frauen nicht derartig das

Wort gegen ihn erheben, und schließlich würden sie ja gut von seinen Einkünften leben. Genau darum gehe es ja, war Shirins Antwort gewesen. Genau das wolle sie nicht, und auch nicht, dass sie ihn im Knast, auf der Intensivstation oder auf dem Friedhof besuchen müsse. Schließlich hatte Papa es ihnen zugesagt. »Nur eine einzige Sache noch muss ich erledigen«, hatte er erklärt. Das war etwas im Ausland gewesen, und es war gewaltig schiefgegangen.

Shirin war jetzt erwachsen, zweiundzwanzig Jahre alt, und arbeitete auf der Insel als Kellnerin. Wenngleich man sie hier nicht als Shirin Attaman kannte, sondern unter einem anderen Namen. Wofür es gute Gründe gab – na ja, vor allem den einen.

Vural hatte gesagt, dass das nötig sei, damit niemand Rückschlüsse ziehen könne. Oder besser: Er hatte es angeordnet, und sie und ihre Mutter hatten sich dem selbstverständlich gefügt. Er hatte dabei nicht den Autoritären raushängen lassen, nein, obwohl er durchaus ein traditioneller Mann war. Er hatte so seine Ansichten und war reichlich religiös geworden, was weder ihrer Mutter noch Shirin sonderlich gefiel. Aber er war auf der anderen Seite modern und in Deutschland geboren und mit einer Deutschen verheiratet – Shirins Mutter.

Er hatte es aus Sicherheitsgründen angeordnet, und sie hatten sich ohne Widerspruch gefügt, weil ihr Vater wusste, was zu tun war, wenn es hart auf hart kam. Meistens jedenfalls.

Als er gegangen war, hatte er gesagt, dass er Shirin und ihre Mutter so bald wie möglich zu sich holen würde. Ein neues Leben für alle. Shirin hatte nur schwer geschluckt und sich vorgestellt, was das wohl für ein Leben sein würde. Kein Leben wie das, was sie kannte. Nicht einmal eines, das sie sich wünschte. Ganz und gar nicht.

Aber das hatte sie ihrem Vater zum Abschied nicht sagen können. »Wir kriegen das schon hin«, waren hingegen ihre Worte gewesen.

Sie schnallte sich den Rucksack um. Dann joggte sie weiter, auf dem rot gepflasterten Weg durch die Dünen und am Wasserturm entlang. Die Geschäfte hatten noch geschlossen: die Buchhandlung und der Laden, in dem Touristen allen möglichen nautischen Krimskrams kaufen konnten. Sie passierte das Denkmal von Lale Andersen, die in ihrem berühmten Lied von Lili Marleen singt, der im Krieg auf ihren Mann wartenden Frau unter der Laterne.

Einmal hatte ihre Mutter gesagt, dass Papa im Krieg sei, um sich zu verstecken, und sie deswegen Angst um ihn habe. Aber seither hatte sie es nicht wieder erwähnt und war ausgewichen, wenn Shirin nachgefragt hatte, was denn das genau bedeuten sollte. Wo er denn war? In was für einem Krieg?

Ihre Mutter hatte lediglich erwidert, dass es besser für Shirin sei, wenig zu wissen – und am Ende sei es ja doch ein Krieg, den Vural gegen sich selbst führe. Denn er müsse endlich dazu übergehen, ein normaler Mann und Familienvater zu sein – wenn es dafür nicht schon zu spät sei. Ja, er habe es oft versprochen und probiert, aber es nie geschafft, denn das andere steckte wohl zu tief in ihm und war mit ihm verwachsen. Das Dunkle. Das Kriminelle. Und jetzt, da er hoffentlich endlich begriff, dass er nicht nur sich selbst damit in allergrößte Gefahr gebracht hatte, sondern auch Shirin und Mama, jetzt änderte sich ja möglicherweise etwas.

»Müssen wir dann … fort? Wenn er uns holen kommt?«, hatte Shirin gefragt.

Ihre Mutter hatte sie nachdenklich betrachtet und schließlich gesagt: »Wir müssen gar nichts. Aber ich fürchte, wir werden keine Wahl haben.«

Aber man hatte immer eine Wahl, dachte Shirin, außerdem war sie kein Kind mehr. Trotz allem war es wichtig, dass ihr Vater in Sicherheit war.
Dann hatte Mama noch einmal angerufen. Wegen Onkel Cem und was ihm passiert war. Der Vorfall hatte Shirin geschockt. Mama hatte davon erzählt, dass zwei Männer Vural aufspüren wollten, aber tot zurückgekehrt waren. Dass sie Angst habe und dass etwas geschehen werde, noch viel Schlimmeres. Sie hatten fast zwei Stunden miteinander geredet und überlegt, was sie am besten tun sollten und wie.
Shirin bog nach links in die Barkhausenstraße ein, lief an dem Café vorbei, wo in etwa einer Stunde ihre Schicht als Kellnerin beginnen würde, nachdem sie geduscht, gefrühstückt und sich umgezogen hätte. Schließlich bog sie wieder ab in die Gartenstraße, lief am Jugend- und Gästehaus Lemgo vorbei, bis sie den Polderweg erreichte, wo sie ein Ferienhaus gemietet hatte. Es war zu groß für sie allein. Na ja, es war ja nicht so, dass sie kein Geld hatte, oder? Und der Job im Café – auf den war sie eigentlich gar nicht angewiesen. Er gehörte nur zur Tarnung, die Papa verlangt hatte.
»Hallo?«
Shirin stoppte außer Atem und sah sich um. Die Straße war leer – bis auf eine einzelne Person, die ihr auf dem Weg nach Hause mit einem sehr großen Rollkoffer entgegenkam und ihr zurief. Es war ein Mann mittleren Alters, der eine Strickmütze trug sowie eine Outdoor-Jacke und ansonsten vom Format und Look her wirkte wie ein Wikinger mit einem langen Bart. Der Koffer musste irre schwer sein, denn obwohl der Typ ein echter Hüne war, mühte er sich damit ab, den Koffer die Bordsteinkante hinaufzuwuchten.
»Hallo? Sorry«, keuchte er, »würden Sie wohl mal kurz mit anfassen?«

»Klar«, erwiderte Shirin, stoppte und grinste. »Haben Sie Steine in dem Koffer?«
Der Mann lachte auf. »So in der Art. Alles Bücher. Sind wohl einige zu viel, gebe ich zu. Ich habe maßlos übertrieben für diesen Urlaub.«
Bücher. So hätte Shirin den Mann gar nicht eingeschätzt. Bei einem solchen Gewicht – da mussten ja Dutzende in dem Koffer stecken.
Schließlich beugte sie sich nach vorn, um den Koffer unten anzupacken, während der Mann den Trolleygriff festhielt.
Das Erste, was Shirin wahrnahm, war, dass der Koffer überhaupt nicht schwer war. Im Gegenteil: Er war federleicht. Da waren weder schwere Bücher drin noch sonst etwas. Ohne Zweifel war der Koffer leer. Dann wurde sie gepackt und ihr etwas ins Gesicht gedrückt – ein Tuch. Der Geruch war scharf, chemisch. Sie wollte sich wehren, aber …

… aber der Mann fing sie auf, hielt sie fest und sah sich ein weiteres Mal um. Immer noch war die Straße leer. Niemand war an Fenstern oder Türen zu sehen. Dennoch, dachte er und öffnete den großen Koffer, war es kompletter Leichtsinn. Auf offener Straße, am helllichten Tag. Na ja. Am frühen Morgen wie jetzt herrschte nicht viel Betrieb. Gar keiner. Trotzdem war es ultrariskant. Aber er hatte keine Wahl gehabt. Ihr vor der Haustür oder hinter irgendeiner Ecke aufzulauern, wäre noch auffälliger gewesen. Da wäre sie misstrauisch geworden. Außerdem, überlegte der Mann und ließ Shirin in den Koffer sinken, hatte Django gemeint, dass das Haus von der Polizei überwacht würde. »Ist nie auszuschließen«, hatte er gesagt, bevor er Holger, der wegen seiner Statur und seiner meist geflochtenen Haare »Wikinger« genannt wurde, die Instruktionen ge-

geben hatte. Wikinger – damit machten sie oft Spaß, zumal seine Freundin Marie sich kürzlich die Haare rot gefärbt hatte, was sie ein wenig wie eine Nordfrau aussehen ließ.
Holger nahm den kleinen Rucksack, den er Shirin abgenommen hatte, zurrte den Reißverschluss zu, nachdem er das Tuch mit dem Chloroform hinterhergeworfen hatte. Das Zeug stank wie die Pest. Er hatte den getränkten Lappen die ganze Zeit in der Jackentasche gehabt und außerdem keine Ahnung, ob das wirklich funktionieren würde. Bislang hatte er das immer nur in Filmen gesehen. Alles andere hatte er zuvor mit einem Kumpel geübt: jemanden innerhalb weniger Sekunden in einen Koffer zu packen.
Das mit dem Koffer hatte keine zehn Sekunden gedauert. Auch das mit dem Chloroform schien hinzuhauen. Das Zeug wirkte – fragte sich nur, wie lange …
Schließlich packte er den Koffer wieder am Griff, wuchtete ihn hoch und zog ihn hinter sich her, um das Paket zu Django zu bringen. Den Rucksack stopfte er unterwegs in einen Mülleimer. Django brauchte die Kleine wegen Vural, der Holgers Klubbrüder auf dem Gewissen hatte. Um ihm einen »Fingerzeig« zu geben, hatte Django gemeint. Und zwar einen unmissverständlichen …

# 7.

## *Heute*

Tjark wollte etwas Farbe mit dem Pinsel aufnehmen, als ihm zwei Personen auffielen, die am Strand entlang auf ihn zugingen. Zuerst waren sie nur schwarze Silhouetten. Aber je näher sie kamen, desto besser konnte Tjark sie erkennen.
Es waren zwei Frauen, vermutlich Touristinnen. Eine war blond und größer als die andere, die dunkle Haare hatte. Der Wind ließ sie wehen wie eine schwarze Rauchfackel. Die Blonde hatte die Haare zusammengebunden. Wenige Sekunden später begriff Tjark, dass es sich nicht um zwei Freundinnen handelte, die gemeinsam in Dänemark Urlaub machten. Es handelte sich vielmehr um zwei Frauen, die er auf keinen Fall hier und jetzt erwartet hätte. Nie im Leben. Und es konnte nichts Gutes bedeuten, so viel sagte ihm sein Spinnensinn: eine Mischung aus Erfahrung und Intuition, die im Prinzip so funktionierte wie der Alarm, der Spiderman für gewöhnlich vor Gefahr warnte.
Tjark wartete, bis die Frauen zu ihm kamen. Eine Minute später standen sie vor ihm.
»Ich wusste ja schon immer, dass du schräg drauf bist«, murmelte Ceylan und streckte das Kinn vor, während sie das Bild betrachtete, »aber dass du jetzt unter die Maler gegangen bist …«
Tjark zuckte mit den Schultern.
»Hallo, Tjark«, sagte Femke und strich sich vergebens eine lose blonde Haarsträhne aus dem Gesicht. Sie warf ebenfalls einen Blick auf die Leinwand und wirkte eher amüsiert als beeindruckt.
»Was verschafft mir die Ehre?«, fragte Tjark.

Ceylan bohrte von innen mit der Zunge in der Wange, musterte Tjark. Ceylan war nicht sehr groß, erfüllte gerade eben die Mindestanforderungen für den Polizeidienst. Dennoch sollte man sich nicht mit ihr anlegen. Sie war eine gute Kampfsportlerin und hatte sogar einmal einen Titel bei den Polizeimeisterschaften gewonnen. Außerdem war sie die Leiterin der Sonderkommission SOK.

»Vural Attaman«, sagte Ceylan.

»Shit«, zischte Tjark und legte den Pinsel auf dem dafür vorgesehenen Steg auf der Staffelei ab.

»Wie du weißt, ist er abgetaucht. Wir haben deswegen seine Frau Franziska, die in Esens lebt, und seine Tochter, die auf Langeoog wohnt und arbeitet, observiert und Telefone angezapft. Wir haben sogar ein wenig Druck in der Hoffnung ausgeübt, dass eine von beiden Kontakt zu ihm sucht, damit wir ihn anpeilen können. Du hattest das empfohlen, wenn du dich erinnerst.«

Tjark erinnerte sich.

»Allerdings hatten wir bislang keinen Erfolg damit. Das ist jetzt anders – allerdings auf eine ganz und gar unschöne Art und Weise.« Ceylan bohrte wieder mit der Zunge in der Backe.

»Inwiefern?«, fragte Tjark.

»Krasser Scheiß ist passiert, Cowboy.«

Femke nickte. »Wir hatten zunächst Hinweise aus der Türkei, dass Attaman möglicherweise unter falschem Namen eingereist und untergetaucht sein könnte. Es gibt Aufnahmen vom Flughafen in Izmir, die Interpol per Gesichtserkennungssoftware untersucht hat. Interpol sucht ihn vor allem wegen dem fehlgeschlagenen Juwelenraub in Rotterdam.«

Auch das wusste Tjark. Und er wusste, dass zudem einige Einbrüche auf Vurals Konto gingen.

»Dann sind da noch die beiden toten Biker und Cem Demirici«, fuhr Femke fort.
Tjark nickte. Auch daran erinnerte er sich. Fred, Ceylan und Femke hatten ihn kürzlich darüber informiert. Zwei deutschstämmige Kurden waren ins Grenzgebiet gereist, um bei den Peschmerga zu kämpfen. Sie kamen als Leichen zurück und wurden in Aurich beigesetzt. Sie waren Mitglieder der Bad Coyotes. Außerdem war in Aurich Cem Demirici vor seiner Dönerbude ins Koma geprügelt worden, mutmaßlich von Rockern. Cem war Vurals Kumpel, sein Vertrauter. Man musste nur eins und eins addieren.
»Und was ist nun der krasse Scheiß?«, fragte Tjark.
Femke und Ceylan wechselten einen Blick. Dann erklärte Ceylan: »Shirin Attaman ist verschwunden. Persönliche Gegenstände wie ihr Ausweis und ihr Handy sowie der Schlüsselbund sind in einer Mülltonne auf Langeoog gefunden worden. Fred ist dorthin gefahren und hat eine Wohnungsöffnung veranlasst – keine Spur von dem Mädchen. Wir gehen davon aus, dass sie entführt worden ist.«
»Dafür gibt es Belege«, ergänzte Femke. »Wir haben ein aufgeregtes Telefonat zwischen Franziska Attaman und Vural abgehört. Daraufhin haben wir die Frau aufgesucht. Natürlich war sie verärgert, dass ihr Telefon angezapft worden war, und hat rumgeschrien, dass sie uns alle verklagen wird. Aber sie war vor allem deswegen außer sich, weil man ihr den Teil eines Fingers ihrer Tochter geschickt hat.« Femke hob ihre rechte Hand. Daran fehlte ebenfalls ein Fingerglied am Zeigefinger, was auf einen Reitunfall im Kindesalter zurückzuführen war. Femke hatte sich antrainiert, beide Hände gleichwertig benutzen zu können, zum Beispiel die linke zum Schießen.
»War es verlässlich Shirins Finger?«, fragte Tjark.

»Franziska Attaman hat in einem Videotelefonat mit ihrem Mann gesagt, sie sei sich sicher. Sie kenne ja wohl die Finger ihrer Tochter, außerdem sei ein Ring daran gewesen, der ihrer Tochter gehört. Wir haben es mit einem Fingerabdruckscan bestätigen wollen, aber die Frau hat uns regelrecht rausgeworfen, nachdem wir sie mit dem abgehörten Telefonat konfrontiert haben. Wir sollten gefälligst unsere Arbeit erledigen und nicht sie belästigen. Sie hat uns gesagt, es gäbe gar keinen Finger, und mit ihrer Tochter wäre alles in Ordnung. Sie hätte das nur im Telefonat mit ihrem Mann gesagt, weil sie wollte, dass er endlich nach Hause käme. Sie hatte sofort ihre Anwälte kontaktiert, die uns dann wegen der Abhörsache nach draußen komplimentiert haben. Scheint so, als habe man ihr vonseiten der Entführer dringend geraten, die Polizei aus dem Spiel zu lassen. Ihr Ehemann hat sie im Gespräch ebenfalls davor gewarnt, die Polizei zu informieren. Daher offenbar diese Story.«
»Ich dachte, ihr hättet Shirin überwacht?«
»Und das ist der andere krasse Scheiß«, sagte Ceylan. »Wir haben eine Überwachungsaktion laufen – und dann wird das Mädchen vor unserer Nase entführt.«
»Gibt es Forderungen?«
»Nicht, dass wir davon wüssten. In dem Telefonat mit ihrem Mann hat Franziska geschworen, dass es keine gibt, und gerätselt, was das alles soll. Ihr Mann hat geantwortet, dass er nicht die geringste Idee habe, aber alles tun würde, damit Shirin sicher nach Hause zurückkehrt. Franziska solle sich ein neues Telefon besorgen.«
Femke zog ihr Handy aus der Tasche. Sie spielte eine Audiodatei ab. Es handelte sich um eine Aufzeichnung des Videogesprächs zwischen Vural und seiner Frau. Die Bilddateien lagen nicht vor.

Lange her, dachte Tjark, dass er diese sonore Stimme gehört hatte. Er wusste nicht mehr, wann genau das gewesen war.
Aber er erinnerte sich an ihr erstes Aufeinandertreffen, damals, vor vielen Jahren in Oldenburg in den Wohnblocksiedlungen. Sie waren beide Straßenkids gewesen, gerade mal zehn Jahre alt, und Vural bereits in einer Gang. Er hatte Tjark verprügelt, weil der sich geweigert hatte, ihm auf dem Bürgersteig aus dem Weg zu gehen. Sie waren immer wieder aneinandergeraten – vielleicht deswegen, weil sie beide ein Interesse an dem anderen spürten und wissen wollten, wie sich die Dinge weiterentwickeln würden, ob sie trotz aller Gegensätze Freunde werden könnten. Als sie sechzehn oder siebzehn gewesen waren, hatte Vural vorgeschlagen, sie sollten besser mal einen trinken gehen, statt sich dauernd zu prügeln, was in der Bilanz ja meist doch nur unentschieden ausging. Er hatte Tjark außerdem vorgeschlagen, einmal zusammen ein Ding zu drehen. In die Gang könne er ihn aber nicht aufnehmen, weil Tjark kein Kurde sei.
Aber an Gangs oder daran, Dinger zu drehen, hatte Tjark kein Interesse. Er hatte bereits damals gewusst, dass er auf der anderen Seite stehen würde. Auf der Seite der Helden in den Comics, die er sich damals nicht leisten konnte. Nicht auf der Seite der Bösen, die sie bekämpften. Spätestens an dem Tag, als Tjark bereits bei der Polizei war und Vural bei einer Nachtklub-Razzia festnehmen musste, hatten sich die Verhältnisse ein für alle Mal geklärt.
Vural Attaman hatte sich in den Folgejahren zu einem Schwerkriminellen erster Güte entwickelt. Eine tadellose Karriere, wenn man so wollte. Er war zigmal festgenommen worden. Zigmal hatte man ihn nicht festnageln können und wieder laufen lassen müssen. Im Verhältnis zu dem, was in den letzten

dreißig Jahren an Raubüberfällen und Einbrüchen auf seine Kappe gegangen sein musste, hatte er unverschämt wenig Zeit hinter Gittern verbracht. Vielleicht fünf Jahre insgesamt, und im Knast hatte er dazugelernt und Kontakte geknüpft, die ihm später halfen.

Nach außen hin führte er ein beschauliches Leben, hatte dem Alkohol und der Gewalt abgeschworen, um unter dem Radar zu bleiben, ging regelmäßig zur Moschee und führte einen mittelgroßen Supermarkt für türkische Spezialitäten in Oldenburg. Aber Tjark wusste, dass das alles nur Fassade war.

Diese Fassade war spätestens zusammengebrochen, nachdem Interpol endlich etwas gefunden hatte, um Vural ans Zeug zu flicken. Er hatte sich an einem Überfall auf einen Juwelentransport in Rotterdam beteiligt, der schiefgegangen war, und jemand hatte ihn verpfiffen. Tjark hatte sich gewundert, denn es war eigentlich nicht Vurals Stil, international zu operieren und außerhalb seiner vertrauten Crew. Möglicherweise wollte er sich weiterentwickeln oder hatte ein Angebot bekommen, das er nicht ablehnen konnte.

Jedenfalls war es prompt schiefgegangen, und er war mitsamt Familie abgetaucht. Das heißt: Vural hatte das Land verlassen und seine Frau und seine Tochter unter geänderten Namen an der Küste untergebracht. Was nach Tjarks Meinung eher wilder Aktionismus als gut geplant gewesen war: Wenn es für die Polizei ein Leichtes war, Franziska und Shirin aufzuspüren, dann sollte es für alle anderen, vor denen Vural möglicherweise entkommen wollte, ebenfalls ein Leichtes sein.

Vurals Stimme sagte aus Femkes Handy: »Bist du verrückt, Franziska? Was habe ich dir gesagt?«

»Ich weiß«, erwiderte Franziska mit sich überschlagender Stimme. Sie weinte, war hysterisch. »Aber Shirin ist verschwunden, und sie haben mir ihren Finger geschickt. Abgeschnitten. In einem Briefumschlag steckte er. Siehst du – hier, siehst du? Das ist ihr Finger. Das ist ihr Ring. Gott, ich habe ihr tausendmal die Nägel geschnitten und lackiert, und den Ring, den kennst du.«

»Wer war das?« Vurals Stimme klang kalt.

»Ich weiß es nicht, oh, Gott, sie haben sie entführt und ihr den Finger abgeschnitten!«

»Bist du sicher?«

»Natürlich bin ich sicher – wer sind die? Was wollen die, ich, Himmel, Vural, sie haben unser Mädchen! Was wollen sie? Was hast du getan, dass sie …«

»Franziska. Ganz ruhig. Gab es eine Forderung?«

»Nein! Das macht mich so verrückt! Gar nichts. Nur ihr Finger!«

»Noch mal: Bist du sicher?«

»Ja! Du musst …«

»Wir müssen das Gespräch beenden. Es ist zu riskant.«

»Vural! Du musst etwas tun! Wer sind die? Was wollen die, oh, Gott!«

»Ich weiß es nicht. Ich werde es herausfinden. Sprich nicht mit der Polizei, hörst du!«

»Nein, ich …«

»Kein Wort zur Polizei!«

»Vural, du …«

»Wir müssen das Gespräch beenden.«

»Es … tut mir leid. Ich weiß, ich sollte dich nicht anrufen, aber …«

»Du hast das Richtige getan. Okay? Alles wird gut.«

»Vural!«

»Alles wird gut.«

Dann brach das Gespräch ab. Femke steckte das Telefon wieder ein.
»Weißt du«, sagte Ceylan, »das ist alles eine ziemliche Katastrophe. Das einzige Gute daran ist, dass Interpol auf Grundlage des Telefonates ermitteln konnte, dass sich Vural Attaman als Kurde in Kurdistan aufhält – was wir allerdings ohnehin schon vermutet hatten.«
»Und wer steckt hinter alledem?«
»Wissen wir nicht«, sagte Femke. »Wir vermuten allerdings, dass es mit den Bad Coyotes zu tun haben könnte. Aber warum …« Sie zuckte mit den Schultern. »Vielleicht hängt das alles mit diesem Rotterdam-Raub zusammen.«
»Möglich«, sagte Tjark.
»Und jetzt zu dir, Cowboy. Femke und ich haben extra den Weg hierher auf uns genommen, um mit dir zu sprechen.«
»Ein Anruf hätte genügt.«
»Ich will dir in die Augen sehen. Manche Dinge bespricht man lieber persönlich.«
Tjark konnte sich denken, worum es ging. Er sagte. »Die Antwort ist: Nein.«
»Du bekommst Vural Attaman auf dem Silbertablett serviert. Ist das nichts?«
»Die Antwort ist dennoch: Nein.«
»Tjark«, sagte Femke, »es geht nicht darum, dass wir dich dazu bewegen wollen, wieder in den Polizeidienst zurückzukehren. Wir respektieren deine Entscheidung.«
Es blieb ihnen auch nichts anderes übrig, dachte Tjark.
Er hatte den Dienst quittiert, weil Hauke Berndtsen Tjark vor die Wahl gestellt hatte: den Job aufgeben oder die SOK ans Messer liefern. Aber diese Hintergründe kannten seine ehemaligen Kollegen nicht. Und wenn er sich dafür entschied, ihnen

wegen Vural zu helfen, dann musste er in jedem Fall unter Berndtsens Radar bleiben. Tauchte er dort auf – dann gnade Tjark und gnade der SOK.

Femke fuhr fort: »Wir brauchen deine Expertise und Unterstützung. Du kennst Vural aus früheren Zeiten. Du weißt, wie er tickt, wie er reagieren wird.«

»Das kann ich euch sagen«, erwiderte Tjark. »Er wird genau das tun, was ich ebenfalls tun würde, wenn jemand meine Tochter entführt und ihr einen Finger abschneidet. Er wird diese Leute aufspüren, seine Tochter finden und befreien und die Verantwortlichen zur Rechenschaft ziehen. Er wird sie zudem außerdem dafür bezahlen lassen, dass sie seinen Blutsbruder Cem ins Krankenhaus geprügelt und ihm zwei Killer auf den Hals gehetzt haben. Aber das alles wiegt bei Weitem nicht so schwer wie die Sache mit Shirin.«

»Du meinst«, fragte Ceylan, »er wird die Typen umlegen wollen?«

Tjark nickte. »Ich habe keinen Zweifel. Und ich bin mir absolut sicher, dass Vural längst unterwegs ist. Was bedeutet, dass ihr alles überwachen müsst, was sich nur überwachen lässt.«

# 8.

Vural stieg aus dem Bus. Die Türen schlossen sich zischend hinter ihm. Dann fuhr der Bus weiter und gab den Blick frei auf die Krabbenkutter im Hafen von Neuharlingersiel. Er hatte nichts als einen Rucksack dabei und inhalierte die frische Luft. Man konnte die Nordsee regelrecht schmecken. Eine Wohltat nach all der trockenen, heißen Wüstenluft. Es war wie Nachhausekommen, wenngleich die Sonne heute heiß brannte, kein Wind wehte und der Himmel klar und tiefblau war.
Der Weg hierher war gefährlich und strapaziös gewesen. Nach dem Anruf seiner Frau hätte ihn nichts auch nur eine Sekunde länger in Kurdistan gehalten – er war ohnehin nur dort, weil er untertauchen wollte. Und niemand, dem er erklärt hatte, dass er wegen seiner Tochter zurück nach Deutschland musste, hatte daran gedacht, Vural aufzuhalten oder sich ihm in den Weg zu stellen. Im Gegenteil.
Er hatte sich ein weiteres Mal einen neuen Pass besorgt und einen anderen Namen, war über einen kleinen, ungesicherten Grenzübergang in die Türkei eingereist und hatte dafür ziemlich viel Geld bezahlt. Dort hatte ihn ein deutsches Hippiepaar mitgenommen, das mit einem selbst umgebauten Wohnmobil durch die Welt reiste und dringend Geld brauchte. Sie hatten einen ganzen Batzen erhalten. Zwei Tage später waren sie in Istanbul angekommen, wo Vural ein Flugzeug nach Frankfurt genommen hatte. Von dort aus war er dann mit dem Zug weitergefahren. Das Toupet, das er auf dem glatt rasierten Schädel getragen hatte, und der falsche Bart hatten ihn fast verrückt gemacht. Beides juckte wie die Hölle, vor allem das Toupet

und darunter die verheilende Kopfwunde, die mit zwei Stichen genäht worden war – keine große Sache. Aber die Verkleidung musste sein. Die Flughäfen waren mit Kameras gespickt. Gesichtserkennungssoftware gehörte heute außerdem zum Standard.
Direkt nach der Ankunft war er zur Toilette gegangen, hatte sich das Haarteil und den falschen Bart aus dem Gesicht gerissen, in den Rucksack gestopft und sich gründlich gewaschen. Dann hatte er ein Bahnticket gelöst, war mit dem Zug nach Wilhelmshaven gefahren und von dort aus weiter mit dem Bus.
Ja, und nun war er hier.
In Neuharlingersiel.
Vural ließ die Bushaltestelle hinter sich, ging über die Straße und hielt auf das Hafenbecken zu. Dort lagen Kutter, kleinere Boote. Die Takelagen schlugen im Wind gegen die Masten. Viele Touristen waren unterwegs – kein Wunder: Neuharlingersiel war ein Bilderbuchbeispiel für einen kleinen Fischerort an der Küste. An manchen Tagen war er hoffnungslos überfüllt, und man konnte hier gutes Geld verdienen. Zum Beispiel mit einer Fischbude wie der, die in der Nähe des Hafens aufgestellt war und auf die Vural jetzt zuging. Allerdings nicht, um sich ein Lachs- oder Krabbenbrötchen und ein kaltes Bier zu kaufen. Einerseits trank Vural keinen Alkohol. Andererseits stand er nicht auf Fisch. Im Moment stand er ausschließlich auf jemanden, der in der Küche hinter der Fischbude arbeitete. Zumindest war das Vurals letzter Stand. Falls er die Arbeitsstelle gewechselt hätte, würde Vural es innerhalb der nächsten Minuten erfahren.
Vural ging um das rötliche Gebäude herum, vor dem eine ganze Menge Plastikstühle und Tische mit integrierten Sonnen-

schirmen standen, an denen Menschen saßen und Getränke aus Pappbechern oder Dosen zu sich nahmen und aßen. Die Speisekarte umfasste nicht nur Fisch. Es gab auch Brat- und Currywürste, gebackenen Fisch, Döner Kebab oder Lamaçun. Hintenrum befand sich zwischen einer Reihe von großen Abfallcontainern eine Tür, die nach Vurals Einschätzung in Lagerräume oder die Küche führen sollte. Er öffnete die Tür und stand im nächsten Moment in der Tat in der Küche.
Eine Welle von undefinierbaren Gerüchen schlug ihm entgegen. Drei Männer waren mit dem Kochen und Vorbereiten von Gerichten beschäftigt. Alle trugen weiße Kleidung. Einer drehte sich zu Vural und wollte gerade etwas sagen – vermutlich, dass Vural sich sofort von hier verziehen soll, weil nur Beschäftigte Zutritt haben. Im selben Moment, in dem er den Mund öffnete, huschte ein Erkennen über sein Gesicht. Und bevor Arslan Demirici auch nur einen Laut von sich geben konnte, hatte Vural ihn bereits mit beiden Händen am Kragen gepackt und schleifte ihn nach draußen, schleuderte ihn gegen die Müllcontainer, wo er zu Boden ging, und stemmte ihm dann die Schuhsohle auf die Kehle.
»Du nimmst jetzt dein Telefon«, zischte Vural, »und rufst deinen Bruder an. Dann sagst du ihm, dass er herkommen soll. Und falls er nicht allein kommt, falls ihm auch nur irgendwer folgen sollte, dann …«
»Ruf ihn doch selbst an«, röchelte Arslan. »Scheiße, was willst du von mir, bist du verrückt?«
Die Tür war zugefallen. Jetzt ging sie wieder auf. Die anderen beiden Kerle tauchten auf. Einer hielt ein großes Fleischermesser in der Hand. Sie wollten Arslan zu Hilfe kommen, stockten aber bereits, als sie Vurals Blick sahen. Außerdem hielt Arslan die Hand abwehrend hoch, um ihnen zu bedeuten, dass alles

okay wäre. Was die Burschen allerdings nicht ganz zu überzeugen schien.

»Geht wieder rein«, sagte Vural daher. »Das geht euch nichts an.«

»Lass Arslan in Ruhe!«, forderte einer. »Was soll der Scheiß hier?!«

»Hört auf ihn«, röchelte Arslan. »Private Sache. Wir klären das. Alles gut.«

»Ihr hört ihn«, murmelte Vural. Immerhin nahm er den Fuß von Arslans Kehle.

»Bist du sicher?«, fragte der mit dem Messer.

»Alles gut, alles gut«, beschwor Arslan, rappelte sich auf und rieb sich den Hals.

Die beiden zögerten noch kurz, gingen dann aber zurück in die Küche. Die Tür fiel hinter ihnen zu.

Vural wandte sich wieder an Arslan, deutete mit dem Zeigefinger zwischen seine Augen. »Du nimmst dein Telefon, du rufst ihn an und …«

»Hey, warum rufst du ihn nicht selbst an oder besuchst ihn, er ist gerade erst raus aus dem Krankenhaus, Mann, was soll der Scheiß?«

»Weil ich es gegenwärtig nicht riskieren kann«, zischte Vural, »und … Krankenhaus?«

Arslan sah Vural an, als habe dieser nicht mehr alle Tassen im Schrank. »Ja, sicher. Weißt du das nicht, oder was? Die haben ihn ins Koma geprügelt.«

»Wer?«

»Ein paar Biker, wie es heißt. Keinen Schimmer, worum es ging. Sie haben ihm übel aufgemischt. Vorher haben ihn die Bullen verrückt gemacht. Dann kamen die zwei Typen mit den Brechstangen.«

Vural verstand nun ein paar Dinge. Allerdings begriff er nach wie vor nicht, worum es im Kern ging. Jedenfalls schien es so, als hätten die Bad Coyotes die Scheiße aus Cem herausgeprügelt – vermutlich, damit er ihnen einen Anhaltspunkt für Vurals Aufenthaltsort gab, denn Cem war außer Vurals Frau und seiner Tochter der Einzige, der wusste, wo Vural steckte. Offenbar hatte die Behandlung Erfolg, denn wenig später waren die beiden Biker in Kurdistan angerückt und hatten Vural ausfindig gemacht.

Der Teufel sollte ihn holen, wenn die Coyoten nicht für Shirins Verschwinden verantwortlich waren sowie dafür, dass ihr ein Fingerglied fehlte. Wer auch immer von den Mistkerlen das veranlasst und getan hatte, würde sich ebenfalls von einem Fingerglied verabschieden müssen. Und von seinen restlichen Körperteilen, die Vural Stück für Stück abschneiden und den Schweinen zum Fressen geben würde.

»Ruf Cem an«, wiederholte Vural. »Ich muss mit ihm reden, aber ich kann ihn nicht selbst anrufen, okay? Also musst du das tun. Sag ihm kein Wort von mir. Überwachen die sein Telefon?«

»Wer, die Cops? Kann sein.«

»Siehst du, deswegen muss ich auf Nummer sicher gehen. Arbeitet er schon wieder?«

»Er wollte morgen vorbeikommen und sich ein paar Dönerspieße für seine Bude in Aurich holen. Ich bestelle manchmal für ihn mit, weil es dann billiger wird.«

»Ruf ihn deswegen an und erzähl ihm irgendwas. Dann gibst du das Telefon an mich weiter.«

»Okay«, erwiderte Arslan und rieb sich immer noch den Hals. »Das hat verdammt wehgetan. Und was sollen meine Kollegen jetzt denken?«

»Dir wird schon was einfallen.«

Arslan musterte Vural. »Du glaubst, dass er dich verraten hat, oder? Cem würde dich niemals verraten. Nie und nimmer, das weißt du, oder?«
»Ja«, sagte Vural und drehte sich zum Gehen. »Weiß ich. Jetzt ruf ihn an.«
Arslan nickte, zog das Handy aus der Hintertasche seiner Hose, suchte eine Nummer aus dem Speicher und wählte sie. Wenige Sekunden später wurde das Gespräch angenommen.
»Bruder«, sagte Arslan, »was geht? Wie fühlst du dich?«
Er nickte einige Male, sagte »ja« und »nein« und »okay« oder »gut« und erklärte schließlich mit Blick auf Vural: »Hör mal, der Händler ist heute schon hier und hat ein paar Spieße gebracht. Ja. Erol ist das, der Fahrer, und heute schon. Ja, der tauchte plötzlich auf. Muss mich wohl mit den Terminen vertan haben. Er sagt, er hat ein Angebot für dich für nächstes Mal. Ja. Er fragt, ob du etwas mehr brauchst und wie das mit dem Gemüse ist, weil er das auch liefern kann. Er fragt, ob er dir alles bringen soll, weil du ja im Krankenhaus warst. Dann musst du nicht mit dem Auto herkommen. Nein, wäre kein Problem, sagt Erol. Ja, ich hatte dem das neulich erzählt, Bruder, jeder weiß, dass du im Krankenhaus warst. Ich gebe ihn dir, er steht gerade neben mir.«
Damit reichte er das Telefon an Vural weiter. »Cem, Habibi, hier ist Erol«, sagte Vural und verstellte seine Stimme etwas, »ich höre, du wolltest eine Dose Birnen aus dem Keller holen und bist dabei die Stufen hinabgefallen. Gib besser acht auf dich, mein Alterchen.«
Zunächst hörte Vural nur schweres Atmen. Er wusste, dass ein paar Groschen bei Cem gefallen sein mussten. »Habibi« war zwar keine ungewöhnliche Ansprache unter Freunden und guten Bekannten. Aber es war Vurals typischer Spruch. Ebenso

wie Cem »Alterchen« zu nennen, obwohl er bloß ein Jahr älter war als Vural. Und die Sache mit den Birnen war Cem tatsächlich passiert, als Vural und Cem sich vor vielen Jahren nach einem Raubzug bei Oma Demirici verschanzt hatten und plötzlich Hunger auf Obst bekamen.

»Ja«, erwiderte Cem schließlich und hustete. »Ich sollte besser auf meine Füße achten. Aber Birnen sind nun mal meine Lieblingsfrucht. Und wie sagt man: Das Leben ist die Schule, aber der Schmerz ist der Lehrer.«

Birnen waren Vurals Lieblingsfrucht, was Cem wusste. Er aß damals schon viel zu viel und war mit den Jahren noch fülliger geworden. Der Spruch mit der Schule und dem Leben – das war ebenfalls etwas, das Vural gerne sagte. Also hatte Cem tatsächlich kapiert, wer am Telefon war.

»Man sagt viele Dinge«, erwiderte Vural, »auch, dass dem Hahn, der zur falschen Zeit kräht, der Kopf abgeschlagen wird.«

»Manchmal kann der Hahn nicht anders.«

»Ich weiß. Habibi, wie geht es dir? Ist das alles wahr, was dein Bruder mir erzählt? Mit dem Krankenhaus und der Kellertreppe?«

»Er ist kein Lügner. Es stimmt alles.«

»Schlimme Sache. Ich wäre mit den Dönerspießen ja direkt zu dir gekommen, aber ich dachte, wir machen das besser über deinen Bruder.«

»Es war sicher besser, sie zunächst zu Arslan zu bringen. Es sind immer mal wieder die Parkplätze vor meiner Tür blockiert, da weiß ich nicht, ob du mit dem Lkw dort halten kannst. Da stehen manchmal Autos und Motorräder. Vor allem meine Nachbarn mit den Motorrädern sind mir auf die Nerven gegangen. Standen neulich bei mir und wollten etwas wegen einer Unfallflucht vor der Haustür wissen und einem Kennzeichen. Ich sagte: Ich weiß nichts davon und eine Kennzeichennummer schon gar nicht. Na ja, und dann bin ich die Treppe runtergefallen. Da hatte ich eh einen Blackout. Aber die Motorräder sind zum Glück nicht mehr da. Die Nachbarn sind wohl verzogen.«

Vural verstand. Also wurde Cem von Zeit zu Zeit überwacht, aber zuletzt nicht mehr so intensiv, und auch die Coyoten hatten sich zurückgezogen. Sie hatten wegen Vurals Flucht die Scheiße aus Cem herausgeprügelt und wollten auch den Code wissen. Aber Cem kannte den Code natürlich nicht. Er wusste nur das mit Vurals Flucht.

Vural sagte: »Habibi, sag einfach Arslan Bescheid, wenn es passt. Dann unterhalten wir uns über alles und über einen guten Preis.«

»Werde ich tun. Ich hatte keine Ahnung, dass du früher kommst.«

»Die Routenplanung wurde plötzlich geändert. Die Hunde haben mir damit einen Haufen Sachen an den Hals geladen, um die ich mich auf einmal kümmern muss.«

»Eine Schande.«

»Eine große Schande. Und dafür sollen sie in der Hölle rösten.«

»Eine Stunde Gerechtigkeit«, sagte Cem, »ist mehr als siebzig Jahre Gebet.«

»Das ist die reine Wahrheit, mein Freund. Wir sprechen uns dann.«

Damit beendete Vural das Gespräch und drückte Arslan das Handy in die Hand.

»Ich werde mich kurzfristig wieder bei dir melden, Arslan«, sagte Vural. »Besorg mir ein Prepaid-Handy. Wenn Cem eine Nachricht für mich hat, wird er sich zunächst bei dir melden. Und ich melde mich regelmäßig bei dir.«

Arslan nickte. Vural tätschelte ihm die Wange. »Tut mir leid mit deinem Hals. War nicht persönlich. Wird dich aber auch nicht umbringen.«

Arslan winkte ab. Damit drehte sich Vural um und ging. Eine Stunde Gerechtigkeit, dachte er, ist mehr als siebzig Jahre beten. Ihm würde eine Minute reichen, um für Gerechtigkeit zu sorgen. Und, bei Allah, das würde er.

# 9.

Madsen trug heute einen dünnen, schwarzen V-Neck, die Ärmel hochgestreift, dazu eine Jeans, die von einem Gürtel mit modischer, massiver Silberschnalle gehalten wurde. Ein mindestens so beeindruckendes Accessoire wie ihre Heckler-&-Koch-USP, die im Clipholster an ihrer Hüfte steckte.

Sie stand auf der kleinen Halbinsel Kalø, die am Nordufer der Århus-Bucht lag und über einen Damm mit dem Festland verbunden war. Die Wellen plätscherten an den schmalen, steinigen Strand. In Madsens Rücken befand sich eine schroffe Anhöhe, auf der die wenig spektakulären Überreste einer Burg aus dem vierzehnten Jahrhundert zu finden waren – im Grunde nur ein paar Mauern und die Ruinen eines Gebäudes, das vielleicht einmal ein Turm gewesen sein mochte. Die Sonne schien und glitzerte auf den Wellen der Bucht.

Madsen sah sich den Fundort der zweiten Leiche ein weiteres Mal an, ohne neue Erkenntnisse zu gewinnen. Maja Solness war dreiundzwanzig Jahre alt geworden. Ihr Mörder hatte sie mit einer Schnur erdrosselt, missbraucht und genau hier nackt abgelegt. Die andere Leiche war am gegenüberliegenden Ufer gefunden worden, auf dem Kiesstrand des Vosnæs Pyt, ebenfalls weiblich, ebenfalls erdrosselt, ebenfalls missbraucht, ebenfalls nackt, vierundzwanzig Jahre alt, Sofia Lund. Beide stammten aus Orten in der näheren Umgebung.

Madsen fragte sich, ob die Ablageorte so nahe am Wasser eine Rolle für den Täter spielten. Zudem die Burgruine, die zwar nicht beeindruckend war, aber immer noch ein markanter Ort.

Der Mörder hätte jeden anderen wählen können. Doch er hatte sich diesen ausgesucht, und das dürfte nach allen forensischen Erkenntnissen über Täterverhalten Rückschlüsse auf den Mörder zulassen – ebenso wie jedes andere Detail, das Alter der Opfer, ihr Geschlecht, dass sie missbraucht und vollständig ausgezogen worden waren, sowie der Modus des Erdrosselns. All das waren Entscheidungen, die der Mörder getroffen hatte – vielleicht bewusst, vielleicht unbewusst.

Vor allen Dingen war da diese Besonderheit in den beiden Mordfällen. Sie war beunruhigend und sagte noch mehr über den Täter aus als sein Modus und die Fundorte. Zudem bedeutete es nach Madsens Einschätzung und nach allen Regeln der Kriminalistik, dass sie es sehr wahrscheinlich mit einem Serientäter zu tun hatten.

Er hatte den Opfern Sand in die Augen gestreut.

Zunächst war das gar nicht aufgefallen, das heißt: Die Polizei und Madsen hatten angenommen, dass der Sand von Verwehungen an den Stränden stammte. Bei den gerichtsmedizinischen Untersuchungen und nach genauerer vergleichender Analyse der Videoaufnahmen von den Fundorten hatte sich allerdings ein anderes Bild ergeben, denn der Sand war *ausschließlich* in den Augen zu finden gewesen. Madsen hatte eine Analyse in Auftrag gegeben, um festzustellen, ob der Sand von den jeweiligen Fundorten stammte.

Noch gab es keine Ergebnisse – nur so viel war klar: Der Täter wollte damit etwas ausdrücken. Möglicherweise ging es um den Begriff des Sand-in-die-Augen-Streuens, was mit Täuschung und Lügen zu tun hätte. Dann ging es womöglich um Rachetaten, weil der Mörder die Frauen kannte und sich von ihnen belogen fühlte – oder die Opfer standen stellvertretend für eine andere Person in seiner Biografie.

Madsens Psychotherapeutin hatte noch eine andere Bedeutung ins Spiel gebracht. Sie hatte in der Presse davon gelesen, dass Madsen mit dem Fall zu tun hatte, und in einer Sitzung von dem Sandmann gesprochen. Dieses Motiv hatte zweierlei Bedeutung. Es gab in der Mythologie den bösen Sandmann als augenausreißenden Dämon. Und es gab den guten Sandmann, der den Kindern Sand in die Augen streute, damit sie schlafen und träumen konnten. Im einen wie im anderen Fall war dieser Sandmann demnach, sinngemäß betrachtet, der Herr über Leben und Tod, wenn man den Schlaf und den Tod gleichsetzen wollte.

Falls es darum ging, dann hatte dieser Killer sein bösartiges Werk erst begonnen. Ja, und nachdem Madsen das angesprochen hatte, hatte er intern diesen Namen bekommen, und die Mordkommission »Strand« war umgetauft worden in »Sandmann«, denn so nannten sie den gesuchten Mörder jetzt bei der Polizei.

Dennoch sprach die Örtlichkeit an der Ruine auf Kalø nicht zu Madsen. Ja, der Täter schien aus dem Umfeld zu kommen und lebte wahrscheinlich irgendwo an der Kalø- oder Århus-Bucht, was nicht gerade ein kleines Gebiet war. Es war ebenfalls denkbar, dass die beiden Fundorte eine Rolle in der Biografie des Mörders spielten – Orte, die er vielleicht gern aufsuchte oder die ihn als Kind geprägt hatten. Familienausflüge, bei denen etwas Besonderes geschehen war, oder vergleichbare Anlässe. Möglich.

Doch im Moment brachte es Madsen nicht weiter.

Sie fuhr sich über die kurz geschnittenen Haare, die sie gerade vor zwei Tagen frisch blond gefärbt hatte. Madsen war über fünfzig Jahre alt, was man ihr nach Tjarks Worten nicht ansah. Aber die grauen Haare waren mehr geworden. Insbeson-

dere nach den jüngsten Vorfällen. Ein Wunder, wenn das spurlos an einem vorübergehen würde. Und … nein, das tat es nicht.
Madsen hatte sich eine verordnete Auszeit genommen und war in psychologischer Betreuung. Jede Nacht rasten vor dem Einschlafen Bilder durch ihr Gehirn, und die Angst umklammerte mit eisernen Fingern Madsens Herz. Sie nahm Medikamente dagegen. Aber das musste niemand wissen, auch nicht Tjark. Er würde sich dann verantwortlich für Madsen fühlen, auf sie aufpassen wollen und es sich vielleicht noch einmal anders überlegen und doch mit ihr zusammenziehen. Aber Madsen wollte nicht, dass Tjark aus diesem Grund zu ihr kommen würde. Er sollte zu ihr kommen, wenn er es aus freien Stücken wollte.
Ob das jemals geschehen würde, blieb dahingestellt, denn Tjark war – wie hatte er es einmal ausgedrückt? Im Autoradio war gerade die Titelmelodie zu dem Film *Shaft* von Isaac Hayes gelaufen. Tjark mochte die Soul- und Funkmusik der Sechziger und Siebziger. Bei der Textzeile »He's a complicated man but no one understands him but his woman« hatte er gegrinst und zu Madsen geschaut und gesagt: »That's me«. Na ja, und sie, Madsen, war der Gegenpart. Dabei war »verstehen« reichlich weit gefasst. Sie verstand ihn beileibe nicht immer und nicht so gut, wie er womöglich annahm. Aber sie war reif genug und hatte genug erlebt, um ihn zu tolerieren und zu respektieren. Und vielleicht lief das Ende auf dasselbe hinaus und war genug. Vielleicht fühlte sich es an wie »verstehen«.
Madsens Telefon meldete sich. Sie zog es aus der Hosentasche und spürte einen leichten Stich am Oberschenkel, in den die Rune geschnitten worden war. Es würde noch dauern, bis die tiefe Wunde komplett verheilt war. Ein Facetime-Anruf. Mad-

sen nahm ihn an, drehte sich in den Schatten und schirmte das Display mit der anderen Hand gegen die Sonne ab. Im nächsten Moment blickte sie in Tjarks Gesicht.

»Wenn das nicht mein Lieblingsdeutscher ist«, sagte Madsen auf Englisch.

Sie sprach zwar inzwischen ein paar Brocken Deutsch und Tjark ein wenig Dänisch, aber es reichte absolut noch nicht dazu aus, um eine gescheite Unterhaltung zu führen.

»Mittagspause am Meer?«, fragte Tjark.

»Nein, ich bin an einem der Tatorte und sehe mich um.«

»Nützt es etwas?«

»Noch nicht.«

»Auch das Scheitern ist edel.«

»Sagt Batman?«

»Der Silver Surfer.«

»Ich hätte es mir denken können.«

Tjark lachte leise und fuhr sich über den Kinnbart, seinen Soulpatch. »Ich werde nach Deutschland fahren«, sagte er und erklärte ihr, warum, und dass seine Kolleginnen ihn darum gebeten hätten.

»Bist du dir sicher?«, fragte Madsen. Sie wusste, warum Tjark den Dienst quittiert hatte. Wenn er nun wieder einstieg, könnte das Probleme geben.

»Ich sehe meine Rolle als Berater«, sagte Tjark. »Es ist keine Rückkehr.«

»Trotzdem.«

»Sagt die Frau, die es kaum abwarten konnte, zurück an den Schreibtisch zu kehren.«

Madsen lachte. »Touché.«

»Mir ist langweilig«, erklärte Tjark. »Und meine Bilder werden nicht besser. Abgesehen davon liegt mir persönlich daran, dabei zu helfen, Vural Attaman dingfest zu machen. Alte Geschichte.«

»Wann bist du zurück?«

»Es dauert, solange es dauert. Aber ich bin jederzeit erreichbar.«

»Pass auf dich auf«, sagte Madsen, bevor sie das Gespräch beendeten. Es war eher eine Floskel, denn sie ahnte bereits, dass Tjark das nicht tun würde.

# 10.

Von Hvide Sande bis nach Oldenburg waren es mehr als fünfhundert Kilometer, und Tjark brauchte fast sechs Stunden für die Fahrt. Vor, in und hinter Hamburg geriet er in einige Staus. Bei Bremen war es nicht besser. Schließlich erreichte er seine Wohnung, von der er sich nicht hatte trennen mögen. Es war ein Loft in einer umgebauten Gewerbeimmobilie.

Tjark schloss auf, stellte die Alarmanlage aus, ging zum Sicherungskasten und legte alle Schalter um. Der Boden in der Wohnung war im grauen Industrieanstrich belassen worden. Die Einrichtung war sehr modern, viel Leder, viel Hochglanzlack, viel Chrom. An den Wänden hingen gerahmte Originalzeichnungen von Superheldencomics. Die Hefte selbst bewahrte er in beschrifteten Spezialkartons in einem Regal im Wohnzimmer auf, das nahtlos in die Küche überging. Er schaltete den Fernseher ein, um sich nicht so allein zu fühlen und Stimmen zu hören, ging die Post durch, bei der es sich in erster Linie um Werbung handelte. Die wichtigen Briefe wurden ihm nach Dänemark geschickt. Der Kühlschrank war leer, weswegen er sich eine Pizza bestellte und beim Warten auf dem Tablet sein Aktiendepot checkte. Seine Ex-Frau Sabine war Anlage- und Vermögensberaterin. Sie hatte ihn mit dem Virus infiziert, und in diesem Fall war es ein Virus mit positiven Effekten – jedenfalls dann, wenn es gut an der Börse lief.

Nach Pizza und Dusche ging er ins Bett und schlief rasch ein.

Am anderen Morgen wachte er früh auf und trank einen Kaffee

aus dem Vollautomaten in der Küche. Aus dem Safe im Kleiderschrank nahm er seine SIG-Sauer und steckte sie in die Tasche seines Army-Blousons. Beim Tankstopp kaufte er zwei Brötchen, Zigaretten, eine Flasche Cola und einen weiteren Kaffee, gönnte sich auf der Autobahn im Fahren ein zweites Frühstück und erreichte eine Stunde später Aurich. Auf der B 210 fuhr er weiter Richtung Küste. Kurz vor dem Ortsausgang fuhr er rechts ran und stoppte den BMW vor den großen Fensterscheiben des »Dönerlicious«-Imbiss, der an diesem frühen Vormittag zwar schon geöffnet, aber noch von keinen Kunden frequentiert war.

Als Tjark den Laden betrat, stand ein einzelner Mann hinter dem Tresen und war gerade damit befasst, Salat in die Auslagen zu füllen, während sich hinter ihm ein frischer Dönerspieß drehte. In einer Ecke stand ein Fernseher, auf dem eine türkische Serie lief. Der Ton war ausgeschaltet. Dafür war türkische Musik aus einem nicht sichtbaren Radio oder einem Bluetooth-Speaker zu hören. Der Mann hinter dem Tresen trug ein rotes Poloshirt und eine Schürze. Beides spannte sich über seinem beachtlichen Körper. Er trug außerdem eine Halskrause zur Stabilisierung seiner Nackenwirbel. Die Überreste eines blauen Auges waren zu erkennen sowie eine frische Narbe über der linken Augenbraue. Der Mann blickte auf, hielt in der Bewegung inne.

Er sagte leise: »Ach du Scheiße.«

»Freut mich ebenfalls«, erwiderte Tjark zu Cem Demirici, der in der Tat noch recht mitgenommen aussah.

»Was willst du?«, fragte Cem und ließ es eher wie eine Feststellung klingen. »Ich habe mit allen geredet. Die Polizei ging mir inzwischen sechsmal auf die Nerven. Sogar ins Krankenhaus sind die gekommen. Aber ich weiß nicht, wo er ist, und ich habe nichts mit der Diamantensache zu tun. Mir ist nichts nachzuweisen. Ich habe ihn schon seit über einem Jahr nicht mehr gesehen. Und diese Biker haben mich zusammengeschlagen und mir Geld gestohlen. Das war ein Raubüberfall, aber ich kann mich an nichts mehr erinnern – Amnesie wegen der heftigen Schläge. Kannst du alles in Gutachten nachlesen. Ich kann dir nicht helfen. Verschwinde.«

»Bullshit«, sagte Tjark.

»Glaub mir, oder glaub mir nicht. Ist mir völlig egal. Außerdem dachte ich, du bist kein Bulle mehr.«

»Sagt wer?«

»Hört man so.«

»Es stimmt, was man so hört.« Tjark nahm eine frische Packung Zigaretten, riss die Verpackung auf und steckte sich eine an.

»Mann, hier ist Rauchverbot!«

»Mir doch egal«, sagte Tjark. »Du solltest ebenfalls noch eine rauchen, bevor Vural dich in die Finger bekommt. Ich nehme an, dass das, was die Kojoten mit dir angestellt haben, dagegen wie Kasperltheater wirken wird.«

Cem lachte schnaubend. »Ich weiß nicht, wovon du sprichst, Alter.«

Tjark zog an der Zigarette, inhalierte und paffte den Rauch in Cems Gesicht. »Du hast keine Ahnung, was los ist, oder? Wie lange kennen wir uns jetzt? Seit du damals mit Vural um den Block gezogen bist. Ihr Idioten habt sogar Blutsbrüderschaft geschlossen. Aber ich garantiere dir: Er wird darauf scheißen.«

»Du gehst besser. Ich konnte der Polizei schon vorher nichts erzählen. Dir kann ich ebenfalls nichts Neues berichten. Abgesehen davon bist du kein Bulle mehr. Also, was willst du hier? Verzieh dich.«

»Die Voraussetzungen haben sich in den letzten paar Tagen und Wochen geändert.«

Cem zuckte mit den Achseln, machte mit seinen Salaten weiter.

»Ich erkläre dir, was sich seitdem verändert hat. Die Kojoten sind hier aufgekreuzt und haben dich krankenhausreif geschlagen, damit du ihnen Vurals Aufenthaltsort preisgibst, und genau das hast du schließlich getan. Was du nicht weißt, ist Folgendes: Die Biker haben zwei Kurden zu Vural geschickt. Aber die beiden sind tot zurückgekommen. Daraufhin wurde Shirin entführt.«

Cem hielt inne.

»Ihre Mutter bekam kommentarlos einen abgeschnittenen Finger zugeschickt, worauf sie Vural anrief und durchdrehte.«

Tjark zog an der Zigarette und musterte Cem. Cem war ein Profi und wusste, sich zu verstellen, wenn man ihn mit Fakten konfrontierte. Aber gerade im Moment schien das nicht gut zu gelingen. Stattdessen schienen einige Zahnräder in seinem Gehirn einzurasten.

Tjark fuhr fort. »Wir beide kennen Vural. Keine zehn Pferde werden ihn in Kurdistan halten. Und du wirst seine erste Adresse sein, weil er davon ausgehen wird, dass du ihn verraten hast. Weil du ausgepackt hast, als die Kojoten dich fertiggemacht haben, wollten ihn zuerst zwei Biker umlegen. Damit wird Vural noch klarkommen. Aber dass dann seine Tochter entführt und verstümmelt wurde … Wenn Vural hier aufkreuzt, dann wird er keinen Döner bestellen wollen, Cem. Er wird Döner aus dir machen. Also reiß dich zusammen, Mann, und verarsch mich nicht, sondern erzähl mir, worum es geht, damit ich ihn aufhalten kann.«

Cem stellte die Salate zur Seite, trocknete sich die Hände an einem Geschirrtuch ab. Er griff nach einer Flasche Raki und

zwei Gläsern, kam damit um die Theke herum und deutete mit der Stirn zu einem kleinen Tisch mit zwei Stühlen. Er setzte sich, goss ein. Tjark nahm ebenfalls Platz.
»Shirin wurde entführt? Ihr Finger abgeschnitten?«, fragte Cem und trank den Schnaps auf ex.
Tjark nickte, trank ebenfalls seinen Raki. »Ich habe keine Ahnung, worum es dabei geht. Hat jemand eine Rechnung mit Vural offen?«
Cem zuckte mit den Schultern.
»Es gibt zwei Optionen«, sagte Tjark. »Entweder bleibst du bei deiner Position und lebst mit den Konsequenzen, die einerseits sein könnten, dass Shirin in weitere Einzelteile zerlegt oder vielleicht sogar umgebracht wird, sowie andererseits, dass Vural früher oder später bei dir auftaucht und dich zur Rechenschaft zieht. Die andere Option ist, dass du mir erzählst, was wirklich gelaufen ist, und damit dabei hilfst, dass wir Shirin finden und Vural ebenfalls. Wir wissen zwar bereits, dass er in Kurdistan untergetaucht ist, aber ich glaube nicht, dass er noch dort ist. Ich kenne ihn. Niemand tut seiner Tochter etwas an. Vural wird alles in Bewegung setzen, um das Mädchen zu finden und alle Verantwortlichen zu bestrafen. Und dazu wirst auch du gehören. Wenn bereits für mich naheliegt, dass die Kojoten Vurals Aufenthaltsort aus dir herausgeprügelt haben, dann wird auch er sich das vorstellen können. So einfach ist das.«
Cem drehte das Glas auf dem Tisch hin und her, dachte nach, wog vermutlich die Risiken ab und überlegte wahrscheinlich, was er erzählen könnte und was nicht.
Tjark machte es ihm etwas leichter. »Du hast mich eben gefragt, ob ich noch ein Polizist bin. Wie gesagt: Bin ich nicht mehr. Ich helfe meinen Kollegen, weil ich Vural gut kenne und weiß, wie

er reagieren wird, welches seine Netzwerke sind. Aber ich habe meinen Dienst quittiert. Das bedeutet, dass ich an keine Dienstvorschriften gebunden bin. Ich kann filtern, was ich an meine Kollegen weitergebe, okay? Und das wird nichts sein, das dich in Schwierigkeiten bringt. Das sage ich dir zu.«

Cem blickte auf. »Dein Wort?«

Tjark nickte.

Cem goss sich noch einen ein, wollte auch Tjark nachschenken, aber der lehnte mit einer Geste ab und warf die Zigarettenkippe in sein Glas, wo sie zischend erlosch. Cem trank noch einen. Schließlich begann er.

»Ich hatte gerade Feierabend gemacht, da sind sie mit vier Bikes und einem Pick-up vorgefahren, haben mich niedergeschlagen, mich mit Klebeband gefesselt. Dann haben sie mir eine Kapuze übergezogen. Sie haben mich irgendwohin gebracht und mich die ganze Nacht mit Fäusten und Brechstangen geprügelt. Schließlich haben sie eine Zange glühend erhitzt.« Cem fuhr sich mit der Hand übers Gesicht. »Später haben sie mich vor meinem Laden abgelegt, die Kasse leer geräumt und mir erklärt, dass ich überfallen und ausgeraubt wurde und die Klappe halten sollte und mich an nichts mehr erinnern könnte. Allerdings hat ein Passant wohl die Motorräder gesehen, weswegen die Polizei immer wieder von mir wissen wollte, ob es die Bad Coyotes waren. Aber wie gesagt: Offiziell hab ich mich an nichts erinnern können. Sie hatten mich bearbeitet, weil sie wissen wollten, wo sie Vural finden. Ich wusste natürlich, was er geplant hatte, wohin er abtauchen wollte. Als sie mit der glühenden Zange kamen, habe ich es ihnen gesagt.«

»Mehr wollten die nicht wissen?«

Cem trank und schüttelte den Kopf.

Tjark sah ihm tief in die Augen. »War das alles?«

Cem wich dem Blick zunächst aus, nahm ihn dann auf und versicherte: »Das war alles.«
»Weswegen wollten die das wissen?«
»Keine Ahnung.«
»Hat es mit dem Diamantenraub in Rotterdam zu tun?«
»Weiß ich nicht.«
»Cem, ich kann dich nur schützen, wenn du mir alles erzählst. Du musst doch wenigstens eine Vermutung haben, was die von Vural wollen.«
Cem blickte aus dem Fenster und schwieg.
Tjark sagte: »Wie gesagt – ich gebe nichts an die Polizei, das dich belasten könnte. Du hast mein Wort. Aber du musst mir alles erzählen, Mann. Es geht um das Leben von Shirin und auch um deins und wer weiß, um wie viele noch. Zwei Männer sind schon in Kurdistan gestorben. Ich weiß nicht, was dort geschehen ist, aber ich bin mir sicher, dass die beiden auf Vurals Konto gehen. Also leg los, Cem, ich bin ganz Ohr.«
»Sie wollten einen Code. Aber ich kenne den Code nicht.«
»Was für einen Code?«
»Sie wollten wissen, wo Vural seine Sachen versteckt, insbesondere aus den letzten Dingern, die er gedreht hat. Weißt du, Vural hat einige Lagerräume angemietet und bewahrt dort seine Sachen auf. Gegenstände aus einigen Einbrüchen, die nicht direkt an einen Hehler gegangen sind, weil sich bislang kein Interessent gefunden hat oder sie noch zu heiß waren. Ich weiß nicht, wo er die Schließfächer angemietet hat. Echt nicht. Ich kenne auch keinen Code. Die Kojoten wollten es dennoch aus mir herausprügeln. Aber ich wusste es nicht, weiß es immer noch nicht, absolut nicht. Schließlich haben sie mir geglaubt und von mir abgelassen. Daraufhin werden sie die beiden Männer nach Kurdistan geschickt haben, um Vural aufzutreiben.

Ich nehme an, damit er ihnen den Code sagt und wo die Schließfächer oder Lagerräume sind.«

»Weswegen sind die so heiß auf den Code?«

»Keine Ahnung.«

»Bist du sicher, dass es nicht mit dem Rotterdam-Ding zu tun hat?«

Cem nickte. »Rotterdam hatte er für Geld gemacht. Die Sache ging schief. Es gab keine Beute. Es gab also auch kein Geld. Davor hatte er einen Bruch gemacht, konnte aber keine der Sachen loswerden, weil sich gleich Rotterdam daran angeschlossen hat. Vielleicht wollen die einfach die Gunst der Stunde nutzen und Vurals Schatzkammer ausplündern. Könnte sein.«

»Ist die Schatzkammer denn wertvoll?«

»Ein paar Hunderttausend dürften darin schlummern. Andererseits wollten sie nicht die Codes für alle Schließfächer. Sie waren nur daran interessiert, wo sich die jüngsten Sachen befinden würden. Na ja, und als ich die Infos dazu nicht liefern konnte, wollten sie wissen, wo sie Vural finden.«

»Um was handelt es sich? Geld? Schmuck? Welches war der letzte Einbruch?«

Cem überlegte erneut. Dann erzählte er es.

# 11.

Schillig lag an der Nordostspitze der ostfriesischen Halbinsel. Wangerooge war gleich um die Ecke und Wilhelmshaven ungefähr zwanzig Kilometer entfernt. Dort waren Femke und Ceylan vor etwa einer halben Stunde in dem zivilen Ford Escort aufgebrochen, mit dem sie zuvor nach Dänemark gefahren waren, um Tjark aufzutreiben. Ceylan saß am Steuer und redete nicht viel. Femke schwieg sich ebenfalls aus – nicht etwa, weil sie sich gestritten hätten. Es gab im Moment nicht viel zu sagen. Außerdem hatten sie auf dem Weg zum Ringköbing-Fjord und wieder zurück unentwegt geredet und auch ein wenig über Fred gelästert. Ihr Kollege hatte sich Überstunden genommen, weil er etwas an seinem Haus zu arbeiten hatte. Fred hatte sich geweigert, zu sagen, was er da tat.

So oder so zweifelte Femke nicht daran, dass es an seinem Eigenheim dauernd etwas zu werkeln gab. Es war ein recht großer Neubau, eigentlich viel zu groß für Fred und seine Frau, die keine Kinder hatten und nach Femkes Meinung vor lauter Platz nicht ein noch aus wissen sollten. Aber okay – war nicht ihr Bier, und im Moment nutzte Fred wohl die Abwesenheit seiner Frau, die für einige Tage auf einer Mädelstour auf Norderney war, um sich mit seinem Projekt ungestört auszubreiten.

Am Morgen war Femke vor der Arbeit mit Volker in seinem Range Rover zum Stall gefahren. Ihr Lebensgefährte war Tierarzt und musste für das Gesundheitsamt Kontrollen vornehmen, weil auf einigen Reiterhöfen in der Umgebung eine Seuche ausgebrochen war. Femke hatte sich einfach nur mal wieder etwas Stallluft um die Nase wehen lassen wollen.

Seit ihr Pferd Justin getötet worden war, hatte sie sich ferngehalten. Abgesehen davon hatte sie im Stall auch nichts mehr zu tun, und es tat ihr weh, an seiner früheren Box vorbeizugehen, die inzwischen neu vermietet worden war. Natürlich gab es die Möglichkeit einer Reitbeteiligung. Sie könnte dann und wann das Pferd einer anderen Einstallerin reiten, sich ein wenig darum kümmern und sich im Gegenzug mit einem kleinen Obolus an den Kosten beteiligen. Aber Femke fühlte sich noch nicht so weit.

Und ehrlich gesagt: Was sie so genossen hatte, war die Vertrautheit mit Justin. Alleine mit ihm Zeit zu verbringen, ihm ihre Gedanken und Sorgen zu erzählen. Zu einem anderen Pferd würde sie erst eine Beziehung aufbauen müssen, und es wäre einfach nicht dasselbe. Es wäre niemals ihr Pferd, das sie über Jahre hinweg begleitet hatte. Es wäre, als ob man in einer Kneipe Trost bei einem Fremden suchte statt bei einer engen Freundin, mit der man schon zusammen im Sandkasten gespielt hatte.

Schließlich bog Ceylan von der Straße in eine Einfahrt ab. Sie führte über einen frisch asphaltierten Weg zu einer ehemaligen Scheune, die aus rötlichen Backsteinen gebaut war und unweit des Strandes von Schilling lag. Man konnte das Meer sehen. Das Gebäude war umfunktioniert worden. Das Schild über dem Eingang zeigte das Logo des »Bad Coyote«-Motorradklubs. Das Hauptmotiv war dem Kopf einer Comic-Figur nachempfunden. Vor der Scheune standen lediglich zwei Motorräder sowie ein Wohnwagen, der schon bessere Tage gesehen hatte. Es gab eine Feuerstelle und Campingstühle aus weißem Plastik, die darum aufgebaut waren.

»Na, dann wollen wir mal in die Höhle des Löwen«, sagte Ceylan, stoppte neben dem Wohnwagen und stellte den Motor aus.

Als sie und Femke ausstiegen, öffnete sich bereits die Wohnwagentür. Eine Frau kam heraus. Sie war schlank, mittleren Alters, trug zerrissene Jeans und das T-Shirt einer Heavy-Metal-Band. Ihre Haare waren hochgesteckt und weißblond gefärbt. Zwei bullig wirkende Männer in Bikerkutten folgten ihr. Der Geleitschutz von Gesa Rippen, bei der es sich um die Lebensgefährtin von Frank »Django« Feddersen handelte. Femke kannte sie von polizeilichen Fotos – auch ihren Spitznamen »Lady Macmeth«, der Bände sprach.
Sie war mehr als einmal mit dem Gesetz in Konflikt geraten, genau wie die meisten Mitglieder der Gang. Es waren in ganz Ostfriesland ungefähr fünfzig bekannt. Aber der Klub dürfte über deutlich mehr verfügen. Dazu kamen assoziierte oder, besser, assimilierte Klubs sowie andere Gruppen, die den »Coyotes« verbunden waren und sich nach der Zerschlagung der »Northern Riders« umorientiert oder zum Teil aus Mitgliedern der Riders neu formiert hatten. Also konnte man getrost von mehr als hundert Personen ausgehen – und die waren kaum einzeln zu überwachen, um möglicherweise eine Spur zu Shirin Attaman zu finden. Wollte man sie alle einzeln vernehmen und überprüfen, müsste eine mit zwanzig bis dreißig Kollegen besetzte Sonderkommission ins Leben gerufen werden.
Zwar würden sie das in Angriff nehmen müssen, aber für das Einsetzen einer so großen Gruppe fehlten bislang jedoch Beweise gegen die Kojoten. Es gab nur Annahmen und Interpretationen, aber nichts Belastbares. Auch nicht nach dem Tod der beiden kurdischen Biker, denn die Familien hatten hierzu erklärt, dass die Männer bei einem Gefecht mit dem IS ums Leben gekommen wären, wofür sie sogar Dokumente von der autonomen kurdischen Armee erhalten hatten. Und offizielle

Papiere waren nun mal offizielle Papiere, da konnte man sich auf den Kopf stellen.
Also blieb Femke und Ceylan zunächst nichts anderes übrig, als mitten ins Wespennest zu stechen und zu schauen, was geschehen würde. Außerdem ging es darum, Druck aufzubauen und zu zeigen, dass die Polizei alarmiert war und ahnte, woher der Wind wehte. Deswegen waren sie hier.
»Das ist Privatgelände«, sagte Gesa Rippen, stemmte die Hände in die Hüften, schob das Becken etwas vor und hob das Kinn an. Eine Trotzhaltung, an der sich auch nichts änderte, als Femke und Ceylan sich vorstellten und ihre Dienstausweise vorzeigten. Femke hielt der Frau außerdem ein Handy hin, sodass das Display und darauf ein Foto von Shirin Attaman zu sehen war.
»Wir sind auf der Suche nach dieser jungen Frau«, erklärte Femke. »Ihr Name ist Shirin Attaman. Sie lebt auf Langeoog. Wissen Sie etwas über sie?«
Rippen betrachtete das Foto, während sich nichts an ihrer Körperhaltung oder dem Gesichtsausdruck änderte. Die beiden Männer neben ihr sahen sich das Foto ebenfalls an, zuckten aber nur mit den Schultern.
»Sagt mir gar nichts«, erklärte sie. »Woher auch. Wie kommt ihr auf die Idee, ich könnte etwas über die hier wissen?«
Femke steckte das Telefon zurück in die Hintertasche ihrer Jeans. »Dennoch kommen wir hierher und fragen Sie. Das tun wir nicht grundlos.«
Rippen blähte die Backen, prustete dann und sagte: »Das ist ja lächerlich und gleichzeitig eine freche Unterstellung. Was sollte ich mit diesem Mädchen zu tun haben?«
»Das wüssten wir ebenfalls gerne«, erwiderte Femke.
»Vielleicht«, sagte Ceylan, »weiß jemand anders aus Ihrem Klub etwas dazu. Bitte hören Sie sich doch einmal um und

geben uns dann Bescheid. Hier ist meine Nummer.« Ceylan zog eine Visitenkarte und bot sie der Frau an, wurde jedoch ignoriert.
Die beiden Biker grinsten breit. Lady Macmeth allerdings nicht. »Sie verschwenden meine Zeit.«
»Wo finde ich Herrn Feddersen?«, fragte Ceylan.
»Nicht hier jedenfalls.«
»Wir würden gerne mit ihm reden.«
»Viele wollen mit Django reden. Aber Django spricht nicht mit jedem. Vor allem nicht, wenn es nichts zu sagen gibt.«
Femke holte tief Luft, warf Ceylan einen Seitenblick zu. Ceylan schenkte Gesa Rippen ein kaltes Lächeln. »Dann müssen wir wohl noch mal kommen.«
»Das Grundstück ist privat. Wenn Sie noch mal kommen wollen, melden Sie sich gefälligst vorher an und bringen außerdem einen Durchsuchungsbeschluss mit.«
»Wie Sie wünschen.«
»Wir sind ein Freizeitklub, der sich dem Motorsport widmet.«
»Ich weiß, was die Bad Coyotes sind.« Ceylan schnippte die Karte aus den Fingern gegen Gesa Rippens Brust, wo sie abprallte und zu Boden fiel. »Ich weiß es ganz genau. Und der Rest der Sonderkommission für organisierte Kriminalität weiß es ebenfalls.«
»Keine Ahnung, wovon Sie reden.«
Ceylan lächelte, deutete mit der Stirn auf den Boden. »Falls jemandem etwas einfällt, soll er sich einfach bücken oder in den Schmutz knien. Einen schönen Tag noch.«
Ceylan drehte sich um und ging zum Auto, um einzusteigen. Femke folgte ihr.
»Verschwindet von meinem Grundstück!«, rief Gesa Rippen. »Erledigt eure Arbeit und lasst unbescholtene Bürger in Frie-

den. Und schickt mir nächstes Mal eine deutsche Polizistin. Wir sind hier nicht auf dem Basar in Istanbul!«
Die Biker lachten laut. Auch Gesa Rippen lachte.
Ceylan ließ den Motor an. Femke atmete ein weiteres Mal tief durch. Ceylan rammte den Rückwärtsgang rein, setzte zurück und gab dann Gas. Die Reifen drehten für einen Moment lang durch. Dann schoss der Wagen voran.
»So eine …«, Ceylan leckte sich über die Lippen und suchte nach Worten, »… so eine krasse, blöde, arrogante Nazi-Kuh. Ich fasse es nicht.«
»Sie gibt sich sehr selbstbewusst«, antwortete Femke. »Aber was haben wir erwartet?«
Ceylan starrte in den Rückspiegel – wohl, um einen letzten, hasserfüllten Blick auf »Lady Macmeth« zu werfen.
»Ey, Alter, ich schwör«, zischte sie, »dass die ihren Durchsuchungsbefehl haben kann. Die Frau packe ich mir noch.«

# 12.

Es klang metallisch, als ein Schlüssel im Schloss herumgedreht wurde. Dann öffnete sich die Tür, und die Frau erschien. In der linken Hand hielt sie ein Handy und filmte. Mit der rechten streckte sie eine Waffe weit von sich, zielte auf Shirin, und sicherlich wäre die Pistole auf der Aufnahme zu sehen.

Shirin wich zurück. Ihre Hand war verbunden, aber der Verband trocken und hatte sich nicht mit Blut vollgesogen.

»Verfickte Scheiße!«, schrie Shirin, schniefte und zischte: »Fuck, fuck, fuck! Was soll das? Was wollt ihr von mir?!«

Sie wischte sich die Tränen von der Wange und hockte sich auf die Luftmatratze in der Ecke des Kellerraums. Er maß etwa drei mal drei Meter. Außer der Matratze befanden sich hier eine Campingtoilette, einige Literflaschen mit Mineralwasser sowie in einem offenen Karton Toastbrotpackungen sowie Plastikverpackungen mit Aufschnitt und Käse. Daneben lagen einige Blister mit Schmerzmitteln und Antibiotika. Es roch muffig, die Farbe an den Wänden war abgeblättert. Es gab kein Fenster und nur eine Glühbirne unter der Decke.

»Von dir wollen wir gar nichts, Mädchen«, erwiderte die Frau. »Nur von deinem Vater, und ich hoffe, er kapiert das, wenn er das hier sehen wird.«

»Ihr habt mir den Finger abgeschnitten!«

»Ja, ich war das. Und ich werde dir noch viel mehr abschneiden, wenn ich nicht bekomme, was ich will.«

»Was! Willst! Du!«

»Dein Vater weiß es genau. Und er gibt es mir besser, bevor ich deiner Mutter noch ein paar weitere Finger schicke und ein paar Zehen obendrauf!«

Shirin schluchzte, kroch dichter in die Ecke, umfing sich selbst mit den Armen. »Ich habe doch nichts getan! Ich habe gar nichts getan! Warum tut ihr mir das an? Ihr habt mich entführt und verstümmelt …«

»Bedank dich bei deinem Vater, Mädchen. Möchtest du ihm vielleicht etwas sagen?«

Shirin schluchzte. Starrte die Frau an. Das Handy in ihrer Hand. »Ich …«, stammelte sie, »ich will nur nach Hause. Ich habe nichts getan und … Papa! Bitte gib ihnen, was sie wollen! Bring mich nach Hause! Du musst kommen und es ihnen geben! Ich … ich weiß doch nicht, was, aber … ich halte das nicht mehr aus!«

Sie wurde von einem Weinkrampf geschüttelt. Zuckte.

»Perfekt«, sagte die Frau, ging rückwärts wieder nach draußen und schloss die Tür mit einem Rumsen.

# 13.

Tjark biss in das Lachsbrötchen, trank einen Schluck aus der grünen Bierflasche und sah den Kuttern dabei zu, wie sie sich mit Menschen füllten, um zu einem Ausflug aufs Wattenmeer aufzubrechen. Er würde den Teufel tun und sich jemals freiwillig einem solchen Trip aussetzen. Seine Beziehung zum Meer blieb wohl schwierig.

Er schlenderte entlang der Mole und ließ den Imbiss hinter sich, in dem nach Tjarks Wissen Cems Bruder Arslan arbeitete. Davor saßen Menschen an kleinen Tischen und aßen Snacks – eine wilde Mischung aus Dönern, Schollen, Krabbenbrötchen, Backfisch oder Currywurst stand auf den Tischen. Fehlte nur noch Eisbein, hatte er eben beim Bestellen gedacht, und nun fragte er sich, woher der Lachs auf seinem Brötchen wohl stammte. Sicherlich nicht aus der Nordsee, die sich vor ihm ausstreckte und in der Sonne glitzerte, sondern eher aus einem weitaus nördlicheren Abschnitt oder dem Atlantik. Wahrscheinlich noch nicht einmal das.

Lachse aus der Massenhaltung galten als die Schweine des Meeres und wurden auf Farmen gezüchtet, in Käfigen sogenannter Aquakulturen, wo man sie mit Antibiotika vollpumpte. Natürlich gab es auch Biofarmen. Aber es war mitnichten so, dass ein einsamer Fischer mit seinem Kutter in die sturmgepeitschte, eisige See hinausgefahren war und unter Einsatz von Leib und Leben mit dem Lachs gekämpft hatte, dessen Rest sich Tjark nun zwischen die Zähne schob. Eher nicht, nein. Allerdings gehörte diese Illusion dazu, wenn man ein Lachsbrötchen an der Küste aß und hinaus auf die See blickte. Die Vision war

im Preis inbegriffen, und manchmal, dachte Tjark, war es durchaus angenehmer, mit einer Täuschung zu leben als mit der Realität.
Zum Beispiel mit der Täuschung, dass sich Vural Attaman noch im Ausland befinden würde.
Tjark war sich sicher, dass Vural entweder bereits auf dem Weg oder schon hier war. Weswegen Tjark nach der Stippvisite bei Cem bei dessen Bruder Arslan in Neuharlingersiel aufgekreuzt war. Arslan arbeitete in dem Schnellrestaurant, schwor aber Stein und Bein, dass er seit langer Zeit nichts mehr von Vural gehört hatte und der Typ ihm sowieso gleichgültig sei. Tjark hatte das mal so im Raum stehen lassen und überlegt, an wen sich Vural möglicherweise sonst noch wenden würde. Natürlich an seine Frau, klar, aber das würde er auf keinen Fall riskieren. Sie würde fraglos polizeilich überwacht.
Tja, und einer, an den sich Vural früher oder später wenden würde, war nach Tjarks Meinung Django Feddersen von den Bad Coyotes.
Am Ende aber blieb die Frage offen, worum es überhaupt ging. Die vorläufige Antwort darauf: Es ging um einen Code zu einem Schließfach oder einem Lagerraum und Raubgut, das sich darin befand. Nur was zum Teufel konnte so wichtig sein, dass dafür Menschen gestorben waren und entführt wurden? Es musste um mehr gehen als Geld – oder um äußerst viel Geld.
Tjark suchte sich einen Strandkorb und leerte die Bierflasche. Dann steckte er sich eine an, öffnete Facetime und startete einen Videoanruf.

# 14.

Fred stand vor dem Whiteboard, neben dem sich ein großer Bildschirm mit Touchscreen befand – eine Neuanschaffung, die der Etat des LKA wie aus dem Nichts möglich gemacht hatte.

Irgendjemand musste im Ministerium einen Fördertopf geöffnet haben, wovon die kleine Abteilung SOK überproportional profitierte, denn quasi von heute auf morgen waren außerdem neue Computer und andere Geräte aufgetaucht und von der IT in den Büroräumen der Abteilung installiert worden, die sich in der Polizeibehörde in Wilhelmshaven befand – einem rotbraun verklinkerten Bau aus den Dreißigerjahren, der früher der Bundesmarine gehörte und vor einigen Jahren aufwendig für die Polizeiinspektion Friesland-Wilhelmshaven saniert worden war.

Weiß Gott kein Grund, sich zu beschweren, dachte Femke, die an Fred schnüffelte und ein neues Aftershave wahrnahm.

»Riecht gut, gell? Ist eine Probe aus dem Geschäft meiner Frau«, kommentierte er und betrachtete die zahlreichen Fotos, Striche und Notizen mit Querverbindungen und Videofenster, die man auf dem Bildschirm hin und her schieben und abspielen konnte. Genau das tat Fred gerade – mehr deswegen, weil er konnte und die Technik ausprobieren wollte, und nicht, weil er nach etwas Bestimmtem suchte.

»Hammer«, sagte Fred. »Ich will so was für zu Hause. Braucht kein Mensch, aber ich fahre voll drauf ab.« Kein Wunder, dachte Femke. Fred hatte ein Faible für alles Technische, mit dem man zugleich protzen konnte.

»Na ja«, sagte Femke und trank Orangensaft, »für die Arbeit ist es schon sehr nützlich.«
»Wenn sie einem mal eine vernünftige Einführung gegeben hätten«, murmelte Ceylan, die vor drei riesigen Monitoren saß, hinter denen sie ein wenig wirkte wie auf der Brücke eines Raumschiffs. Die Bildschirme hatten ebenfalls eine Touchfunktion.
»Die türkischen Behörden wissen gar nichts«, sagte sie und starrte weiterhin konzentriert vor sich hin. »Die haben in den vergangenen Tagen niemanden per Gesichtserkennung ermitteln können, der ins Schema von Vural Attaman passt. Dabei haben die ein besonderes Auge auf die Kurden und alles, was sich da bei denen hin und her bewegt.«
Jetzt tippte Fred doch gezielt auf ein Video – und zwar eines, das Aufnahmen der Überwachungskameras vom Langeooger Hafen und vom Bahnhof zeigte. Es waren Clips aus dem Zeitraum, in dem Shirin Attaman verschwunden sein musste.
»Ich kapiere nicht«, sagte Fred, »warum wir nicht das Geringste sehen können. Die Kleine muss doch irgendwie von der Insel verschwunden sein?« Er zog sein Sakko aus und lockerte den Schlips. Fred trug stets Anzüge, weil er sich nach seinen Worten automatisch in eine dominante Position bringen und optisch von dem Personenkreis abheben wollte, mit dem er es für gewöhnlich zu tun hatte. Femke wusste nicht, ob das funktionierte. Aber sie wusste, dass Fred bald auf eine andere Hemdgröße wechseln sollte, denn dieses spannte sich gefährlich über seinem Bauch.
»Vielleicht«, ergänzte Fred, »hat sie jemand in einen Kofferraum gesteckt.«
»Auf Langeoog fahren keine Autos«, erwiderte Femke.
»In einen Koffer wurde sie jedenfalls nicht gesteckt, nehme ich an. Der müsste schon sehr groß sein. Ich habe mir vom Bahn-

hof die Daten über aufgegebene Gepäckstücke geben lassen. Da war im betreffenden Zeitraum nicht eines dabei, das mehr als fünfzig Kilogramm gewogen hätte. Aber sie auf der Insel behalten – zu riskant, oder? Wo denn?«

»Ich tippe auf ein Boot«, meinte Femke. »Wenn ich jemanden von der Insel schaffen wollte, wären mir die Inselbahn und die Fähre zu riskant. Außerdem müsste ich damit rechnen, dass die Person möglicherweise erstickt, falls sie in einer Box oder einem Gepäckstück steckt. Mit einem Boot sieht das anders aus. Oder ich würde den Transportverkehr wählen, der nicht touristisch ist. Also keine Personenfähre, sondern eine mit Güterverkehr für die Supermärkte und den Einzelhandel oder das Baugewerbe.«

»Guter Punkt.« Fred nickte. »Eine Anfrage bezüglich der privaten Boote habe ich bereits am Laufen – welches Segel- oder Motorboot hat die Insel im betreffenden Zeitraum verlassen? Ich habe auch beim Flugplatz angefragt. Die Daten sollten bald vorliegen. Dass sie noch auf der Insel ist, halte ich, wie gesagt, für weniger vorstellbar, aber …«

»… aber es wäre möglich«, sagte Femke.

Fred drehte sich zu ihr, zuckte mit den Mundwinkeln, was ein knappes Lächeln darstellen sollte. »… und deswegen habe ich mich auch darum gekümmert. Wir haben uns zunächst auf den Personenkreis der Biker fokussiert. Keiner von denen, die wir kennen, hat Besitz auf der Insel. An die Kurverwaltung habe ich außerdem eine Anfrage gerichtet, was die Vermietung von Ferienwohnungen und -häusern angeht. Wäre möglich, dass einer aus dem fraglichen Personenkreis da auftaucht – wenngleich die mit dem Klammerbeutel gepudert wären, unter ihrem Realnamen was zu mieten und dann jemanden zu entführen. Aber ganz ausschließen wollen wir das bei diesen Amateuren mal nicht. Jedenfalls können die Insulaner aus datenschutzrechtlichen Gründen nicht einfach so ihr Gastgeberverzeichnis mit allen Buchungen vor uns ausbreiten und werden es auch nicht tun. Wir bräuchten in jedem Fall richterliche Beschlüsse, und die werden wir allein auf der Grundlage von ›Vielleichts‹ und ›Möglicherweises‹ kaum bekommen.«

Ceylan streckte sich hinter ihren Bildschirmen. »Oops«, murmelte sie. »Tele aus der Landeshauptstadt.«

Sie beugte sich vor, tippte auf ihre Tastatur, und im nächsten Moment erschien im Fenster einer Teams-Schaltkonferenz Irina Wachtmanns Konterfei auf dem großen Monitor vor Fred. Wachtmann hatte beim LKA die Zuständigkeit übernommen, während Hauke Berndtsen innerhalb der Polizeibehörde in Oldenburg die Treppe hinaufgefallen war und sein Augenmerk nun eher auf Personalentscheidungen und Logistik sowie Korruptionsbekämpfung legte. Das hatte den Vorteil, dass er aus dem Weg war, aber den Nachteil, dass er der SOK jetzt noch mehr Probleme bereiten konnte, wenn er wollte.

Irina Wachtmann saß in ihrem Büro im LKA in Hannover. Sie trug eine schlichte schwarze Bluse, war ungeschminkt und hatte die blonden Haare zu einem strengen Zopf zurückgebunden. Sie mochte Ende dreißig sein und galt intern als Karrieristin, allerdings nicht im negativen Sinn. Wachtmann war schlicht und ergreifend jederzeit an der richtigen Stelle gewesen und hatte stets durch Kompetenz überzeugt. Femke hatte noch nie jemanden etwas Schlechtes über sie reden hören – nur die, die neidisch auf sie waren, zum Beispiel Hauke Berndtsen, der sich permanent von allen bedroht fühlte, die er für kompetenter und selbstbewusster hielt als sich selbst, was nicht wenige waren.

»Moin zusammen«, sagte Wachtmann. »Kommen wir voran?«
»Schritt für Schritt«, erwiderte Ceylan ins Mikrofon an ihren Bildschirmen.
Fred tippte auf den großen Monitor. Einen Moment später erschien auch ein Videobild auf der Teams-Oberfläche, das ihn und Femke zeigte.
»Solange die Schritte nach vorne gehen, freue ich mich«, kommentierte Wachtmann.
»Wir müssen uns fast hundert Personen genau ansehen und sie vernehmen. Das schaffen wir unmöglich allein.«
»Ich sehe, was ich tun kann«, sagte Wachtmann.
Ceylan lächelte.
»Weswegen ich mich melde: Es hat keine unmittelbaren Auswirkungen auf eure Arbeit. Aber der Anwalt von Franziska Attaman …«
Ceylan machte ein genervtes Geräusch. Fred fuhr sich mit der Hand durchs Gesicht.
»… hat sich gemeldet. Er macht einen Mordswirbel wegen der Überwachung und allem. Zum Glück sitzen wir sicher im Sattel und haben Beschlüsse für alles erwirken können. Aber natürlich müssen wir uns darauf einstellen, dass der Anwalt sich darauf stürzen wird und wir eine interne Überprüfung an den Hals bekommen. Von daher will ich nur noch mal von euch hören: Muss ich mir wegen irgendetwas Gedanken machen?«
»Nein«, sagte Ceylan. »Wir sind sauber.«
»Falls euch noch etwas einfallen sollte, das sich zu einem Problem entwickeln könnte, will ich das wissen.«
Der Klingelton für ein eingehendes Videogespräch war zu hören. Femke sah, von wem es kam. Fred murmelte »Wenn man von Problemen spricht« und tippte auf »Annehmen«. Kurz

darauf poppte das Videobild auch im Teams-Fenster auf, nachdem Fred den Anrufer kurzerhand zur Schaltkonferenz hinzugefügt hatte.

»Hallo«, sagte Tjark, hatte eine Zigarette zwischen den Lippen klemmen und stand offensichtlich irgendwo an der Küste. »In was bin ich denn hier hineingestolpert? Wen haben wir denn da alles? Sind das Fred, Femke, Ceylan und Frau Wachtmann?«

Wachtmann straffte sich etwas. Ihr war anzumerken, dass sie einerseits überrascht und andererseits nicht sehr amüsiert darüber war, Tjark Wolf zu sehen.

»Hallo, Wolf«, sagte Wachtmann.

»Also, wenn ich störe …«

»Absolut nicht«, sagte Wachtmann. »Sind Sie im Urlaub an der Küste? Was verschafft uns die Ehre?«

Tjark rauchte, schien nachzudenken und zu kapieren. Wachtmann wusste womöglich noch nicht, dass er mit im Boot war. Femke wechselte einen Blick mit Ceylan, die wie sie zu hoffen schien, dass Tjark die Kurve bekommen würde – beziehungsweise, dass Wachtmann nicht ausrastete. Es wäre besser, dachte Femke, wenn sie die Karten auf den Tisch legen würden.

»Ach, nichts weiter«, sagte Tjark. »Wollte nur mal fragen, ob es allen gut geht.«

»Mhm«, machte Wachtmann.

»Tjark, altes Haus!« Fred grinste wie ein Honigkuchenpferd. »Wie stehen die Aktien in Bullerbü?«

»Alles senkrecht hier in Dänemark«, erwiderte Tjark.

Wachtmann fragte: »Warum sehe ich dann eine deutsche Flagge im Hintergrund wehen und keine dänische?«

Tjark blickte sich über die Schulter um. In der Tat wehte dort ein schwarz-rot-goldenes Banner am Mast eines Bootes.

»Ach das …«, sagte Tjark.

Ceylan redete dazwischen. »Wir haben Tjark Wolf um seine Expertise in den Ermittlungen gebeten«, fuhr Ceylan dazwischen, die Femkes nonverbale Signale aufgefangen haben musste, machte reinen Tisch und erklärte, warum und wieso sie Tjark kontaktiert hatten. Allerdings war Femke überrascht, dass Tjark umgehend nach Deutschland aufgebrochen war und hier vermutlich einige Netzwerke angezapft hatte. Denn grundlos würde er sich nicht melden.

»Mhm«, machte Wachtmann erneut. »Verstehe.« Sie legte eine Kunstpause ein, straffte sich erneut, und sagte: »Gut. Aber Sie halten die Füße still, Wolf. Wir haben eine Anwaltskanzlei am Hals. Ich möchte, dass alles lehrbuchmäßig abläuft. Sie funken bitte nicht dazwischen – und falls doch, dann bitte so, dass es niemandem negativ auffällt, und auf Ihre eigene Kappe, denn was auch immer Sie anstellen, ist Ihre reine Privatsache. Die SOK und das LKA haben mit nichts etwas zu tun. Muss ich nicht extra sagen, oder?«

»Natürlich nicht«, sagte Tjark.

Wachtmann nickte. »Gut.« Sie blickte direkt in die Kamera und damit Femke, Ceylan und Fred an. »Dann haben wir uns verstanden.« Sie ließ es nicht wie eine Frage klingen. »Schönen Tag noch, und haltet mich auf dem Laufenden.« Im nächsten Moment verlosch ihr Bild.

»Die ist cool«, sagte Tjark.

Ceylan erwiderte: »Die wird uns vor allem grillen, wenn irgendwer aus der Reihe tanzt – und damit bist du gemeint, Cowboy.«

»Klar«, bestätigte Tjark. »Überwacht ihr eigentlich auch Cem?«

»Nein.«

»Solltet ihr vielleicht.«

»Ey, wir können nicht alle und jeden überwachen, okay? Woher soll ich die ganzen Leute nehmen?«, fragte Ceylan.
»Ich meine ja nur.«
»Danke für die Meinung.«
»Weswegen ich mich aber eigentlich melde ...«
»Schieß los«, sagte Fred und strich sich über den Bauch. Er schien ebenfalls zu finden, dass das Hemd zu eng saß.
»Vural«, erklärte Tjark, »war dem Vernehmen nach in der Rotterdam-Sache nur ein Angestellter und hat weder Geld gesehen noch Beute gemacht. Kurz zuvor war er im Alleingang in eine Villa an der Küste eingebrochen und hat nach eigenen Angaben hingegen ziemlich fette Beute gemacht. Davon konnte er bislang nichts versilbern und hat das Diebesgut versteckt. Wie es heißt, nutzt er in erster Linie Schließfächer und Lagerräume, um Ware zwischenzulagern. Das hat er auch mit der Beute aus dem Raubzug in der Villa getan, bevor er untergetaucht ist. Die Kojoten müssen davon erfahren haben und sind scharf auf das Raubgut – denn sie haben Cem auseinandergenommen und wollen wissen, wo Vural seine Sachen versteckt, insbesondere die vom letzten Einbruch, und wie der Code zu dem betreffenden Schließfach ist. Darauf haben sie bislang keine Antwort gefunden, denn die kennt nur Vural selbst.«
»Woher weißt du das, Cowboy?«
»Hat mir der Wind erzählt.«
Ceylan rollte mit den Augen.
»Ihr habt mich nach Hilfe gefragt. Ich helfe euch.«
»Wo befindet sich diese Villa?«
Tjark sagte, was er wusste – keine genaue Adresse, aber eine Ortsbeschreibung. Fred drehte sich vom Bildschirm weg, setzte sich an seinen Schreibtisch und begann damit, den Computer zu füttern und Sat-Ansichten von Google Maps aufzurufen.

»Wir haben übrigens das Vereinslokal der Bad Coyotes besucht«, erklärte Femke.

»Sicher ohne Erfolg?«, fragte Tjark.

»Natürlich ohne Erfolg. Es war eher eine Geste, um zu zeigen, dass wir sie auf dem Kieker haben.«

»Kann klug sein, kann aber auch weniger klug sein. Jetzt sind sie gewarnt.«

»In diesem Fall wollen wir, dass sie gewarnt sind. Wir wollen, dass sie alarmiert sind und irgendetwas tun werden, auf das wir dann wiederum reagieren können.«

»Also doch ganz klug.«

Femke nickte. »Was hast du als Nächstes vor?«

»Mal sehen«, sagte Tjark und blickte in die Ferne. »Ich lasse euch jetzt wieder arbeiten. Bis bald.«

Damit beendete er das Gespräch.

»Bingo«, sagte Fred in Femkes Nacken. Sie wandte sich zu ihm. Auf seinem Bildschirm war die vergrößerte Ansicht eines größeren Gebäudes zu sehen. »Das ist das einzige im weiteren Umkreis, auf das die Beschreibung zutreffen könnte.«

»Wem gehört es?«, fragte Ceylan.

»Das glaubt ihr nie«, erwiderte Fred.

# 15.

Die Villa, die Tjark beschrieben und die Fred verortet hatte, war ein umgebauter Bauernhof zwischen Benser- und Dornumersiel in unmittelbarer Nähe zum Deich. Femke kannte das Anwesen, das lange leer gestanden hatte und nach den früheren Besitzern Tütken-Hof genannt wurde. Sie wusste, dass es vor zwei Jahren eine Immobilienfirma gekauft und über fast ein halbes Jahr hinweg saniert hatte – mit dem Zweck, es weiterzuveräußern. Aber seit sie nicht mehr in der Werlesieler Polizeiinspektion tätig war und diese sowieso geschlossen und an die in Esens angegliedert worden war, war sie nicht mehr vollends auf dem Laufenden über die Neuigkeiten aus der Umgebung. So schnell ging das, dass man den Faden verlor.

Der Hof war in U-Form gebaut und bestand aus roten Klinkern sowie schmuckem Reetdach, das brandneu aussah. Die weiß eingerahmten Fenster hatten grüne Läden aus Holz. Davor standen Blumenkästen mit roten Geranien. Der Gartenbereich war professionell aufbereitet worden und der Hof neu gepflastert, auf dem Fred und Femke nun vorfuhren, nachdem sich ein Metallgatter elektronisch für sie geöffnet hatte.

Wer hier lebte, mochte offensichtlich keinen unangekündigten Besuch. Und das war auch kein Wunder. Schließlich war Hinnerk Rikens nicht irgendwer, sondern einer der Teilhaber einer größeren Anwaltskanzlei in Wittmund, die er vor ein paar Jahren in andere Hände gegeben hatte. Der Grund dafür war, dass er sich mit nun knapp über sechzig Jahren vollkommen auf die politische Karriere fixieren wollte. Der Landtagswahlkampf in Niedersachsen stand vor der Tür, und Rikens galt aus unterschiedlichen Gründen als ein sicherer Kandidat für einen Ministerposten. Einerseits galt er als sehr kompetent. Andererseits hatte er sehr viel Einfluss und war zudem *der* Politiker aus dem nördlichen Landesbereich, der bei der Verteilung von wichtigen Jobs nach einem Wahlerfolg nicht benachteiligt werden durfte und auf der Parteiebene paritätisch berücksichtigt werden müsste. Kurz: Man würde an Rikens nicht vorbeikommen, der sich zurzeit eine kleine Auszeit gönnte, bevor es in die Vollen ging.

Insofern hatten Femke und Fred Glück, ihn erreicht und dann auch noch einen kurzfristigen Termin bei ihm erhalten zu haben. Wenn er erst einmal Minister wäre, würde der Tütken-Hof, den er sich als Landsitz auserkoren und erst vor wenigen Wochen bezogen hatte, sicherlich in eine Festung verwandelt werden. Noch gab es nur die üblichen Sicherheitssysteme für gehobene Immobilien: das automatische Gitter, Videokameras und mit Sicherheit eine Alarmanlage.

Hinnerk Rikens stand bereits in der Tür und begrüßte Femke und Fred, nachdem sie ausgestiegen waren. Er war schlank, gebräunt, trug ein knallgrünes Poloshirt mit blauen Bermudas nebst Bootsschuhen und wirkte wie ein *Elder Statesman,* dem man ohne Zögern sein Vertrauen schenken würde. Fred hatte unterwegs erzählt, dass er Rikens einige Male vor Gericht begegnet war und der Mann mit allen Wassern gewaschen sei. Wenn er mal einen wirklich guten Anwalt haben wolle, dann würde er sich statt seines Standardanwalts in jedem Fall Rikens buchen – obwohl der ja nicht mehr tätig sei, schon seit ein paar Jahren kein Strafrecht mehr mache und er sich dessen Stundensätze sowieso nicht leisten könne.

»Moin«, sagte Rikens und blickte demonstrativ auf seine Uhr, die teuer aussah.

»Moin«, erwiderte Femke, »vielen Dank für Ihre Zeit, Herr Rikens, wir wollen nicht lange stören, sondern haben nur ein paar Fragen und wollten gerne mal sehen, wo Sie wohnen.«

Rikens schmunzelte. Falten gruben sich in sein Gesicht, allerdings auf eine durchaus attraktive Art und Weise. »Hier wohne ich also.«

»Ich kenne den alten Hof. Ich war früher in Werlesiel tätig und habe hier lange gelebt beziehungsweise tue das noch. Ich wusste gar nicht, dass hier wieder jemand eingezogen ist.«

»Erst vor Kurzem«, sagte Rikens. »Ich habe wirklich nicht viel Zeit. Ich bin quasi schon fort und auf meinem Boot.«

Fred machte eine entschuldigende Geste.

Femke erklärte: »Wir wollten gerne mit Ihnen persönlich sprechen, weil wir Hinweise darauf haben, dass bei Ihnen eingebrochen worden sein könnte, und wir fragen uns …«

»Wie schon am Telefon gesagt«, fuhr Rikens dazwischen, »hat es bei mir keinen Einbruch gegeben. Alles ist an Ort und Stelle.«

»Haben Sie das überprüft?«, fragte Fred.

Rikens zuckte mit den Schultern. »Ich wüsste nicht, warum, weil ja offensichtlich nirgends etwas fehlt, die Alarmanlage niemals anschlug, die Videokameras nichts aufgezeichnet haben und weder eine Tür aufgebrochen wurde noch eine Scheibe eingeschlagen. Ich habe meine Frau gefragt, aber ihr ist ebenfalls nichts aufgefallen.«

»Hat Ihre Frau sich umgesehen?«

»Sie ist im Moment gar nicht hier, sondern in Hannover und kümmert sich dort um die Einrichtung eines Appartements in Landtagsnähe und den Verkauf unseres Hauses auf Langeoog.«

»Hm«, machte Fred. Femke nickte. Rikens schien sich ziemlich sicher zu sein, dass er einen Posten in der Landesregierung bekommen würde.

»Seit wann sind die Videokameras und die Alarmanlage bei Ihnen installiert?«, fragte sie.
»Seit etwa drei Wochen. Faktisch sind wir erst vor zwei Wochen eingezogen. Die Einrichtung ist nach wie vor nicht komplett. Davor waren wir nur sporadisch hier.«
Fred erklärte: »Der Einbruch könnte bereits davor stattgefunden haben. Deswegen haben die Kameras nichts aufgezeichnet, die Alarmanlage schlug nicht an.«
»Ich habe nichts von einem Einbruch wahrgenommen. Ich wüsste außerdem nicht, was man hätte stehlen wollen. Vor einem Monat hatten wir lediglich ein paar Dinge im Haus, und ich war – wie erwähnt – nur gelegentlich hier, um die Abschlussarbeiten zu überwachen und ein wenig zu segeln. Aus dem Hausrat fehlt nichts.«
»Verstehe«, sagte Fred.
»Wie kommen Sie überhaupt darauf, dass bei mir eingebrochen worden sein soll?«
»Aussagen eines Tatverdächtigen«, erklärte Femke. »Es gibt einen bestimmten Serientäter, dessen Einbrüche wir gerade klären. Es gibt Hinweise darauf, dass in dieser Gegend Einbrüche stattgefunden haben sollen. Deswegen erkundigen wir uns auch bei Ihnen, Sie sind schließlich nicht irgendwer, Herr Rikens, und als Täter würde man angesichts des Tütken-Hofes annehmen, dass da eine Menge zu holen ist.«
»Ich kann mich nur wiederholen«, meinte Rikens. »Und falls bei mir eingebrochen worden wäre, dann hätte die Polizei das ganz sicher erfahren.« Jetzt lächelte er breit und zeigte dabei ein makelloses Gebiss, das »Veneers« schrie und vermutlich nicht ganz preiswert gewesen war.
»Natürlich«, sagte Fred und deutete auf den Hof. »Dürfen wir uns dennoch etwas hier draußen umsehen?«

»Um was zu finden?«
»Etwas, das Ihnen vielleicht nicht aufgefallen ist.«
»Nur zu«, sagte Rikens, der nun nicht mehr lächelte und eher den Eindruck machte, als sei ihm ein solcher Eingriff in seine Privatsphäre nicht ganz recht oder als würde Fred ihn gerade dumm dastehen lassen, weil er an seinen Erläuterungen zweifelte. Wieder blickte er auf die Uhr. »Fünf Minuten? Wie gesagt: Ich will gleich weg.«
»Fünf Minuten sind super«, sagte Fred.
»Gut. Ich komme dann wieder raus und öffne Ihnen unmittelbar das Tor.«
Was Rikens ziemlich genau fünf Minuten später dann auch getan hatte, nachdem Femke und Fred einmal um das Haus herumgegangen waren und sich auch die Nebengebäude angesehen hatten. In der Tat war ihnen dabei nicht viel aufgefallen – bis auf ein Fenster, das am Hauptgebäude zum Garten hin ausgerichtet war und vermutlich zum Wohnzimmer gehörte. Fred war der Meinung, dass der Rahmen ein anderer war als bei den übrigen. Femke war das nicht aufgefallen.
»Du hast ja auch nicht Woche für Woche auf einer Baustelle zugebracht wie ich«, hatte Fred gemurmelt und einen Vortrag über Glaser gehalten.
Nach dem Rundgang hatte er Rikens darauf angesprochen, der nur erwiderte, dass wohl ein Fenster zu Bruch gegangen war, als die Küche eingebaut wurde, und ausgetauscht werden musste, allerdings mit einem anderen Modell, weil die bereits eingebauten nicht mehr lieferbar waren und erst ein Ersatz neu bestellt werden müsse, was ärgerlich sei und weswegen er die letzte Rate für die Umbaumaßnahmen noch zurückhalte. Fred hatte genickt und gemeint, er wisse ganz genau, wovon Rikens

gerade rede. Schließlich hatten sie sich verabschiedet, waren in die Autos gestiegen und losgefahren.
Auf dem Rückweg checkte Femke im Schminkspiegel, in welche Richtung Rikens abbog. Demnach lag sein Boot vermutlich in Bensersiel.
»Der fährt einen Jaguar-Geländewagen.«
»Ja, offensichtlich.«
»Weißt du, was die kosten?«
»Nein, aber Jaguar klingt teuer.«
»Und das war eine Rolex Daytona an seinem Handgelenk«, murmelte Fred und schaltete hoch. »Nicht unter fünfundzwanzigtausend zu bekommen. Eigentlich kein besonderes Modell, aber Paul Newman hat es bekannt gemacht. Todschick, okay. Wenn ich allerdings sein Berater wäre, würde ich ihm in seiner Funktion eher zu einer IWC oder einer Patek Philippe raten. Ist deutlich dezenter.«
»Aha.« Femke verstand nur Bahnhof. Sie machte sich eher über das ausgetauschte Fenster Gedanken. »Sag mal, wegen dem Fenster …«
»Ich weiß«, erwiderte Fred. Er rückte sich die Oakley-Sonnenbrille auf der Nase zurecht. Er trug dasselbe Modell, das Militärspezialeinheiten verwendeten. Es passte zwar nicht zu seinem Outfit, aber das war ihm egal. »Vielleicht wurde es nicht beim Kücheneinbau demoliert. Es könnte auch von Einbrechern eingeschlagen worden sein. Die Küche ist nicht Teil des Wohnzimmers. Soweit ich mir den Grundriss vorstelle, kommt man durch die Vordertür, dann geht es rechts in die Küche, geradeaus ins Wohnzimmer und zur Terrasse, wo das Fenster ausgetauscht wurde. Man würde beim Einbau der Küche eher nicht über die Terrasse kommen und durch das gesamte Haus ins Wohnzimmer laufen und am anderen Ende des Hauses ein

Fenster mit einem Schrank demolieren. Das ist schwer vorstellbar.«
»Warum nicht die Terrassentür?«
Fred schüttelte den Kopf. »Der Lkw parkt auf dem Hof vor dem Haupteingang. Die Eingangstür ist recht breit.«
»Es wäre dennoch möglich.«
»Möglich ist alles, Femke. Ich finde es jedenfalls auffällig.«
»Aber falls doch ein Einbruch stattgefunden hat – warum wurde der nicht angezeigt? Ich meine: allein wegen der Versicherung.«
»Eben«, meinte Fred.
»Vielleicht sollten wir Rikens dahin gehend noch mal genauer befragen und das Fenster präziser anschauen. Aber dafür werden wir einen Beschluss brauchen. Der Mann wird uns nicht einfach Rede und Antwort stehen. Rikens kennt sich aus.«
Fred nickte und schwieg einen Moment lang. »Also – meine Frau ist zurzeit mit Freundinnen unterwegs, und ich habe meine Kellerbar weitgehend fertig. Ich würde die Zeit als Strohwitwer nutzen und mir den Rikens etwas genauer ansehen.«
»Du willst ihn überwachen?«
»Keine Ahnung, was ich will. Werden wir sehen.« Fred gähnte, starrte beim Fahren vor sich hin und sagte. »Ostfriesland, Texas.«
Femke musste lachen. Der Vergleich hatte etwas. Manchmal verliefen die Straßen über Kilometer hinweg schnurgerade durchs flache Land, sodass man unweigerlich an die endlosen Highways in den USA denken musste – zumindest an die, die Femke aus dem Fernsehen kannte. Sie war noch niemals zu einem Urlaub außerhalb von Europa gewesen – und auch sonst wenig herumgekommen. In den Schulferien hatte sie meist ihren Eltern geholfen, die in Werlesiel an der Küste einige Ferien-

häuser sowie eine Bäckerei führten – und zur Ferienzeit hatten die Folkmers Hochsaison und keine Zeit für Urlaube gehabt.
Eben waren sie durch den Ort gefahren, und Femke war etwas sehnsüchtig zumute gewesen. Hier hatte sie lange als »Dorfsheriff« gearbeitet und war ihre eigene Königin gewesen, bevor sie zur Kripo gewechselt war. Hier hatte sie außerdem Tjark und Fred kennengelernt, als eine junge Frau verschwunden und der Friedhof eines Serienmörders in den Dünen gefunden worden war. Bei dem Gedanken daran verknotete sich ihr Magen für einen Moment. Es fühlte sich an, als habe sie eine heiße Kartoffel verschluckt.
»Da schau, die Kollegen.« Fred deutete nach rechts zum Straßenrand.
»Ach«, machte sie bloß. Eine Geschwindigkeitskontrolle war an der Straße aufgebaut. Sie kannte den Caddy, der mit einem Blitzer im Laderaum an der Straße stand. Ein paar Hundert Meter weiter hielt ein Streifenwagen, und zwei uniformierte Polizisten standen am Straßenrand. Einen davon erkannte Femke auch auf hundert Meter Entfernung. »Fred. Halt doch mal an. Fahr rechts ran in die Haltebucht.«
Fred setzte den Blinker. »Ist das der … Dings?«
»Jo«, erwiderte Femke, »der ist das.«
Fred reduzierte das Tempo, bis der Wagen direkt neben den Polizisten stoppte. Die eine war eine junge Frau. Der andere klemmte sich seine Kelle unter den Arm und wirkte etwas genervt – fraglos, weil hier ein Verkehrsteilnehmer einfach anhielt, ohne dazu aufgefordert worden zu sein. Femke ließ das Fenster runter und nahm die Sonnenbrille ab.
»Moin«, sagte sie.
»Nee, oder? Die Chefin.« Torsten Stibbe grinste breit. »Alln's kloor?«

»So weit, so gut. Sind gerade unterwegs und sehen dich hier mit der Kollegin stehen und dachten, wir sagen rasch mal Hallo.«
»Hallo«, sagte Fred und tippte sich gegen die Stirn.
»Moin«, sagte Torsten. »Was führt euch denn hier längs?«
»Kurze Stippvisite. Nichts Besonderes. Ich habe gesehen, dass der Tütken-Hof wieder in Schuss ist.«
»Tjou«, erwiderte Torsten und streckte sich. »Da wohnt jetzt unser neuer Herr Bundespräsident, der feine Herr Rikens. Hat sich den Hof unter den Nagel gerissen. Ool lüd wat aflusen, de olle Pleffkatt.« Femke lachte. Alten Leuten was abschwatzen, der Angeber. Da hatte Torsten nicht unrecht. »Jo, ich habe meinen Leuten schon gesagt, dass wir uns da auf was einstellen müssen und öfter mal vorbeischauen, wenn der Kanzler oder Minister wird von wegen Sicherheit und so. Aber wir haben das im Griff.«
Femke grinste immer noch. Wenn sich eines niemals an Torsten ändern würde, dann die Tatsache, dass er selbst eine *olle Grotsnuut* war. Er hatte sich immer schon so aufgeführt, als wäre er der eigentliche Chef, obwohl Femkes Dienstrang stets höher gewesen war. Außerdem konnte er furchtbar nervig sein. Manchmal, gestand sich Femke ein, vermisste sie das sogar ein wenig. Denn Torsten war auf eine eher bequeme Art schwierig, was man von Kollegen wie Tjark Wolf nicht behaupten konnte, denn wenn der für Ärger sorgte, dann richtig.
»So sieht das aus«, sagte Femke.
Torsten zuckte die Schultern. »Wat schall man lang dorröber räsoneeren, so is da nun mol, dor kannst du nix an moken.« Was soll man lange darüber reden, so ist das nun mal, da kannste nichts dran ändern.
»Torsten, wir wollen weiter. Wir müssen mal in Ruhe bei einem Tee über die alten Zeiten snacken.«

»Tjou, Chefin, jederzeit«, sagte Torsten, streckte sich wieder, blickte demonstrativ auf seine Uhr und wedelte mit der Kelle. »Nu geiht das weiter hier mit der Kontrolle. Ik mut afbreken, holt ju stief.« Er musste abbrechen.

»Und du«, sagte Femke.

Da gab Fred schon wieder Gas.

# 16.

Rikens parkte neben dem Strandcafé am Jachthafen von Bensersiel. Auf der gegenüberliegenden Seite lief gerade die Langeoog-Fähre ein. Er fragte sich, ob es dieselbe Fähre war, die vor einiger Zeit ein Verrückter hatte in die Luft sprengen wollen. Oder war das ein Terroranschlag gewesen? Vergessen. Was kein Wunder war angesichts der vielen Dinge, die er zurzeit im Kopf haben musste.

Er erinnerte sich aber noch sehr gut daran, was am Fähranleger damals los gewesen war und dass er den Vorfall in einigen Reden eingebaut hatte, von wegen schärferer Regeln und *Law and Order,* Datenschutz aushebeln, Gefährderüberprüfungen ausweiten, mehr Befugnisse für die Polizei und internationale Behörden. Das gefiel einer gewissen Wählerschicht.

Natürlich musste man die Waage halten und an anderen Tagen weichere Regeln fordern. Politik war eine Frage der Balance – manchmal auch eine Frage einer klaren Richtung, je nach gesamtpolitischer Lage, auf die man sich einerseits einstellen musste wie die kleine Flagge, die am Mast seines Segelboots im Wind schlug, und andererseits musste man das Steuer fest in der Hand halten und einen Kurs vorgeben.

Allerdings war es eine Sache, Veränderungen zu fordern und dafür Applaus und Zustimmung zu erhalten sowie sein Profil zu schärfen. Doch es war eine ganz andere Sache, solche Regeln auch wirklich zu verändern, was absolut nicht so einfach war, wie die meisten es sich vorstellten – was außerdem stets eine griffige Erklärung dafür war, wenn man in der Praxis scheiterte: Die Umstände waren schuld und sehr viel komplexer, als

man es sich gewünscht hätte, was wiederum die Forderungen nach sich ziehen konnte, eben diese Umstände und Bürokratismen abzuschalten.
Als Anwalt hatte er reichlich Erfahrung darin, Verhandlungen zu führen, und kannte sich bestens mit dem Gesetz aus. Er galt als ein Mann mit Charisma, konnte mit den Medien umgehen. Außerdem waren sein Wahlkreis und die Region aus paritätischen Gesichtspunkten zu berücksichtigen, wenn die Ministerposten vergeben würden, falls die Wahl so ausging, wie es gemäß den Umfragen und Hochrechnungen anzunehmen war. Er hatte längst mit dem Spitzenkandidaten gesprochen und dessen Stab mit Rikens. Die Karten waren von daher bestens sortiert, und es hatte nicht den Anschein, als müsste Rikens innerparteilich mit Gegenwind rechnen, sofern er auf den letzten Metern im Wahlkampf keinen Fehler begehen würde.
Die konnten, wie man wusste, schnell geschehen. Man musste nur zum falschen Zeitpunkt einmal schief grinsen, jemand fotografierte es – und das war's dann mit der Karriere.
In Rikens' Fall war diese jedenfalls vorausbestimmt. Anlässlich der letzten Klausurtagung war am Rande über die Kabinettsbildung gesprochen worden. Rikens hatte sich zwar erhofft, dass er für das Innenministerium oder die Justiz in Betracht kommen würde. Aber da waren einerseits der Amtsinhaber, den man nicht übergehen konnte, sowie ein Kollege, der ältere Rechte als Rikens und bereits Meriten in einem anderen Ressort erworben hatte. Insofern würde es wohl auf das Wirtschaftsministerium hinauslaufen.
Insider hatten das schon zuvor erwartet, und da war es kein Wunder, dass sich umgehend Lobbyisten gemeldet hatten, nachdem die Infos durchsickerten.

Es gefiel ihm, im Rampenlicht zu stehen. Wenngleich er wusste, dass viel Licht stets viel Schatten warf – Schatten, die vorher gar nicht mal so auffällig gewesen waren. Weswegen es ein paar Dinge gab, um die er sich kümmern musste.

Dazu gehörte diese ausgesprochen unangenehme Finanzgeschichte. Rikens hatte Geld in Aktien und Immobilien angelegt – einige lagen auf den Ostfriesischen Inseln wie Langeoog. Weitere Erlöse aus der Veräußerung seiner Anteile an der Kanzlei hatte er in Immobilienprojekte in Osteuropa investiert, die sich in Luft aufgelöst hatten. An sich waren das todsichere Anlagegeschäfte, aber die überraschenden politischen Entwicklungen hatten dafür gesorgt, dass Rikens' Geld gebunden und geradezu eingefroren war, ohne Rendite zu erwirtschaften.

Die Aktienkurse waren im Augenblick auf Talfahrt, und sein Vermögensberater hatte gesagt, es sei heller Wahnsinn, jetzt Geld loszueisen und Anteile zu verkaufen. Liquide Mittel aus den anderen Immobilien zu erlösen wäre zwar möglich – aber natürlich ging das nicht von heute auf morgen und auch nicht innerhalb von Wochen, eher in Monaten.

In der Folge war die Finanzierung von Ankauf und Sanierung des Tütken-Hofes mitten im Prozess sehr problematisch geworden, denn, um es deutlich zu sagen: Rikens war zum ersten Mal in seinem Leben sehr knapp bei Kasse.

Die Sache mit dem kaputten Fenster – einerseits kam die ihm gelegen, weil er deswegen eine Handhabe hatte, um Gelder zurückzuhalten. Aber andererseits …

Besser nicht darüber nachdenken.

Auch nicht darüber, dass er eigentlich vorgehabt hatte, mit privaten Mitteln den Wahlkampf zu befeuern, um seinen künftigen Job wirklich narrensicher zu machen. Die Prognosen mochten noch so gut sein, doch Wähler waren irrational wie eine Herde Kühe. Jemand in einem anderen Wahlbezirk könnte ein so großartiges Resultat einfahren, dass er einen Posten beanspruchen würde und man an ihm nicht vorbeikam. Solche Möglichkeiten musste Rikens ausschließen. Er brauchte einen absolut umwerfenden Erfolg, und das würde Geld kosten. Geld, das er nicht hatte. Auf der anderen Seite aber Geld, in dem bestimmte Lobbyisten, die an ihn herangetreten waren, baden konnten.

Auch nicht über die Polizei nachdenken.

Rikens fuhr sich mit einer Hand über den Mund und spürte, dass sie nass von Schweiß war und etwas zitterte. Er hatte keinen Schimmer, wie die darauf gekommen waren, dass es vor ein paar Wochen einen Einbruch bei ihm gegeben haben sollte. Entweder hatte es mögliche Zeugen gegeben, die sich mit Verzögerung gemeldet hatten. Oder irgendein Hehler beziehungsweise ein gefasster Krimineller hatte Angaben gemacht, durch die die Polizei darauf gebracht worden war.

Na ja, man konnte es drehen und wenden, wie man wollte: Das war ganz großer Mist. Egal, durch was die Polizei letztlich motiviert worden war. Rikens schluckte trocken. Zum Glück war er ein guter Schauspieler. Das heißt: Er war routiniert darin, Emotionen zu unterdrücken – als Anwalt und als Politiker entwickelte man Techniken für ein Pokerface und dafür, in wichtigen Momenten stets nur das Nötigste zu sagen und sich nach Möglichkeit jede Menge Wege und Auswege offenzulassen. Aber dennoch, verflucht, er hatte sich fast in die Hose gemacht, als die Polizei aufgekreuzt war. Klar, er hatte damit rechnen müssen. Aber in dem Moment hatte er einen Stich in der Herzgegend verspürt. Meine Güte, es stand ja jede Menge auf dem Spiel. Nicht auszudenken, wenn …

Außerdem hatten sie sich nach dem Fenster erkundigt. Rikens war der Meinung, dass er dafür eine griffige Erklärung geliefert hatte. Er nahm nicht an, dass die Ermittler nochmals aufkreuzen würden. Er hoffte es. Er würde sogar dafür beten. Denn wenn sie anfingen, tiefer zu bohren …

Er musste sich etwas überlegen – beziehungsweise noch einmal das in aller Ruhe durchgehen, was er sich an Erklärungen zurechtgelegt hatte. Ansonsten: einfach weitermachen, als wäre alles normal, sich auf den Wahlkampf vorbereiten, *business as usual,* oder? Und jetzt, dachte Rikens, nahm seine Sachen und ging zum Anleger, würde er ein bisschen auf dem Wattenmeer vor Langeoog kreuzen und darüber nachdenken, welche Schritte er als Nächstes unternehmen würde – oder ob er einfach den Ball flach und die Füße stillhielt.

# 17.

Das Radio spielte einen belanglosen Popsong. Vural hörte gar nicht hin. Er saß in einem VW Up!. Der Lieferwagen gehörte zu dem Schnellrestaurant in Neuharlingersiel, in dem Arslan arbeitete. Er war mit einem bunten Aufdruck und der überdimensionalen Telefonnummer des Geschäfts versehen. Arslan hatte den Wagen kurzfristig für Vural freigeschlagen und ihm außerdem ein Telefon gegeben. Das hatte er einem Kollegen für tausend Euro samt existierender Rufnummer abgeschwatzt – also ziemlich abhörsicher, weil niemand auf die Idee kommen würde, diese Nummer zu überprüfen. Noch besser als ein Prepaid.

Vural blickte durch die Windschutzscheibe auf die Fenster des kleinen Geschäfts auf der gegenüberliegenden Straßenseite im Stadtzentrum von Esens in unmittelbarer Nähe zur Fußgängerzone, wo ausschließlich Lieferverkehr erlaubt war. Es war früher Nachmittag und nicht viel los, was Vural entgegenkam. Er sah die Auslagen der Boutique, Schaufensterpuppen, fokussierte aber auf den Bereich dazwischen und hoffte, dass er seine Frau dort sehen würde. Doch die Reflexionen im Glas waren zu stark, als dass er einen klaren Blick auf das Innere hätte erhaschen können.

Er war sich sicher, dass die Polizei Franziska überwachen würde. Möglicherweise rund um die Uhr. Aber in der letzten halben Stunde hatte Vural keine Person erkennen können, die dauerhaft auf einer Bank saß oder auf und ab ging. Er hatte kein parkendes Auto in der Nähe ausmachen können, in dem Personen saßen, oder einen Lieferwagen, der irgendwo stand. Ihm war auch nichts hinter den Fenstern der Nachbarhäuser aufgefallen. Folglich war es wahrscheinlich, dass Franziska nur sporadisch überwacht wurde.

Das Telefon klingelte. Vural nahm das Handy. Arslan. Doch die Stimme, die Vural hörte, war die von Cem. Arslan musste die Anrufumleitung eingeschaltet haben, gute Idee. Und dieses Mal nutzten weder Cem noch Vural Tarnnamen, um sich zu unterhalten, denn Cem sagte gleich eingangs, dass die Verbindung sicher sei und er ein brandneues Prepaid benutze.

Vural beschloss, Cem zu vertrauen.

Cem sagte: »Bruder, es tut mir alles unwahrscheinlich leid, aber ich hatte keine Wahl. Die hätten mich entweder umgelegt oder mich zum Krüppel gemacht. Und ich wusste nichts von Shirin, ich schwöre.«

»Schon okay, verstehe ich«, sagte Vural, wenngleich er nicht vollends von seinen eigenen Worten überzeugt war.

»Der Bulle war bei mir. Tjark Wolf.«

Vural schwieg einige Momente. Der Name hallte in seinen Ohren wie das laut gesprochene Gebet eines einzelnen Mannes in einer riesigen Moschee. Wie zum Teufel …

Vural hatte Tjark vor Jahren aus den Augen verloren. Andersherum war es ebenso. Davon war Vural jedenfalls ausgegangen. Er konnte sich allerdings vorstellen, dass die Polizei ihn auf der Jagd nach Vural aktiviert hatte, eben, weil sie sich von früher kannten und Tjark sich in Vural würde hineindenken können. Oder Tjark hatte davon gehört, dass Vural abgetaucht war und was sonst noch so geschehen war. Und er war auf der Bildfläche erschienen, weil es ihm ein persönliches Anliegen war, Vural zu stellen. Auch nicht gut.

»Wann war der da?«, fragte Vural.

Cem sagte es ihm. Erzählte ihm alle Details von Tjarks Besuch. Von Minute zu Minute wurde Vurals Stimmung dunkler, denn der Mistkerl war ihm bereits ziemlich nahe gekommen und hatte Cem nach allen Regeln der Kunst unter Druck gesetzt. Außerdem wusste er von Shirins Entführung und von den Kojoten – und jetzt wusste er auch davon, dass Vural offensichtlich etwas besaß, auf das die Biker scharf waren.

»Ich habe reinen Tisch gemacht«, sagte Cem. »Ich habe keine Geheimnisse vor dir. Du musst vorsichtig sein, Mann.«

»Ich weiß, Cem. Was genau hast du Tjark über meine Verstecke gesagt?«

»Nicht viel. Ich weiß ja nicht einmal, wo du die hast oder wo die Schließfächer oder Lagerräume gemietet sind.«

»Ich habe nicht die geringste Ahnung, wonach die suchen.«

»Ich kann dir nicht helfen, Vural. Ich weiß es noch weniger. Es muss mit einem der letzten Einbrüche zu tun haben.«

»Bei keinem ist mir etwas Besonderes in die Hände gefallen. Immer nur das übliche Zeug. Deswegen habe ich zugesagt, bei der Sache in Rotterdam mitzumachen. Es hat sich alles nicht mehr gelohnt. Doch der Mist ist voll nach hinten losgegangen.«

»Leider. Aber du musst irgendetwas haben oder irgendetwas gesehen haben, ich weiß nicht – sonst würden die nicht so einen Aufriss machen.«

»Nein, würden sie nicht«, sagte Vural und fuhr sich mit dem Handrücken über den Mund.

Tatsächlich hatte er keinen blassen Schimmer. Es gab natürlich die Möglichkeit, dass er sich noch einmal ganz genau alles ansah, was er noch nicht bei Hehlern hatte unterbringen können – Bargeld, Computer, Telefone, Schmuck, Kunst …

»Tjark hat mich auch nach den letzten Einbrüchen gefragt. Ich habe ihm gesagt, was ich wusste, okay? Aber wie du weißt, weiß ich nicht viel, nur das Nötigste, und ich würde dich niemals verraten. Er hat übrigens gesagt, dass er nicht mehr bei der Polizei ist. Er hat den Dienst quittiert, aber hilft der Polizei, weil er dich kennt. Die müssen ihn gefragt haben. Oder er hat sich selbst ins Rennen gebracht, weil er dich fassen will. Mann, der klebt dir und mir an den Hacken.«

»Cem«, kürzte Vural ab. »Beruhig dich. Die Biker haben dich fertiggemacht, und jetzt noch Tjark. Ich weiß genau, wie der tickt und wie er arbeitet.«

In der Tat, das wusste Vural nur zu genau. Wenn Tjark etwas im Visier hatte, dann blieb es in seinem Visier, und er würde sich über alles hinwegsetzen, nur um das Ziel zu erreichen.

»Okay«, sagte Cem.

»Melde dich über Arslan bei mir, wenn es was Neues gibt.«

»Werde ich«, erwiderte Cem.

Schließlich beendete Vural das Gespräch. Er zog den Reißverschluss seiner Trainingsjacke zu, setzte die Baseballcap auf und zog die Kapuze obendrüber. Dann griff er sich die Warmhaltetasche, in der üblicherweise Bestellungen zum Kunden gebracht wurden – mit dem Unterschied, dass diese Tasche leer war. Er sah sich um. Dann stieg er aus, ging rasch über die Straße und verschwand in einem Durchgang zwischen zwei Häusern, bog nach links ab und erreichte einen kleinen Hof. Er sah sich auch dort um. Als ihm nichts weiter auffiel, klingelte er an der Hintertür der Boutique. Eine Minute später wurde geöffnet.

Franziska entgleisten alle Gesichtszüge, als sie Vural erkannte. Und in seiner Brust schien etwas explodieren zu wollen, als er seine Frau nach Wochen endlich wieder sah. Sie gab ein Keuchen von sich, hielt sich die Hand vor den Mund und begann sofort zu weinen. Dann fiel sie ihm um den Hals.

Vural ließ die Tasche fallen, umarmte Franziska, inhalierte den Duft ihrer Haare.

»Bist du verrückt?«, flüsterte sie ihm ins Ohr.

»Das bin ich. Nach dir bin ich verrückt. Und nach unserer Tochter.«

»Du hättest niemals herkommen dürfen. Du hättest bleiben sollen, wo du warst, du ...«

»Ich hole sie wieder«, sagte Vural. »Ich hole unsere Tochter zurück. Ich bringe sie nach Hause. Nichts und niemand wird mich daran hindern. Und dann verschwinden wir alle zusammen. Ich bringe euch ins Ausland wie geplant. Nur früher. Ich hole euch nicht nach. Wir gehen gemeinsam. Du musst dich bereithalten. Es kann alles sehr schnell gehen.«

Franziska schluckte schwer und nickte dann kaum merklich. »Die Polizei weiß Bescheid. Sie waren bei mir. Sie überwachen mich und haben mich abgehört, ich habe den Anwalt ...«

»Was wollten die wissen?«

»Sie waren da – wegen der Entführung und dem Finger. Sie haben das Gespräch zwischen uns abgehört. Aber ich habe ihnen gesagt, das wäre alles nur Unsinn gewesen. Es gibt keinen Finger, habe ich gesagt, und dass Shirin im Urlaub wäre, ich hätte dich nur angelogen, damit du schnell nach Hause kommst. Aber sie glauben mir bestimmt nicht. Sie ...«

Vural verschloss die Lippen seiner Frau mit einem Kuss. »Hat sich irgendjemand mit einer Forderung gemeldet?«

Franziska erbebte. Sie zog ihr Handy aus der Jeanstasche, öffnete mit zitternden Fingern eine Datei. »Das hier«, wisperte sie, »habe ich bekommen.«

Franziska spielte Vural ein Video vor. Zunächst war nur eine Tür zu sehen. Es gab Geräusche von innen. Jemand trat dagegen. Dann öffnete sich die Tür.

»Allah«, flüsterte Vural und spürte, wie sich sein Herz zusammenzog. Er sah seine Tochter, weinend und schreiend in einem Raum, in dem sie gefangenen gehalten wurde. Ihre Hand war verbunden. Vural sah eine Luftmatratze, Verpflegung. Er hörte Shirins Flehen und die Drohung einer Frauenstimme, dass man ihr noch weitere Finger abschneiden werde, wenn Vural nicht das liefern werde, was man wolle.

Vurals Augen füllten sich mit Tränen – Tränen der Wut, der Sorge, der Betroffenheit.

Das Video endete.

»Ich habe solche Angst«, flüsterte Franziska mit tränenerstickter Stimme. »Warum ist das nur geschehen? Worum geht es?«

»Ich habe keine Ahnung«, erwiderte Vural. Sein Hals war wie zugeschnürt.

»Vural, du musst ihnen alles geben. Wer auch immer mein Kind hat ...«

»... wird dafür bezahlen.«

»Du hättest vorher aufhören sollen, Vural, du hättest alles ändern müssen, wie du es immer versprochen hast, jetzt ist es zu spät ...«

Vural zuckte zusammen. »Sagst du mir gerade, dass es alles meine Schuld ist?«

»Ich habe immer Angst davor gehabt, dass etwas Schreckliches passieren könnte. Deswegen habe ich dich wieder und wieder angefleht, aufzuhören, und nun ist etwas passiert ...«

»Das hier«, zischte Vural, »ist allein die Schuld von denen, die Shirin entführt haben. Ich habe getan, was ich tun musste.«

»Du hast versprochen, dass ...«

»Ich habe versprochen, dass ich nur noch diese eine Sache in Rotterdam durchziehen wollte, die uns viel Geld gebracht hätte – und ich hätte mein Versprechen gehalten. Doch es ist schiefgegangen, weil ich verraten wurde. Deshalb musste ich untertauchen. Du weißt, dass das nicht der Plan war, Franziska. Aber ich werde es reparieren. Ich werde Shirin holen. Ich werde die Verantwortlichen zur Rechenschaft ziehen. Und dann verschwinden wir zusammen. Ein neues Leben für uns. Als Familie.«

Franziska öffnete den Mund, sagte dann aber nichts. Sie hob kurz die Hand, hielt einen Moment inne, strich Vural dann über die Wangen. »Du musst vorsichtig sein. Brauchst du etwas?«

»Ich habe, was ich brauche.«

Franziskas Hand zitterte an seiner Wange. »Wird ihr noch mehr geschehen?«

»Nein«, flüsterte Vural. »Ihr nicht. Anderen schon.«

Und zwar heute noch, dachte Vural. Er würde sich gleich auf den Weg machen.

# 18.

Vom Europaplads aus sah das Revier in Århus aus, als hätte man einige Ziegelsteine senkrecht nebeneinander aufgestellt. Der riesige Komplex beherbergte sämtliche Abteilungen der Polizei. Direkt gegenüber lag das Hotel Atlantic, wenige Meter weiter und in Wurfweite zur Hafenfront das Dokk1 – ein hypermodern gestaltetes Mehrzweckgebäude, in dem unter anderem die Bürgerberatung, eine Bibliothek und Veranstaltungsräume untergebracht waren. Dort gab es auch Strick- oder Repaircafés, Kindertreffs und vieles mehr. Vom Polizeiquartier aus musste man nur wenige Meter bis zum Åboulevarden laufen, wo man entlang eines kleinen Kanals mit vielen Restaurants und Straßencafés zur Innenstadt schlendern konnte.

Madsen hatte sich hier häufig mit Tjark getroffen. Aber der war nun wieder in Deutschland, während sie hier von ihrem Schreibtisch aus zum Hafen schaute und über das Meer nachdachte – und über eine Verbindung. Sie blickte zurück auf ihren Bildschirm und fragte sich, ob die erste Silbe des Namens *See*feld im Zusammenhang mit Begriffen wie Strand und Sand und Meer ein Zufall war, und entschied sich, dass das der Fall sein musste. Beim wenig gezielten Suchen nach ähnlichen Morden wie denen an Maja Solness und Sofia Lund und dem eher planlosen Googeln nach verschiedenen Begriffen war sie auf den deutschen Serienmörder Adolf Seefeld gestoßen, den man den Sandmann oder auch »Onkel Tick-Tack« genannt hatte. Er war im Mai 1936 hingerichtet worden, weil er nachweislich mindesten zwölf Jungen missbraucht und getötet hatte, wobei die Behörden von einer weitaus höheren Anzahl ausgingen. Seine Opfer waren stets in Kiefernschonungen gefunden worden. Sie trugen Matrosenanzüge und wirkten schlafend. Seefeld war ein reisender Uhrmacher, woher der Name »Onkel Tick-Tack« rührte, und wusste Kinder geschickt und charmant um den Finger zu wickeln. Unklar blieb, wie er seine Opfer tötete, denn Spuren von äußerer Gewalteinwirkung waren nicht gefunden worden. Als Todesursache war stets Erfrieren angegeben worden, weswegen manche Gutachter nicht ausschlossen, dass der Täter seine Opfer hypnotisierte beziehungsweise betäubte und dann einfach liegen ließ, bis man sie wie eingeschlafen vorfand. Und so war Seefeld zu seinen Namen gekommen: Sandmann, weil er die Kinder zum Schlaf bettete. Als Uhrmacher hatte er außerdem mit dem Thema »Zeit« zu tun, mit Uhren, die stehen geblieben waren. Und schließlich gab es die Schauernovelle *Der Sandmann* von E. T. A. Hoffmann, in der Augen ein zentrales Motiv mit vielfältiger Bedeutung waren – als Fenster zur Seele und etwas, das das Monster Sandmann den Kindern herausreißt.

Madsen fasste nach der Tasse, wobei ihre Hand so stark zitterte, dass beinahe der Kaffee überschwappte.

Monster, dachte sie. Ein Monster wie Bengt Nordström, der Madsen in Tjarks Ferienhaus bei Hvide Sande überwältigt, betäubt und verschleppt hatte. Bengt Nordström, der Runenkiller, der es auf prominente Opfer abgesehen hatte, um seine kruden Botschaften über soziale Missstände in Dänemark zu verdeutlichen. Und irgendwann war Anne Madsen – die Frau, die ihn jagte – selbst zu einer Art Prominenten avanciert, weswegen Nordström beschlossen hatte, seiner Jägerin Anne Madsen vor laufender Kamera nicht nur das Fleisch aufzuschneiden, sondern sie auch vor einem Millionenpublikum auf seinem YouTube-Kanal zu töten. Gerade noch rechtzeitig hatte Tjark sie retten können. Madsen hatte danach eine Auszeit und eine Therapie verordnet bekommen. Letztere setzte sie mit einer anderen Psychologin privat fort, denn sie wurde das Gefühl nicht los, dass die Geschehnisse rund um den Runenkiller sie roh und verletzbar hinterlassen hatten.

Madsen schloss die Augen, atmete tief durch und tat das, was ihre Psychologin ihr empfohlen hatte, um einer Panikattacke entgegenzuwirken. Langsam Luft holen, zählen, den Atem anhalten – es war wie ein Mantra. Tatsächlich wurde sie ruhiger. Sie blickte durch die Glastür ihres Büros und versicherte sich, dass niemand sie beobachtet hatte. Wenn Niels oder ein Kollege wüsste, dass sie nach wie vor an etwas litt, das man posttraumatische Belastungsstörung nannte, dann könnte sie wohl wieder Streife gehen oder würde ins Archiv versetzt.

Sie zuckte, als ihr Handy klingelte.

»Hej«, sagte Madsen.

»Hej«, erwiderte Tjark. Er war im Auto, was Madsen am Klang seiner Stimme und den Umgebungsgeräuschen zu erkennen glaubte.

»Geht es meiner Lieblingspolizistin gut?«, fragte Tjark.

»Ehm, ja? Wieso auch nicht?«

»Nur so.«

Madsen lachte. »Du solltest häufiger mal nach Deutschland fahren – so oft wie im Moment telefonieren oder mailen wir selten.«

»Echt?«

»Mhm.«

»Wenn ich ehrlich bin …«, sagte Tjark.

»… was du hoffentlich immer bist …«

»… will ich mich nur versichern, dass du okay bist. Diese Mordfälle, an denen du dran bist …«

Madsen spürte, wie sie sich im Bürostuhl streckte. »Mit mir ist alles okay, Tjark.«
»Ich mache mir nur Sorgen. Es könnte zu früh sein. Es könnte Dinge wieder aufreißen.«
»Mir geht es gut.«
»Bist du sicher?«
»Ja«, erwiderte Madsen und presste die Lippen zu einem schmalen Band aufeinander.
»Was dir passiert ist, war nicht ohne.«
»Berufsrisiko. Du weißt doch, wie es ist, Tjark Wolf.«
»Weiß ich.«
»Frage ich dich andauernd, wie es dir geht? Ob du nach deinen letzten Fällen stark genug bist für etwas Neues?«
»Nein, ich …«
»Aber weil du Tjark Wolf bist, der unverwundbare Silver Surfer, muss man sich keine Gedanken machen, doch bei Anne Madsen, und weil sie eine Frau ist …«
»Blödsinn. Allein die Tatsache, dass du jetzt sofort in Harnisch gerätst, sagt mir …«
»Was? Was sagt es dir, hm?«
Tjark schwieg einen Moment. »Anne«, erwiderte er dann, »du bist tough und fährst deinen Schutzschild genauso schnell hoch wie ich, okay? Wir sind uns sehr ähnlich. Aber ich bekomme es mit, wenn du nachts aufstehst und dein T-Shirt wechselst, weil es durchgeschwitzt ist. Ich höre es, wenn du gelegentlich im Traum wimmerst. Das ist okay. Du hast deinen Stil, damit klarzukommen. Ich habe meinen. Ich will nicht mit dir streiten oder deine Kompetenz und Fähigkeiten anzweifeln. Ich mache mir lediglich Sorgen und will wissen, ob du in Ordnung bist.«
Madsen schloss für einen Moment die Augen, atmete durch. Schließlich hatte ihre Stimme nicht mehr den Ton von Metall,

das auf Metall schlägt. »Ich bin in Ordnung. Du hast recht, ich bin noch nicht darüber hinweg. Und es stimmt, dass mich die Mordfälle berühren. Aber ich muss damit klarkommen, und ich werde es.«

»Daran habe ich keinen Zweifel.«

»Danke, dass du an mich denkst. Ich weiß, ich kann manchmal …«

»… genauso ein Macho sein wie ich?«

Madsen lachte. »Mag sein.« Sie warf einen Blick auf die Uhr. »Ich besorge mir gleich was zu essen. Was isst du?«

»Mal sehen. Vielleicht einen Snack vom Chinesen.«

# 19.

Vor dem Asia-Shop, der im Norden Oldenburgs in einem Gewerbegebiet nahe der A 28 lag, verlangsamte Tjark das Tempo. Der Laden hatte immer noch dieselbe Markise wie vor einigen Jahren, als sich Tjark mit ein paar Schüssen in das Goldene Buch der Bad Coyotes eingetragen und ihren amtierenden Präsidenten vom Motorrad geschossen hatte. Tjark und Fred hatten in jenem Sommer unter der Markise vor eben diesem Shop gestanden und einen SEK-Einsatz verfolgt, der außer Kontrolle geraten war. Und wenig später hatte Tjark erneut hier gehalten, um die Autowerkstatt gegenüber aufzusuchen. Das war heute erneut der Plan. Dazu gehörte nicht, dass irgendjemand seinen Z4 erkennen würde, weswegen Tjark hinter dem Asia-Shop rechts abbog und neben einigen großen Mülltonnen parkte, bevor er ausstieg, sich versicherte, dass die SIG-Sauer in der Seitentasche seiner Army-Jacke und ein Ersatzmagazin in der anderen Tasche steckte, und die Straßenseite wechselte.

Die Werkstatt befand sich in einer früheren Tankstelle. Die Überdachung war noch da, und wo früher Zapfsäulen gestanden hatten, waren jetzt einige beinahe schrottreife Autos geparkt und mit Preisschildern versehen. Tjark konnte sich nicht vorstellen, dass irgendjemand hier allen Ernstes ein Auto kaufen würde. Neben dem ehemaligen Verkaufsgebäude standen alte Ölfässer. Geräte und Motoren waren auf Europaletten abgestellt. Darüber waren Kunststoffplanen ausgebreitet.

In die Werkstatt gelangte man durch eine Schiebetür aus rostigem Metall, das vor langer Zeit einmal hellblau gewesen sein

mochte. Einige Aufkleber von Motorenölfirmen pappten darauf. Sie waren von der Sonne verblichen.
Tjark öffnete das Rolltor, das hinter ihm durch das eigene Gewicht wieder ins Schloss fiel. Der Geruch von Gummi, Reinigungsmitteln, Öl und kaltem Zigarettenrauch schlug ihm entgegen sowie Musik, die nach Metallica klang. Zwei Autos standen auf Hebebühnen. Außerdem wurde gerade an zwei Motorrädern gearbeitet, und zwar von zwei ausgewachsenen Burschen in Blaumännern mit aufgekrempelten Ärmeln, die tätowierte Unterarme entblößten.
Einer der Männer sah wie ein Wikinger aus – lange rote Haare, geflochtener Bart. Tjark meinte, sich daran zu erinnern, dass er den Kerl hier schon einmal gesehen hatte. Der andere trug einen Irokesenschnitt wie Robert de Niro in *Taxi Driver.* Er war kleiner, wirkte aber ebenfalls wie jemand, mit dem man sich besser nicht anlegen sollte. Der Irokese hantierte mit einem Schweißbrenner. An der Spitze loderte die Flamme wie an einer Kerze. Obelix wiederum hielt einen schweren Schraubenschlüssel in der einen Hand und einen Tacker in der anderen, mit der er offensichtlich eben erst einen Zettel an dem Reifenstapel neben ihm befestigt hatte.
Sie unterhielten sich mit einem Dritten, der mit dem Rücken zu Tjark stand. Um Frank Feddersen, genannt »Django«, handelte es sich nicht.
Der Mann war schlank, groß, trug eine Jeans, Sneakers und einen Hoodie mit aufgesetzter Kapuze. Er drehte sich um. Er hielt etwas in der Hand, das er jetzt auf Tjark richtete. Der Mann wirkte überrascht. Tjark wahrscheinlich nicht weniger.
Vural war älter geworden. Falten zogen sich wie Canyons durch sein braun gebranntes Gesicht. Der Bart hatte graue Strähnen. Aber die Augen waren so hell und wach wie eh und je.
»So sieht man sich wieder«, sagte Tjark.

»So sieht man sich wieder«, erwiderte Vural und bewegte sich in eine Position, in der er sowohl die Biker als auch Tjark im Blick und mit seiner Pistole in Schach halten konnte.
Tjark hob die Hände etwas an, um Vural zu zeigen, dass er nicht beabsichtigte, seine Waffe zu ziehen oder nach dem Handy zu greifen. Doch natürlich würde Tjark entweder das eine oder das andere tun, sobald sich auch nur der Hauch einer Möglichkeit ergab. Vielleicht auch beides gleichzeitig.
»Ich habe mit vielem gerechnet, aber nicht mit dir hier und jetzt«, sagte Tjark
»Geht mir ebenso. Aber der Mann, wegen dem wir hier sind, ist nicht da.«
»Sagen Obelix und sein Freund Idefix?«
»He«, machten die beiden fast unisono. Unter anderen Bedingungen hätte Tjark sicherlich eine kassiert. Tatsächlich hatte er in dieser Halle schon mal einen Kinnhaken erhalten, und zwar von Django persönlich. Damals war auch der Hüne von einem Biker hier gewesen. Der Irokese nicht.
Die beiden standen mehr oder weniger unschlüssig an Ort und Stelle. Damit, dass sich mehr oder weniger zufällig zwei alte Bekannte hier trafen, hatten sie sicher nicht gerechnet.
Tjark sagte: »Betrachte dich als verhaftet, Vural.«
»Du bist kein Polizist mehr.«
»Spielt keine Rolle. Weg mit der Waffe, und immer ruhig Blut.«
»Sonst was?«
Tjark zuckte schwach mit den Schultern. »Sonst wird es blutig, nehme ich an.«
»Wenn du kein Bulle mehr bist«, sagte Obelix mit friesischem Akzent, »verzieh dich. Und du dich ebenfalls, Attaman. Du Scheißtyp hast zwei meiner Freunde umgelegt.«

»Weil sie mich umlegen wollten.«
»Na und?«
»Wo ist Django?«
»Scheiß auf dich, Attaman.«
»Wo ist meine Tochter?«
»Nie gehört, dass du überhaupt eine hast.«
Tjark fasste in seine Jackentasche. Vural zuckte mit seiner Pistole. Tjark zog eine Packung Zigaretten heraus und steckte sich eine an. »Sieh es ein, Vural«, sagte er und paffte eine weiße Wolke in die Werkstatt, »du kommst hier nicht weiter. Du kommst aus dieser Werkstatt nicht wieder heraus.«
»Sehen wir dann.«
»Gehen wir raus und unterhalten uns. Vorher gibst du mir die Waffe.«
»Vergiss es, Tjark.«
»Mann«, sagte Tjark, »ich habe vierundzwanzig Stunden gebraucht, um dich aufzustöbern. Ich bekomme dich jederzeit wieder in die Finger, wenn du verschwindest. Wir wollen deine Tochter außerdem ebenso finden wie du. Glaubst du, wir sind untätig?«
Vural wendete sich wieder zu den Bikern, zielte aber nach wie vor auf Tjark. »Wo ist Django?«
»Leck mich. Selbst wenn ich es wüsste«, antwortete der Wikinger, »würde ich es dir bestimmt nicht auf die Nase binden.«
»Niemals«, sagte der Kleine. »Du hast unsere Freunde umgelegt. Dafür wirst du bezahlen, Alter, Blut für Blut.«
»Da hörst du es«, sagte Tjark und rauchte. »Die beiden werden dich hier nicht wieder rauslassen. Ich ebenfalls nicht. Du bist am Arsch, Vural. Also lass uns draußen reden, und die beiden Comic-Figuren können weiter an sich herumspielen.«
»He«, blaffte Obelix, »halt's Maul!«

Tjark dachte nicht daran. Im Gegenteil überlegte er, dass ihm nur ein Weg einfiel, wie er Vural stoppen könnte. Und dazu brauchte er die Biker, die auf ihn wirkten, als verfügten sie über eine kurze Lunte, die bereits zur Hälfte abgebrannt war.

»Wisst ihr übrigens«, sagte Tjark, »wie er eure Freunde umgelegt hat? Dem einen hat er eine Handgranate in den Hintern gesteckt …«

»Halt die Fresse!« Obelix hob den Schraubenschlüssel drohend an und machte einen Schritt auf Tjark zu.

»… dem anderen hat er das Gesicht zerschossen, hat die Obduktion ergeben. Die waren beide wehrlos und gefesselt. Er hatte sicher richtig Spaß. Und dann hat er mit seinen anderen Kurdenfreunden auf die Leichen gepinkelt und …«

»Tjark!« Vural zielte auf Tjarks Kopf. »Schnauze! Das ist alles Nonsens!«

»Du schießt doch sowieso nicht auf mich, du Memme. Du bist ein Psycho, Mann. Wehrlose wie die beiden Kojoten in Kurdistan foltern, das kannst du. Die hatten keine Finger mehr, und die Schwänze hast du ihnen auch abgeschnitten. Kein Wunder, dass du den Finger deiner Tochter …«

Der Plan ging auf.

Obelix schwang den Schraubenschlüssel, machte zwei Schritte vorwärts und holte aus, um Vural eins überzuziehen. Vural wich aus, wurde aber dennoch an der Schulter erwischt. Ein Schuss löste sich und bohrte sich in die Decke. Vural stürzte. Im nächsten Moment war Obelix über ihm. Er hatte den Tacker fallen lassen, presste mit der einen Hand Vurals Handgelenk auf den Werkstattboden, sodass die Pistole nur noch auf eine Wand zielte. Hundertfünfzig Kilogramm Muskelmasse – Vural hatte dem nichts entgegenzusetzen. Der Wikinger holte erneut aus. Es war klar, dass er Vurals Kopf mit dem Schraubenschlüssel zerknacken würde wie eine Kokosnuss.

Tjark wollte seine Pistole ziehen. Aber dazu hatte er nicht mehr genug Zeit, und das hätte in dieser Situation auch nichts genutzt. Er rannte vorwärts, um nach dem Arm des Wikingers, nach dem Schraubenschlüssel zu greifen. Im nächsten Moment traf ihn ein Tritt mit schweren Doc-Martens-Stiefeln seitlich am Knie. Tjark krachte gegen einen Werkzeugschrank und blickte in das blau-weiße Licht des fauchenden Schweißbrenners, den der kleinere Biker wie die Spitze eines Laserschwerts auf Tjark richtete. Es krachte metallisch, als der Schraubenschlüssel niederfuhr und auf den Betonboden traf. Obelix hatte Vural knapp verfehlt, der den Kopf blitzschnell zur Seite gedreht haben musste.

»Ganz ruhig«, zischte der Irokese mit dem Schneidbrenner zu Tjark, während der Wikinger erneut ausholte.

Aber Tjark blieb nicht ruhig. Er fasste in seine Jackentasche, fühlte den Griff der SIG-Sauer. Der Kerl mit dem Schweißgerät machte einen Schritt auf Tjark zu. Er konnte die Hitze des Feuerstrahls im Gesicht spüren, aber auch den geriffelten Abzug der SIG am Zeigefinger. Tjark drückte ab. Feuerte direkt aus der Jacke blind zwei Schüsse auf den Typen vor sich ab. Schwer zu sagen, ob er erwischt worden war. Jedenfalls wirbelte er herum, stolperte und fuhr dem Wikinger mit dem Schweißgerät über den Rücken. Der Kerl brüllte wie ein Ochse, bäumte sich auf.

Tjark machte einen Ausfallschritt nach vorn, packte den Wikinger am Arm, drehte ihn nach hinten, bis er den Schraubenschlüssel fallen ließ. In dem Moment fasste Vural nach dem Werkzeug, schlug dem Wikinger damit seitlich gegen den Kopf. Der Kopf prallte mit voller Wucht in Tjarks Gesicht.

Tjark sah Sterne. Alle Kraft wich aus ihm. Die Beine gaben nach, und er ging zu Boden, sah in einem Schleier aus weißen Schlieren den Irokesen, der ebenfalls am Boden lag, sich krümmte und mit schmerzverzerrtem Gesicht den blutenden Fuß hielt. Dann sah er nichts mehr.

Als Tjark zu sich kam, wusste er zunächst nicht, wo er sich befand oder was geschehen war. Dann war er blitzartig wieder voll da. Er konnte nur kurz weg gewesen sein, fuhr sich durchs Gesicht und sah Blut auf dem Handrücken. Der Hinterkopf des Wikingers musste seine Nase voll erwischt und ihn ausgeknockt haben. Seine Sicht klärte sich, und er erkannte Vural. Mit dem Tacker in der Hand stand er über dem auf dem Rücken liegenden Wikinger, beugte sich dann hinab. Er presste ihm erst einen Zettel auf die Stirn, dann den Tacker auf den Zettel und drückte ab. Der Körper des Bikers zuckte.

»Meine Nummer«, hörte Tjark Vural murmeln. »Sag Django, er soll mich anrufen.«

Vural hielt seine Pistole in der anderen Hand, schleuderte dann den Tacker achtlos auf den kleineren Biker, der in der Zwischenzeit zur Seite gekrochen war. Eine Blutspur zog sich über den Boden. Tjark musste dem Kerl ein Loch in den Fuß geschossen haben, und anscheinend tat es dem Burschen höllisch weh.

»Vural.« Tjark rappelte sich halbwegs auf.

Vural kam auf ihn zu, verpasste ihm einen Tritt in die Seite, der Tjark die Luft raubte.

»Ich habe es dir früher schon einmal gesagt«, murmelte er. »Stell dich mir nicht in den Weg. Weißt du noch? Damals im Block? Du wolltest nicht zur Seite gehen, und dann habe ich dir ein paar auf die Fresse gehauen. Du lernst nicht, Tjark.«

Tjark wollte etwas erwidern, brachte aber nur ein Keuchen zustande. Er suchte nach seiner Waffe, fand sie jedoch nicht. Kein Wunder. Denn Vural zog sie in diesem Moment aus der Hintertasche seiner Jeans, um sie Tjark zu zeigen, und steckte sie dann zurück. »Die haben meine Tochter. Sie haben ihr den Finger abgeschnitten. Mann, ich werde die Typen zerfleischen, die dafür verantwortlich sind, und du hältst mich nicht auf.«
»Vural.« Tjarks Kehle fühlte sich wund an. »Du musst …«
»Ich muss gar nichts.« Er verpasste Tjark einen weiteren Tritt in die Seite. Dann wendete er sich zum Gehen, marschierte aus der Werkstatt. Das Rolltor fiel hinter ihm zu.
»Scheiße«, murmelte Tjark und schaffte es schließlich, aufzustehen. Es fühlte sich an, als sei eine Rippe gebrochen. Dazu möglicherweise das Nasenbein. Er setzte sich in Bewegung, stolperte die ersten Schritte. Aber dann ging es besser. Er riss das Rolltor auf und sah Vural über die Straße gehen, sich in ein Auto mit der Aufschrift von einem Döner-Bringdienst setzen und losfahren.
Tjark spurtete los, suchte im Laufen nach seinem Handy, aber fand es nicht. Vural musste es ihm ebenfalls abgenommen haben. Er rannte am Asia-Shop vorbei und behielt den Wagen im Blick, dessen Heck nun in einer Linkskurve verschwand. Wenige Sekunden später erreichte Tjark den BMW, schloss auf, setzte sich ans Steuer, startete den Motor und fuhr mit durchdrehenden Reifen los, schlitterte um die Kurve und fuhr mit Vollgas in die Richtung, in der Vural mit dem Kurierwagen verschwunden war.
Tjark raste über eine rote Ampel, ignorierte das Hupen und nahm schließlich das bedruckte Heck des Up! vor sich wahr. Er trat weiter aufs Gas, bog zweimal ab und folgte Vural, der inzwischen offenbar begriffen hatte, dass Tjark ihn verfolgte.

Er beschleunigte ebenfalls, raste nun mit fast hundert Stundenkilometern durch ein Wohngebiet. Tjark stieg aufs Gaspedal und schloss auf, wollte links an dem Up! vorbeiziehen. Aber Vural zog in dieselbe Richtung, blockierte die Fahrbahn, zog dann wieder nach rechts, stieg auf die Bremse. Tjark ebenfalls. Allerdings nicht schnell genug.

Es gab einen Ruck, als er mit der Front gegen das Heck des Up! fuhr, der einen Satz nach vorn machte. Dann riss Vural das Steuer herum, bog ab nach rechts. Tjark schaffte es gerade so eben, ebenfalls abzubiegen.

Links und rechts waren jetzt Baustellen zu sehen. Der Up! beschleunigte. Tjark blieb dran, versuchte in Höhe des Areals eines Gebrauchtwagenhändlers erneut, an Vural vorbeizuziehen, um ihn zu blockieren. Vural riss das Steuer wiederum zur Seite, um Tjark den Weg zu versperren. Doch die Lenkbewegung war zu heftig für den kleinen Wagen, der ins Schlingern geriet und mit einem Mal nach rechts aus Tjarks Blickwinkel verschwand.

Tjark bremste, sah im Rück- und Seitenspiegel, dass der Up! einen Bauzaun zwischen einigen Hecken durchbrach. Tjark hielt an, setzte zurück und fuhr ebenfalls durch die Lücke. Eine Sekunde öffnete sich ein riesiges Areal vor ihm – und er begriff, wo er war.

# 20.

Der Fliegerhorst Oldenburg war zwischen den Sechziger- und Neunzigerjahren Standort eines Jagdbombergeschwaders. Später hatte die Stadt das Gelände gekauft, um die Fläche zu bebauen und hier einen neuen Stadtteil entstehen zu lassen, der in einzelnen Abschnitten bereits im Werden war. Die frühere Startbahn war zu einem Solarpark umgebaut worden. Aber noch war der allergrößte Teil des Geländes Brachland, das mit einzelnen Bunkern gespickt war.

Der Up! raste auf die Flugbahn zu, auf der sich Solaranlagen wie im Spalier aneinanderreihten und silbern in der Sonne glänzten.

Tjark gab jetzt Vollgas, schloss erneut zu Vural auf, dessen Wagen auf der Rasenfläche schwer mit dem Gelände zu kämpfen hatte. Kurz vor den Solaranlagen und dem noch unbebauten Teil der zweiten Flugbahn zog Tjark erfolgreich an dem Up! vorbei und riss das Steuer nach rechts, um Vural zu rammen. Doch der wich ein weiteres Mal aus. Tjark sah Vurals Gesicht. Fick dich, schien er zu rufen. Allerdings hatte er dieses Mal einen entscheidenden Fehler begangen. Er hätte besser nicht zu Tjark, sondern nach vorn gesehen. Denn dort befand sich eine Bodenwelle aus Beton, eine Sperre oder etwas in der Art. Tjark bremste, wich zur Seite aus. Vural nicht.

Der Up! fuhr mit voller Wucht über den Widerstand. Es gab ein lautes Krachen. Der Wagen hob kurz ab, kam dann mit zerborstenen Rädern wieder auf, die keinen Grip in der Rasenfläche mehr hatten, sondern sich in die Erde bohrten. Das wirkte wie ein Katapult.

Der Up! rotierte um die eigene Achse, kam auf der Beifahrerseite wieder auf und rutschte über den Rasen, bis er gegen eine der Solaranlagen krachte und schließlich liegen blieb.
Tjark gab Gas, umfuhr das Betonhindernis und stoppte neben dem demolierten VW, stieg aus und ging zu dem Wrack, das zischte und fauchte. Vural war gerade dabei, auszusteigen. Das heißt: Er probierte es. Die Fahrertür war wie der Deckel einer Dose geöffnet. Vural versuchte, herauszuklettern. Sein Gesicht war blutüberströmt, der geöffnete Airbag schien ihn zu behindern. Außerdem wirkte er benommen.
Tjark packte Vural am Kragen, zerrte ihn aus dem Wagen. Vural fiel vornüber auf Tjark. Sie gingen beide zu Boden. Vural wehrte sich kraftlos. Tjark rollte zur Seite, tastete Vural ab, fand seine Pistole und außerdem sein Handy und nahm es an sich.
In der Zwischenzeit kehrte das Leben zurück in Vural, der sich aufrappelte, Tjark in die Seite boxte. Es fühlte sich an, als werde Tjark ein glühendes Eisen in die Rippen gerammt. Für einen Moment bekam er keine Luft.
Vural wischte sich das Blut aus dem Gesicht, zog seine eigene Pistole und zielte. Er sah Tjark hasserfüllt an, brüllte vor Wut auf wie ein angeschossener Stier.
»Ich stelle mich dir nicht in den Weg?«, fragte Tjark, der seine SIG auf Vural gerichtet hatte. Sein Puls raste. Er war randvoll mit Adrenalin. »Und ob ich mich dir in den Weg stelle«, zischte Tjark. »Hier endet er nämlich.«
»Auf keinen Fall.«
»Dann werden wir herausfinden, wer von uns beiden schneller schießt, hm?«
»Falls du es darauf anlegst …«
»Ich lege es darauf an, dass du aufgibst und dich stellst.«

»Ich will meine Tochter zurück. Sie haben ihr einen Finger abgeschnitten. Ich will nicht, dass noch mehr passiert.«
»Dann gib ihnen entweder, was sie wollen. Oder lass die Polizei den Job machen – was die bessere Wahl ist.«
»Ich würde ihnen geben, was sie wollen. Wenn ich wüsste, was genau das überhaupt ist und warum sie es wollen.«
»Ich bin sicher, du hast eine Ahnung, worum es geht.«
»Sie wollen den Code zu einem Lagerraum oder einem Schließfach.«
»Was ist in dem Schließfach?«
Vural zuckte mit den Schultern. »Nichts Besonderes. Ich habe keine Ahnung. Für irgendwen scheint es wichtig zu sein.«
»Dann sollten wir mal nachschauen.«
»*Wir* garantiert nicht. Es ist mir außerdem scheißegal. Ich will meine Tochter zurück.«
»Mit *die* meinst du Django?«
»Ich nehme es an. Zum Teufel, ich weiß es ja noch nicht einmal genau. Zwei Typen mit Tattoos der Gang suchen mich in Kurdistan auf und wollen einen beschissenen Code aus mir herausbekommen. Sie hätten mich umgelegt, nachdem ich ihnen den Code gegeben hätte. Also bin ich denen zuvorgekommen.«
»Jetzt haben sie Shirin. Und möglicherweise werden sie deine Tochter umbringen, nachdem sie haben, was sie wollen. Dich ebenfalls.«
»So langsam fällt bei dir der Groschen, Tjark. Deswegen muss ich ihnen erneut zuvorkommen.«
»So wird es nicht laufen. Die Polizei …«
»Mann«, rief Vural, »scheiß doch auf die Polizei! Es ist schlimm genug, dass du dich da einmischst und deine Kollegen ebenfalls! Das ist gefährlich für Shirin! Überlass die Sache mir – und dann kehr den Scherbenhaufen zusammen.«

»Keine Chance.«
»Dann kommen wir hier nicht weiter. Und zielen so lange aufeinander, bis jemand schießt.«
»Oder bis ich meine Kollegen anrufe und ein Sondereinsatzteam und ein Hubschrauber kommen. Ich habe die Scharfschützengruppe vergessen.«
»Wenn ich gefasst werde, werden sie meine Tochter ebenfalls umbringen.«
Das Problem war: Tjark glaubte Vural. Sobald er aus dem Verkehr gezogen war, wäre Shirin tot. Tjark nahm nicht an, dass die Geiselnehmer sich sagen würden: Okay, dann verhandeln wir eben jetzt mit der Polizei über diesen Code und den ganzen Rest.
»Wie gesagt«, erwiderte Tjark, »das werden sie vielleicht sowieso tun. Aber wir werden sie vorher finden.«
»Ich muss das allein durchziehen. Jetzt vergiss, dass du ein Polizist bist oder mal einer warst, und schalte deinen Verstand an, Mann. Der Tjark, den ich von früher kenne, tickt anders.«
»Früher war früher«, sagte Tjark und dachte, dass Vural auch mit einer anderen Sache recht hatte: Sie konnten schlecht bis morgen früh aufeinander zielen. Sie befanden sich in einer Pattsituation. Eine Lösung musste her, denn keiner von beiden würde auch nur einen Deut von seiner Position abweichen.
»Ich mache dir einen Vorschlag«, sagte er dann. »Du willst Django, ich will Django. Du willst Shirin zurück. Ich will Shirin ebenfalls zurück. Du willst es allein durchziehen. Aber das wirst du nicht überleben, deine Tochter vielleicht auch nicht. Ich will, dass die Polizei das übernimmt. Du nicht. Also nehmen wir den Mittelweg. Wir beide arbeiten zusammen. Denn ich bin nicht wirklich die Polizei. Aber ich kann im Notfall die Kavallerie rufen.«
»Meinst du das ernst?«

»Absolut. Der Deal kostet allerdings jeden von uns etwas. Mich kostet es endgültig den Kopf. Dich kostet es den Verzicht auf Rache. Du sagst mir, was mit dem Schließfach los ist. Und wenn Shirin wieder frei ist, wirst du dich stellen.«

Vural lachte auf. »Du willst mir helfen?«

»Nein, ich will ein Geschäft mit dir machen. Außerdem will ich ein Blutbad verhindern. Und was dich betrifft: Du stehst ohnehin mit dem Rücken zur Wand. Du wirst uns kein zweites Mal entkommen. Insofern hast du nichts zu verlieren, aber das Leben deiner Tochter zu gewinnen.«

Vural dachte nach, wischte sich erneut Blut aus dem Gesicht. »Tja«, meinte er nach einer Weile, »so kommen wir am Ende doch noch zusammen, hm?«

»Nur für eine Weile. Weil wir im selben Boot sitzen. Und es ist besser, wenn wir in die gleiche Richtung rudern, bis wir am Ufer sind.«

»Es darf nirgends Polizei auftauchen.«

»Logisch.«

»Verarschst du mich, lege ich dich um.«

»Dito.«

Vural grinste mit schmerzverzerrtem Gesicht. Tjark ebenfalls.

»Und jetzt?«, fragte Vural.

Tjark steckte die Pistole ein, weil einer den Anfang machen musste. Vural ließ seine ebenfalls sinken.

»Wir sollten uns ein Pflaster besorgen«, meinte Tjark.

Er wusste jemanden, der sich damit auskannte.

# 21.

»Fuck!«

Django trat gegen den kleinen Kühlschrank im Trailer, der neben der Scheune aufgebaut war. Die leeren Bierflaschen darauf klirrten. Schließlich warf er das Handy quer durch den geräumigen Wohnwagen gegen die Heckscheibe, wo es abprallte und direkt neben den Füßen von Lady Macmeth auf die Couch fiel.

»Baby, reg dich nicht so auf«, sagte sie und zog ein letztes Mal an der Glaspfeife, inhalierte und hielt die Luft an. »Und schmeiß bloß nicht noch mal mit Sachen nach mir.«

»Tut mir leid«, murmelte er, kickte erneut gegen den Kühlschrank und lief dann aufgeregt auf und ab. »Aber ich drehe gleich durch. Vural Attaman ist in Deutschland und hat die Jungs in der Werkstatt auseinandergenommen. Und zwar nicht allein. Er hatte den bekackten Tjark Wolf dabei. Wie geht denn das nun wieder zusammen? Was soll die Scheiße?«

Django brachte es in der Tat nicht zusammen. Die beiden gleichzeitig in der Werkstatt. Schossen dem einen in den Fuß, zogen dem anderen eins mit dem Schneidbrenner über, sodass er nun eine verfickte Brandnarbe quer über dem Rücken hatte, und tackerten ihm eine Telefonnummer auf die Stirn. Aber vor allem: Warum, in Gottes Namen, die beiden gemeinsam?

Der ganze Mist entwickelte sich absolut nicht in die Richtung, die Django gefiel, überhaupt nicht. Er hätte den Job nicht annehmen sollen, fünfhundert Große hin oder her. Der ganze Dreck eskalierte. Abgesehen davon hatte er große Lust, Vural Attaman ans Kreuz zu nageln, auszuweiden und ihm die eige-

nen Gedärme zu fressen zu geben. Scheiße, vielleicht sollte er exakt das tun, sobald er ihn in die Finger bekam.
Andererseits würde er das wohl nicht tun können, denn es hatte ein Preis-Update im großen Plan gegeben, und der Auftraggeber hatte als ausdrückliche Bedingung genannt, dass es zu keinen weiteren Gewalttaten kommen dürfe. Na ja, dachte Django, sehen wir dann.
Django griff sich eine Bierflasche, öffnete sie und trank sie in einem Zug halb leer. Er spürte die beruhigenden Hände von Lady Macmeth im Nacken, die ihm die Schultermuskeln mit den Daumen massierte.
»Du musst ganz locker bleiben, Django. Niemand hat je behauptet, dass es einfach werden würde. Dieser Vural ist schon eine Hausnummer, und wir haben gewusst, dass die Polizei ihm an den Hacken klebt und wir uns dazwischenstellen müssen.«
Django leerte die Flasche. »Ich kapiere nicht, warum dieser Wolf den nicht verhaftet hat. Stattdessen drischt er gemeinsam mit dem auf die Jungs ein. Angeblich ist er ja raus bei den Bullen. Aber trotzdem.«
Django spürte Lady Macmeths Atem im Nacken, während sie weiter beruhigend auf ihn einredete. »Das ist doch der, dem wir geradezu dankbar sein müssen, oder?«
Django nickte und spürte, dass er ruhiger wurde. Er hatte Tjark Wolf damals in der Werkstatt eins auf die Fresse gehauen. Er hatte keine Ahnung davon gehabt, dass der Hund das nutzen wollte, um die Bad Coyotes und die Northern Riders gegeneinander auszuspielen. Allerdings war das Spiel zugunsten der Coyoten ausgegangen.
»Ich weiß«, sagte Django, »wir wären nicht, wer wir heute sind. Aber das kann man auf keinen Fall auf seiner Habenseite verbuchen.«

»Nein, kann man nicht. Auch nicht, dass er damals Larry vom Bike geschossen hat, ich weiß.«

Larry war der Spitzname des früheren Präsidenten der Bad Coyotes. Es hatte seinerzeit eine Razzia gegeben, weil Larry vier Northern Riders auf einer Autobahnraststätte hatte umlegen lassen. Logisch, dass das die Polizei aufgeschreckt hatte. Sie hatten einen V-Mann in der Szene, und Lady Macmeth hatte von Anfang an das Gefühl gehabt, es könne einen Maulwurf geben, und bewusst den auf Verdacht mit einer Info gefüttert, die schließlich zu der Razzia führte und dazu, dass Django Präsi werden konnte.

Was für eine Schlange – aber letztlich hatte sie recht behalten, und Django wollte sich nicht beschweren, echt nicht. Und damals hatte er ihr dann diesen Spitznamen gegeben, Lady Macmeth – weil sie dauernd drauf war, und außerdem, weil sie eine Königsmacherin und -mörderin war wie Lady Macbeth.

Django hatte zu der Zeit im Nachtprogramm einen Film von diesem Shakespeare gesehen und war daran hängen geblieben, weil ihn der ganze intrigante Scheiß fasziniert hatte, und er dachte, es könne nicht schaden, so ein bisschen zu wissen, wie das alles so läuft bei den Mächtigen, weil er ja nun selbst einer war. Der Film war allerdings schlecht ausgegangen für diesen Macbeth, was Django aber nur wenig besorgte. Denn das war ja nur ein Film, okay?

Er spürte einen Kuss im Nacken. Dann drehte er sich um und sah Lady Macmeth direkt in die Augen. Die Pupillen füllten fast die ganze Iris aus. In diesen Momenten mit den fast schwarzen Augen sah sie echt gruselig aus. Bedrohlich. Manchmal hatte Django Angst vor dem, was dahinter vor sich gehen mochte.

»Was mich wirklich ankotzt«, sagte Django, »ist die Tatsache, dass wir dem Kackbullen schon wieder dankbar sein müssen.

Denn wenn er Vural verhaftet hätte, würden wir niemals an den Code kommen. Kein Code, keine Kohle. Der darf uns auf keinen Fall zuvorkommen.«

Lady Macmeth lächelte. »Aber Baby, dann legen wir ihn eben um. Sobald dieser Tjark Wolf aufkreuzt, muss er dran glauben, was soll's.«

»Wir können keine Bullen umlegen.«

»Ich dachte, man sagt, der ist keiner mehr? Und wenn er auf einmal mit Vural gemeinsame Sache macht?« Sie zuckte mit den Achseln. »Kollateralschaden, oder wie man so sagt?«

Geiles Wort, dachte Django, nachdem er kurz überlegen musste, was das wohl bedeuten mochte. Die Lady war nicht nur belesener als er, sie war auch gerissener und cleverer. Das war kein Geheimnis. Er hatte schon oft auf sie gehört und dann so getan, als wären die Entscheidungen seine eigenen gewesen.

Django sagte: »Okay. So machen wir das. Und ich werde ein Date mit Vural verabreden. Seine Nummer habe ich ja nun.«

Lady Macmeth lächelte und strich Django mit dem Handrücken über die Wange. »Und du wirst ihm ein wenig Angst machen, oder?«

Django nickte. »Klar.«

»Schickst du ihm das Video? Das, das seine Frau auch hat?«

»Natürlich.«

»Weißt du, wenn es ein Meeting gibt: Wir könnten sogar eine Facetime-Schaltung machen. Er wird mit Sicherheit erst mal ein Lebenszeichen seiner Tochter sehen wollen. Also erfüllen wir ihm den Wunsch. Dann sieht er die Kleine und wird weich.«

»Und wenn er zunächst fordert, dass wir sie freilassen, bevor er den Code ausspuckt?«

»Dann richtet sich die Kamera des Handys auf die Hand von Shirin und die Drahtschere.«

Die Lady lächelte immer noch. Alter, dachte Django, ihre Seele war schwärzer als ihre Pupillen. Es machte ihn so was von an, wenn sie solche kranken Sachen sagte.

Django keuchte und legte die Hände auf dem Hintern der Lady ab, was sie mit einem leisen Gurren quittierte. Er murmelte: »Das Video wird ihm genug Angst einjagen. Aber Vural könnte annehmen, dass ich ihn in eine Falle locke.«

»Das wird er bestimmt, Django, und es wird ja auch eine werden. Aber er hat keine andere Option.«

Django schloss die Augen. Ließ sich den Hals abküssen. Knetete ihren Hintern und dachte: Genauso mache ich das.

Die anderen Biker würden enorm beeindruckt sein von seinem Plan und seiner Rücksichtslosigkeit und dem Batzen Geld. *Nobody fucks with Django but the lady* – war doch schon immer so, oder?

# 22.

Femke betrachtete Ceylan, die sich auf dem Bürostuhl hin und her drehte, während sie ein Croissant aß. »Aber wieso gibt es einen Einbruch, der nicht angezeigt wird?«

Femke tippte sich dann an die Wange, um Ceylan zu bedeuten, dass sie da einen Krümel hatte. Ceylan wischte ihn weg und stopfte sich den Rest Gebäck rein.

Femke hatte eine ganze Tüte davon mitgebracht, weil sie angenommen hatte, Fred wäre im Dienst, und Fred aß meistens für drei. Er war auch im Dienst, aber auswärts unterwegs. »Bleibt mehr für mich«, hatte sich Ceylan gefreut. Sie stand auf alles, was aus der Bäckerei von Femkes Mutter kam, und meinte, sie müsse ja nicht auf ihre Linie achten, wobei ihre Figur immer sportlich war – unabhängig davon, wie viel sie in sich hineinstopfte. Ceylan wollte mit der Bemerkung allerdings wohl darauf anspielen, dass sie Single war. Worüber Femke sich ohnehin wunderte. Ceylan flirtete nicht einmal mit irgendwem. Früher hatte Femke angenommen, Ceylan wäre heimlich in Tjark verschossen. Aber die beiden verband etwas anderes miteinander. Femke kannte nur die rudimentären Daten.

In jüngeren Jahren sollte Ceylan zurück in die Türkei kommen, um dort jemanden zu heiraten. Sie hatte sich dagegen gewehrt – auch körperlich, als ihre Brüder sie mit Gewalt zwingen wollten. Tjark war ihr zu Hilfe gekommen – mit dem Ergebnis, dass sich die Familie von Ceylan und Ceylan von der Familie losgesagt und wie eine Verrückte Taekwondo trainiert hatte, damit ihr so was nicht noch einmal passierte. Inzwischen gab es zarte Annäherungen zwischen Ceylan und der Familie. Aber zarte Annäherungen mit jemand anderem – Fehlanzeige.

Ceylan hatte mal gesagt, sie käme allein bestens zurecht. Ansonsten gab sie nicht viel preis über ihr Privatleben. Vielleicht gab es da jemanden. Vielleicht auch nicht. Möglicherweise stand sie auch gar nicht auf Männer und fand, dass das niemanden etwas anging. Womit sie, ehrlich gesagt, ja auch recht hätte.

»Ein Einbruch, der nicht angezeigt wird«, griff Femke jetzt den Ball auf, »kann entweder bedeuten: Es gab keinen Einbruch, oder man will den Einbruch aus privaten Gründen nicht anzeigen, weil nichts gestohlen wurde und man den Wirbel nicht möchte.«

»Zum Beispiel, weil man jemand ist, der in der Öffentlichkeit steht, wie Hinnerk Rikens, und irgendein PR-Typ dir sagt: Lass das mal lieber, das kann im Wahlkampf nach hinten losgehen, dann kommen Kamerateams, und es werden Fragen gestellt, warum du keine Alarmanlage hast und alles.«

»Er hat ja eine Alarmanlage – und sogar Videoüberwachung. Aber der Hof ist gerade erst saniert worden. Die Geräte waren beim Einbruch noch nicht installiert. Das haben die Täter vielleicht auch gewusst – womöglich haben sie es beim Ausspionieren der Örtlichkeit entdeckt. Oder sie haben sogar einen Hinweis erhalten.«

»Dann wäre das unter Umständen fahrlässig von Rikens gewesen, den Hof schon einzurichten. Und die Versicherung würde Probleme machen, wenn man einen Einbruch meldet und gestohlene Güter angibt. Die würden sich alles ganz genau anschauen und sich möglicherweise sogar fragen, ob hier ein Versicherungsbetrug vorliegt.«

»Was für dich als Politiker im Wahlkampf megaschlechte PR wäre.«
»Krass schlechte PR«, bestätigte Ceylan. Sie beugte sich vor ihren Monitor, weil ein Videoanruf einging. Im nächsten Moment wurde er auf den großen Bildschirm geschaltet. »Fred zur Lagebesprechung in Zoom«, erklärte Ceylan.
Fred hatte sich per Handy hinzugeschaltet. Er aß etwas und stand draußen. Femke nahm an, dass er sich über ein Fischbrötchen hermachte.
»Ich habe noch nichts Neues«, sagte er mit vollem Mund. »Ich habe gerade erst angefangen.«
»Guten Appetit«, sprach Femke ins Mikro ihres Laptops.
»Danke, ich …« Fred deutete mit dem Brötchen auf etwas außerhalb des Sichtbereichs der Handykamera. »Mensch, ich kann mein Leben doch nicht nach Videoschalten ausrichten! Fischbrötchen ist Fischbrötchen!«
»Und Schalte ist Schalte«, sagte Femke.
»Die Regels sind die Regels«, ergänzte Ceylan.
Femke musste lachen. Das war ein Zitat von einem der C-Promis – Marc Terenzi, glaubte Femke, dem Ex von Sängerin Sarah Connor – aus dem »Dschungelcamp«.
Dann poppte ein weiteres Fenster auf. Das Videobild zeigte Irina Wachtmann.
»Moin zusammen«, sagte sie. »Ich dachte, ich schalte mich gerade mal hinzu.«
»Kein Problem«, sagte Ceylan. »Immer gerne.«
»Vor allem, wenn ich gute Nachrichten für euch habe.«
»Dann ganz besonders gern.« Ceylan lächelte breit.
»Wir richten eine Kommission ein, um nach Shirin Attaman zu suchen. Ich bekomme zwanzig Personen dafür. Ein paar Tage wird es dauern, bis alles zusammengestellt ist. Kurzfristig

stehen aber ab morgen ein paar Kollegen bereit. Dann könnt ihr die Befragungen bei den Bikern vornehmen und habt bessere Ressourcen als jetzt.«

»Ausgezeichnet«, erwiderte Ceylan und lächelte noch breiter. »Yes! So kommen wir weiter.«

»Die Kommission ist außerdem ein Zeichen an die Mutter und ihren Anwalt. An den Vater natürlich auch. Was gibt es Neues über den?«

»Noch nicht viel. Außer dass wir nach wie vor annehmen, dass er sich schon in Deutschland befinden könnte.«

»Kümmert sich Wolf darum?«

Ceylan nickte langsam.

»Okay, Priorität hat das Mädchen. Das wollen wir finden, bevor der Vater irgendwelche Dummheiten macht, denn wir nehmen an, dass er das tun könnte. Wenn wir ihn bei der Gelegenheit schnappen, ist das prima, aber nachrangig. Interpol und Europol sind an ihm dran. Unser Fall ist das Mädchen. Worum es bei der Entführung geht, sollte sich dann automatisch klären.«

»Klar.«

»Habt ihr Wolf im Griff?«, fragte Wachmann.

»Wenn nicht wir«, murmelte Fred und aß sein Brötchen auf, »wer dann?«

»Schmeckt's, Herr Berger?«, erkundigte sich Wachtmann.

»Danke, schmeckt ausgezeichnet.«

»Machen Sie sich wegen Wolf keine Sorgen«, sagte Ceylan. »Er wird keinen Stress machen.«

»Seid lieber vorsichtig, was ihr versprecht. Wieso hat der eigentlich gekündigt?«

»Er hatte genug, denke ich.«

»Berndtsen hätte ihn nicht gehen lassen sollen.«

Femke merkte auf. Fred ebenfalls. »Ach«, machte Ceylan und ergänzte: »Aber Berndtsen hat doch mit uns gar nichts zu tun. Wir sind LKA und …«

»Da sei dir nicht so sicher«, erwiderte Wachtmann in einem Tonfall, als wisse sie mehr und werde einen Teufel tun und dieses Wissen teilen. »Als er noch bei der Truppe war, hat er immerhin noch innerhalb eines Rahmens von Dienstvorschriften agiert. Selbst wenn er den offenbar gerade mal als Empfehlung wahrgenommen hat, ist der Rahmen jetzt nicht mehr da. Das macht mir etwas Sorgen.«

»Er ist ein guter Polizist«, sagte Femke.

»Ich weiß«, erwiderte Wachtmann. »Deshalb rede ich auch von einem Fehler – aber na ja, Schwamm drüber.«

»Da ist noch etwas, das Sie wissen sollten«, sagte Ceylan.

Wachtmann blickte fragend.

»Wir überprüfen Hinnerk Rikens, weil wir den Hinweis erhalten haben, dass in seinen Landsitz eingebrochen worden sein soll, aber dieser Einbruch wurde nie angezeigt. Es könnte aber dennoch passiert sein. Dem Anschein nach handelte es sich um die letzte Tat, bevor Vural Attaman verschwand. Es wäre möglich, dass die Geiselnehmer von Shirin nach etwas suchen, das nach einem Einbruch in den Besitz von Vural Attaman gelangt sein könnte. Daher wollen wir wissen, ob wir einen Zusammenhang …«

»Zu viel Konjunktiv«, sagte Wachtmann. »Stochern im Nebel. Ich weiß, wer Rikens ist. Die Hölle wird über uns einbrechen, wenn ihr einen Zusammenhang zwischen ihm und dem amputierten Opfer einer Entführung herstellen wollt.«

»Und falls es den gibt?«, fragte Femke.

»Dann wird sich das klären. Aber ihr wandelt da noch auf ganz dünnem Eis. Wie gesagt: Priorität hat das Mädchen.

Und jetzt richtet eure Kommission ein und liefert schnelle Ergebnisse.«

»Okay«, sagte Femke.

»Schönen Tag noch.« Irina Wachtmann verschwand vom Bildschirm.

# 23.

Na prima, dachte Fred und beendete die Konferenzschaltung, indem er sich mit einem Daumendruck aus der App abmeldete. Dann nahm er sich das zweite Fischbrötchen, das die ganze Zeit über neben ihm auf der Bank auf einer Papierserviette geruht hatte. Mit der freien Hand öffnete er WhatsApp, weil während der Schalte drei Nachrichten eingegangen waren, und zwar von seiner Frau Greta.

Sie hatte sich für ihren Mädelstrip nach Norderney eine Auszeit vom Job in ihrer Parfümerie genommen. Traf sich außerdem gut, hatte sie gesagt, denn Fred mache sie mit dem Ausbau seines Partykellers verrückt. Da komme sie völlig fertig aus dem Geschäft – und gelange auf eine Baustelle, nachdem sie beim Hausbau schon gefühlte zwei Jahre auf und mit einer Baustelle gelebt hatten.

Aber so war das eben. Und wann sollte Fred denn den Ausbau machen, wenn nicht nach Feierabend? Extra den Urlaub dafür verjubeln, das wollte er nicht. Im Urlaub war dieses Jahr Teneriffa angesagt. Sie hatten erst Dubai erwogen, aber ehrlich gesagt: Man musste es mit der Hitze echt nicht übertreiben, und soweit Fred gehört hatte, wurde Dubai überbewertet.

Wie gesagt: Der Partykeller baute sich nicht von allein, und vertäfeln konnte man schließlich nicht lautlos. Auch nicht Laminat verlegen – selbst wenn die es als lautloses Click-Laminat anboten, musste man in jedem Fall Leisten sägen und die jeweiligen Bretter kürzen. Und endlich kamen dabei Freds neueste Geräte zum Einsatz: die Tischkreissäge, die Stichsägen, das volle Programm. Er hatte sich das Arsenal zum Geburtstag und in Vorbereitung des Projekts Partykeller gegönnt. Herrliche Werkzeuge, bei denen man allein vom Anschauen zu Tränen gerührt war, und erst recht, wenn man sie in Betrieb nahm, um das Holz nach seinem Willen zu formen und die Natur in ihre Schranken zu weisen.

Greta hatte zwei Bilder vom Strand geschickt und erkundigte sich außerdem nach Freds Wohlbefinden. Sie sei in spätestens drei Tagen wieder zu Hause – und hoffe, dass sie auf Norderney nicht untergehen würden, wenn der Sturm komme. Das sei einerseits aufregend, aber irgendwie auch bedrohlich.

Den Sommersturm »Rabea« kündigten die Nachrichten bereits seit gestern an. Morgen sollte es demnach schon richtig rappeln. Es war bereits angekündigt, dass der Fährverkehr zu den Inseln spätestens ab nachmittags eingestellt werden würde, womöglich auch früher.

Es war selten, dass im Sommer ein solcher Orkan zuschlug. Hatte vermutlich mit dem Klimawandel zu tun. Es verschob sich ja alles, so war der Lauf der Dinge, und Fred war nicht der Meinung, dass man die Veränderungen noch aufhalten oder das Rad zurückdrehen könnte, sondern sich allenfalls einreden, dass ein Tritt auf die Bremse machbar war. Doch da war er skeptisch.

Wie auch immer, die Meteorologen rechneten mit Böen von bis zu hundertzwanzig Stundenkilometern, was Windstärke zwölf entsprach, im Inland vielleicht auch mit ein paar heftigen Gewittern, an der Küste womöglich mit Regen und deutlicher Abkühlung. Sturmfluten oder etwas in der Art sollte es zwar nicht geben, aber natürlich würde der Wind auf das Wasser drücken und es vor sich herpusten, weswegen Greta spaßhaft

vom Untergang schrieb. »Dann schwimme ich kurz rüber und rette dich«, mailte Fred zurück.
Greta antwortete mit einem Smiley mit Kussmund.
Fred schmunzelte und schloss WhatsApp. Er blickte in den Himmel, wo die weißen Wolken wie gejagte Hunde über den blauen Himmel und über den knallgrünen Deich getrieben wurden. Er vergnügte sich mit dem Rest des Fischbrötchens. Dann stand er auf und ging über die Straße zu »Wilko's Trödel«.
Der Laden war riesig, befand sich in einer ehemaligen Scheune – und damit man schon von außen erkannte, was im Inneren verkauft wurde, hatte Inhaber Wilko Ippen seinen Krams rund um das rot gestrichene Gebäude herum aufgebaut: Schränke, Tische, Kronleuchter, Fahrräder, alles Mögliche stand draußen – Ramsch, den er nach Freds Wissen meist bei Entrümpelungen oder Haushaltsauflösungen aufkaufte und dann als Antiquitäten verscherbelte, zumeist an Touristen, aber auch an Menschen, die sich preisgünstig einrichten wollten, beziehungsweise an Designer, die Ferienhäuser oder Hotels auf »vintage« trimmen wollten.
Ehrlich gesagt, dachte Fred, während er sich durch die Waren vor dem Haupteingang schlängelte, hielt er das meiste für Sperrmüll. Aber seine Meinung war hier wohl kaum maßgeblich.
Fred öffnete die Tür. Eine Glocke meldete sein Erscheinen an. Im Inneren ging der Wahnsinn weiter, der sich außen bereits angekündigt hatte. Wäre alles leer geräumt, hätte man hier drinnen vielleicht Handball spielen können. Aber es stand alles voll mit Regalen und Tischen, die mit Krempel beladen waren. Die Decke hing voller Lampen. Es stapelten sich Schallplatten, Geschirr, alte technische Geräte, die Wände waren mit Gemäl-

den gepflastert, verblichene Sofas, Sessel, Spiegel, so weit das Auge reichte. Es war unmöglich, alles mit einem Blick zu erfassen. Es roch nach Muff und Staub. Aus Boxen, die nicht zu sehen waren, klangen Shantys, und der Herr über dieses Chaos, dem irgendeine unsichtbare Ordnung innewohnen musste, stand hinter einem Tresen neben einer alt wirkenden Registrierkasse und sah Fred groß an.

Der Verkaufstisch war mit Glasplatten bedeckt, unter denen man Schmuck sehen konnte. Im Regal hinter Wilko Ippen türmten sich Stapel von Büchern und Illustrierten. Ippen nickte Fred stumm zu, der fand, dass der Inhaber wie eine wandelnde Schaufensterpuppe aussah, da er Kleidung zur Schau trug, die man hier ebenfalls erwerben konnte. Das Hemd musste aus den Siebzigern stammen, hatte einen riesigen Kragen und ein Muster aus Orange und Braun, das einen bei längerem Hinschauen vermutlich erblinden lassen würde.

»Moin«, sagte Fred und zeigte seinen Dienstausweis vor.

Ippen antwortete zunächst mit einem Seufzen und ergänzte dann: »Ich bin aus dem Geschäft lange raus.«

»Mhm.« Fred steckte den Ausweis wieder ein.

Mochte sein, dass Ippen keine Hehlerware mehr vertickte. Er war deswegen schon zweimal verknackt worden, kurze Bewährungsstrafe und dann noch mal ein halbes Jahr Knast, weil er gegen die Auflagen verstoßen hatte. Aber wenn Fred ihn so ansah, glaubte er ihm andererseits kein Wort, weil Ippen der Typ war, der einem Einbrecher ein Topangebot niemals würde ausschlagen können. Dazu war er zu gierig und süchtig nach Schnäppchen. Stattdessen dürfte Ippen inzwischen professioneller arbeiten und Ware aus Einbrüchen nicht mehr in seinem Geschäft ausstellen oder unter der Ladentheke verhökern, son-

dern in Storageboxen lagern und Kunden nur dann vorführen, wenn er sicher sein konnte, dass sie keine Scheinkäufer im Auftrag der Polizei waren.
»Ernsthaft«, sagte Ippen, »Sie brauchen mich gar nicht behelligen.«
Fred nickte. »Nee, logisch«, sagte er. »Aber trotzdem ermitteln wir bezüglich einer Reihe von Einbrüchen, und ganz besonders wegen einem, der …«
Und da sah er sie.
Fred holte Luft und beschloss in diesem Augenblick, das, was er hatte fragen wollen, auf später zu verschieben.
Er hustete in seine Hand und war gefangen von den Lichtreflexen, die sich in dem Chrom und dem Glas spiegelten. Sie war schlank, hatte einen türkisfarbenen Streifen am Fuß und vor dem geriffelten Silberblech ein Zeichen, das wie das umgedrehte Abzeichen auf den Hemden von Captain Kirk und Mister Spock aussah. Auch ganz oben gab es türkisfarbene Einlagen sowie eine Art Baldachin über der Tabelle mit den Songtiteln, die man mit einem Rädchen auswählen konnte. Alles schrie nach den Fünfzigern, nach B-Movies, nach Heckflossen und American Diners.
Fred räusperte sich, deutete mit einem Nicken auf die Jukebox. »Schönes Gerät.«
»Absolut«, sagte Ippen. »Das ist eine Ami Modell 200 in einem großartigen Zustand. Sie ist vollgeladen mit Singles aus den Fünfzigern.«
»Die wäre super in jedem Partykeller.«
»Absolut«, bestätigte Ippen und nannte den Preis.
Fred räusperte sich nochmals und machte eine abschätzende Geste. »Lässt sich aber noch drüber reden, oder?«
»Aber immer«, erwiderte Ippen.

Fred wollte gerade mit einem Gegenvorschlag bezüglich des Preises antworten, als sich sein Handy meldete. Ein Videoanruf. Er nahm ihn an, und Gretas Gesicht erschien auf dem Display. Der Wind zerzauste ihre Haare. Sie schien am Strand unterwegs zu sein.

»Fred, ich habe etwas vergessen«, sagte sie, stockte und schattete das Handy gegen die Sonne ab. »Wo bist du denn gerade?«

»Ermittlungen.«

Sie hielt sich das Handy dichter ans Gesicht, kniff die Augen zusammen. In diesem Moment merkte Fred, dass er das Gerät weit von sich streckte, weswegen ziemlich viel von der Umgebung aufgenommen wurde. Es war Routine, weil er etwas weitsichtig war.

»In einem … was ist denn das? Ein Antikgeschäft?«

»So in der Art.«

»Sind das im Hintergrund Jukeboxen?«

»Wo? Hinter mir?« Fred drehte sich um und tat so, als blicke er hinter sich. Dadurch veränderte er den Kamerawinkel, sodass Greta nun Regale voller Bücher und weiterem Trödel sehen konnte. »Kann sein«, ergänzte er.

»Fred Berger.«

»Was denn?«

»Fred Berger. Treib es nicht auf die Spitze mit deinem dusseligen Partykeller.«

»Ich?«

»Kein Mensch wird jemals diesen Partykeller betreten, weil wir keine Partys geben.«

»Stimmt doch gar nicht. Ab und zu …«

»Für ein ›ab und zu‹ müssen nicht Tausende von Euros aus dem Fenster geworfen werden.«

»Aber er ist schön geworden. Du wirst begeistert sein, wenn du siehst, was ich alles …«

»Fred Berger. Du redest bereits nachts im Schlaf über Jukeboxen, und kaum bin ich ein paar Tage fort, erwische ich dich in flagranti mit welchen.«

»Ein einziges Mal habe ich gesagt, dass sich eine Jukebox gut im Partykeller machen würde.«

Greta seufzte. Verdrehte die Augen.

»Okay«, ergänzte Fred, »vielleicht zweimal.«

»Mhm.«

»Außerdem muss ich mir das nicht von meiner Frau anhören, die sich einen Föhn für fünfhundert Euro kauft, weil sie für ein paar Tage fort ist.«

»Das ist etwas anderes.«

»Für fünfhundert Euro.«

»Die ich nicht bezahlt habe. Den Föhn habe ich über den Laden gekauft. Er ist klein und handlich und verfügt über eine besondere Technologie. Einen Föhn benötige ich fast täglich. Aber eine Jukebox?«

»Was hast du bloß immer mit deiner Jukebox? Ich arbeite hier gerade, und …«

»Föhn ist übrigens ein gutes Stichwort. Weswegen ich eigentlich anrufe: Denk bitte daran, dass du vor dem Orkan den Garten kontrollierst. Stühle in die Garage, die Topfpflanzen sichern. Die Markise, den Sonnenschirm.«

»Ja.«

»Und wir benötigen keine Jukebox für den Partykeller.«

»Nein.«

»Ein Partykeller, der im Übrigen mein neuer Wasch- und Bügelkeller werden sollte.«

»Ja, Schatz, ich weiß, aber es ist doch viel schöner und kommunikativer, wenn du oben beim Fernsehgucken bügelst als im Keller.«

»Ich meine ja nur. Ich meine ja nur, dass dieser Partykeller ursprünglich etwas Zweckmäßiges werden sollte und nicht so ein Dingsbums.«

»Also bitte.«

»Ein Geldgrab. Ich will nicht wissen, was das alles gekostet hat. Die Theke, diese Zapfanlage, die Vertäfelung …«

»Aber es ist sehr schön geworden. Es wird dich umhauen.«

Fred hörte Greta seufzen. »Denk daran, alles sturmfest zu machen.«

»Aye, aye, Sir.«

»Und keine Jukebox!«

»Niemals!«

Eine knappe halbe Stunde später verließ Fred mit einem seligen Lächeln auf den Lippen das Trödelgeschäft und beschloss, sich zur Feier des Tages ein weiteres Lachsbrötchen vom Stand gegenüber zu gönnen. Mit extra Zwiebeln und einem alkoholfreien Bier.

Er war einerseits zufrieden, weil ihm Ippen in der Tat einen Bombenpreis für die Jukebox gemacht hatte und sie in der kommenden Woche liefern würde. Natürlich würde Greta ausrasten, aber er musste ja nicht zwingend verraten, dass das Teil immer noch deutlich über siebentausend Euro kostete, obwohl Ippen zunächst von knapp über zehntausend gesprochen hatte. Bis das Gerät mit der Spedition ankam, hätte Fred ausreichend Zeit, Greta darauf vorzubereiten, dass er nicht anders gekonnt hatte, weil man ihm die Jukebox regelrecht aufgezwungen habe. Außerdem würde er präventiv Angebote für einen Jacuzzi für die Terrasse einholen, den sich Greta schon so lange wünschte. Die Aussicht auf einen Whirlpool würde sie hoffentlich besänftigen.

Außerdem war Fred zufrieden, weil das Gespräch mit Ippen Fred zumindest auf die Sprünge geholfen hatte – wenngleich es ihn hinsichtlich des möglichen Einbruchs bei Hinnerk Rikens nicht essenziell nach vorne gebracht hatte.
Es verhielt sich so, dass der Tütken-Hof, den Hinnerk Rikens erworben hatte, von Ippen entrümpelt worden war. Er hatte alles gekauft, was die Vorbesitzer zurückgelassen hatten. Das Material war in einem Nebengebäude auf dem Hof eingelagert worden, und Rikens wollte das Zeug loswerden, weswegen er seinen Generalunternehmer damit beauftragt hatte, sich darum zu kümmern.
Zu dem Zeitpunkt war schon ein großer Teil des Hofes saniert, ebenfalls große Teile von Rikens' Möbeln dort aufgebaut samt der Küche, und der neue Besitzer selbst war bereits gelegentlich vor Ort gewesen.
Rikens hatte Ippen beim Sortieren der Ware sogar zugesehen und gesagt, dass er das eine oder andere Stück zu Dekozwecken doch gerne behalten wolle. Ippen war stark beeindruckt gewesen, unmittelbaren Kontakt zu einem künftigen Minister zu haben und möglicherweise einen »kurzen Draht« – man wisse ja nie, und Beziehungen seien doch immer wichtig. Rikens hatte nebenbei darüber geschimpft, dass die Sicherheitsanlage erst noch eingerichtet werde, weil es Liefer- und Terminschwierigkeiten gab.
Fred hatte das zur Kenntnis genommen und seine Schlüsse daraus gezogen.
Ippen war als Hehler bekannt und vorbestraft. Und es gab zwar keine Beweise dafür, aber jemand, der so aktiv im regionalen Einbruchsgeschäft wie Vural Attaman gewesen war, dem musste der Name Ippen einfach etwas sagen. Andersherum genauso, wenngleich Ippen im Gespräch mit Fred nur mit den Achseln gezuckt

und gemeint hatte, Namen wie Attaman oder Demirkan sagten ihm überhaupt nichts. Jedenfalls war nach Freds Meinung nicht auszuschließen, dass jemand wie Ippen einen Tipp gegeben haben könnte: Da ist ein fast schon randvolles Haus eines reichen Typen ohne jegliche Sicherung, da könnte sich ein Bruch vielleicht lohnen, wenngleich wahrscheinlich keine Reichtümer zu erwarten waren. Und es war nicht auszuschließen, dass Attaman diesen begangen hatte und zum Beispiel durch das fragliche Fenster im Tütken-Hof eingestiegen war.

Dann hatten sich die Ereignisse überschlagen. Attaman floh, bevor er die Beute veräußern konnte, und hatte sie irgendwo zwischengelagert.

Klang nach Freds Einschätzung rund, wenngleich sich nichts davon bislang beweisen ließ. Aber seine Theorie gefiel ihm – wenngleich sie wiederum die Frage aufwarf, warum dann Rikens den Einbruch nicht angezeigt hatte. Weiter waren diese Biker auf der Suche nach dem Code zu einem Schließfach, in dem Attaman Diebesgut aufbewahrte. Demzufolge war es immerhin denkbar, dass es sich dabei um etwas aus dem Raubzug bei Rikens handelte.

Woher aber sollten die Coyoten davon wissen? Möglicherweise von Rikens selbst, der dringend etwas wiederhaben wollte, das Attaman ihm gestohlen hatte. Demzufolge könnte Rikens immerhin indirekt für die Entführung von Shirin Attaman verantwortlich sein sowie für die Körperverletzung an Cem Demirkan und am Tod der Biker in Kurdistan.

Jedenfalls dann, wenn an Freds Theorie etwas dran war. Und an dieser Stelle hakte es: Wie, um Gottes willen, wären ein erfolgreicher Politiker und eine kriminelle Motorradgang zusammenzubringen, die sich durch Drogen-, Waffen- und Menschenhandel auszeichnete?

Und warum sollte jemand bereit sein, einen solch hohen Einsatz in die Waagschale zu werfen, um etwas zurückzubekommen, das ihm gestohlen worden war? Es müsste sich dann schon um etwas äußerst Wichtiges handeln. Würde jemand wie Rikens bereit sein, so hoch zu pokern? Jemand, der im Augenblick im Rampenlicht stand und der enorm viel zu verlieren hatte, falls sich auch nur andeuten würde, dass er etwas mit dem Fall zu tun haben könnte?

Schwer vorstellbar, dachte Fred. Aber er wusste nun, wo er ansetzen musste.

Er musste sich diesen Rikens genau anschauen, und da er sowieso Strohwitwer war, hatte er ausreichend Zeit dazu. Rikens schien ja zwischen dem Tütken-Hof und dem Hafen in Bensersiel zum Segeln hin- und herzupendeln. Und da Sturm angesagt war, würde er das in den kommenden Tagen wohl eher bleiben lassen.

Also sollte Fred sich einmal ansehen, ob Rikens hin und wieder überraschenden Besuch bekam, der zum Beispiel auf dem Motorrad anrücken würde.

Fred stoppte an dem Stand mit den Fischbrötchen, bestellte sich noch eines und las beim Warten die Nachrichten und aktuellen Polizeimitteilungen auf dem Handy. Demnach hatten sich in Oldenburg ein paar Irre eine Verfolgungsjagd durch die Stadt geliefert, die auf dem Areal des früheren Fliegerhorsts mit dem Unfall des einen Fahrzeuges geendet war. Dabei handelte es sich um den Up! eines Bringdienstes. Der andere Wagen war flüchtig und wurde als schwarzer Sportwagen beschrieben.

Fred bekam ein ungutes Gefühl, rollte den Kopf im Nacken, rief bei der Leitstelle an und fragte nach, wann genau das passiert war, von welchem Lieferdienst dieser Up! stammte und wie genau die Zeugen diesen Sportwagen beschrieben hatten. Außerdem hörte er noch etwas, das ihm nicht gefiel.

Schließlich beendete er das Gespräch, seufzte, bezahlte das Brötchen und das Bier und setzte sich zurück auf die Bank, auf der er eben schon gesessen hatte, und rief Tjark an. Es dauerte länger als eine Minute, bis er endlich ans Handy ging.

# 24.

»Fertig.«

Vural nickte. Sollte wohl so viel wie ein »Dankeschön« sein. Am linken Wangenknochen befand sich eine frische Naht. Er saß auf dem weißen Ledersofa in Tjarks Loft, warf sich ein paar Tabletten ein, die Entzündungen vorbeugen sollten und außerdem die Schmerzen betäuben, denn die würden kommen – wenn noch nicht heute, dann morgen. Aber bis auf ein paar oberflächliche Blessuren war er okay.

Tjark ebenfalls, der ein Pflaster auf dem Nasenrücken trug. Es war nichts gebrochen, auch nicht an den Rippen. Möglicherweise angeknackst, aber eher geprellt, hatte ihre Retterin in der Not gesagt, die ihre Sachen jetzt wieder in den schwarzen Lederrucksack packte, Tjark einen Blick zuwarf, der zu fragen schien: Will ich eigentlich wissen, was hier genau los ist? Tjarks Mundwinkel zuckten zu einem Lächeln, das ihr erwidern sollte: eher nicht.

»O-kay«, sagte sie, streckte sich und fuhr sich durch die Haare, die sie zu einem schulterlangen Bob geschnitten trug und die rabenschwarz gefärbt sowie mit knallgrünen Strähnen durchwirkt waren. Sie trug eine enge schwarze Jeans, Doc Martens, ein T-Shirt mit dem Logo-Aufdruck einer Metalband und eine Art Hundehalsband. Sie war immer noch auf dem Gothic-Trip, und wahrscheinlich würde sich das zeit ihres Lebens nicht mehr ändern.

Fee – oder genauer: Dr. Fee von der Burg vom Rechtsmedizinischen Institut in Oldenburg – hatte heute einen freien Tag und war völlig von den Socken gewesen, als Tjark sie vorhin angerufen hatte. Tjark hatte gehofft, dass sie das nicht in den falschen Hals bekäme, denn es verhielt sich so: Fee hatte Tjark verschiedene Male zu verführen versucht und war sogar einmal nur in einem Mantel mit nichts drunter vor seiner Haustür aufgekreuzt. Die Abfuhr hatte sie ihm ziemlich übel genommen. Inzwischen nahm Tjark an, dass Fee sich damit abgefunden haben würde, bei ihm nicht landen zu können, und sich möglicherweise anders orientierte. Soweit er wusste, hatte sie allerdings keinen Freund. Außerdem schien sie sich noch schnell geschminkt und parfümiert zu haben, bevor sie mit ihrem medizinischen Notfallpack aufgebrochen und bei Tjark angerückt war, um ihn und Vural zu verarzten. Sie hatte kaum Fragen gestellt – lediglich, wo es wem wie doll wehtat und wie die Verletzungen jeweils zustande gekommen waren, damit sie abwägen konnte, ob innere Schäden vorliegen würden, die einer genaueren Untersuchung bedurften.

»Tja«, sagte Fee, schulterte ihren Rucksack und schnappte sich das Glas mit dem Rest vom Orangensaft, den Tjark ihr eben eingegossen hatte. »Damit sind die Herren wieder auf Vordermann. Ist lange her, dass ich an lebenden Objekten herumgeschnippelt habe.«

»Danke, Fee.« Tjark nickte ihr zu wie Vural zuvor.

»Habe ich jetzt was bei dir gut?« Fee leerte das Glas und klimperte spielerisch mit den langen Wimpern. Tjark wusste nur zu gut, worauf das hinauslaufen könnte. Aber: Scheiß drauf, das war nun mal der Preis.

»Hast du«, erwiderte er. »Und kein Wort zu niemandem.«

Fee sah sich um und zuckte mit den Schultern. »Ich wüsste nicht, worüber ich mit irgendwem reden sollte. Über deine Inneneinrichtung?«

Tjark lächelte.

Fee stellte das Glas ab, leckte sich über die feuchten Lippen. »Na dann verschwinde ich mal wieder. Schönen Tag noch, die Herren.« Sie wackelte mit den Fingern, was ein Winken darstellen sollte. Dann marschierte sie mit schwingenden Hüften und auf dem Boden quietschenden Sohlen zur Tür.

»Wird sie irgendwem etwas erzählen?«, fragte Vural kurz darauf.

Tjark ging zu ihm hinüber, schüttelte den Kopf. »Nein. Wird sie nicht. Sie hat außerdem keine Ahnung, wer du bist.«

»Es ist schräg genug, dass ich überhaupt in deiner Wohnung bin.«

»Äußerst schräg«, erwiderte Tjark und setzte sich auf einen Hocker, Vural gegenüber.

»Die Wege Allahs sind unergründlich.«

»Da ist was dran.« Tjark nahm eine Zigarette aus der Schachtel vom Tisch, steckte sich eine an. »Und du hast ernsthaft angenommen, dass du damit durchkommst? Einfach abtauchen … Ich meine: Was war der Plan? Ich meine, ich kapiere es nicht. Auf Ewigkeiten in Kurdistan hocken? Deine Familie verlassen oder nachholen? Ein Leben auf der Flucht?«

Vural zuckte mit den Achseln. »Ich hätte sie nachgeholt. Kurdistan wäre nur der Anfang zu einem neuen Leben gewesen. Nicht in Deutschland. Nicht in Europa.«

»Und wenn sie nicht mitgekommen wären?«

»Natürlich wären sie. Meine Frau und meine Tochter – warum sollten sie das nicht wollen?«

»Wie du meinst. Trotzdem hättest du nie wieder ruhig schlafen können.«

»Ich musste untertauchen. So einfach ist das. Es gab keine Wahl. Und ich musste schnell handeln. Abgesehen davon geht dich das einen Scheiß an.«

»Jetzt geht es mich etwas an. Denn ich hätte in aller Ruhe in Dänemark am Strand sitzen können, statt mich um dich zu scheren.«
»Dann lass es doch, Mann.«
»Nein, werde ich nicht. Wir finden deine Tochter. Die für die Entführung Verantwortlichen werden wir schnappen und verknacken. Und du wirst ebenfalls in den Knast gehen.«
»Ich will über einen Deal reden.«
»Du kannst mit meinen Kollegen über Deals reden, bis dir der Mund fusselig wird. Ist mir Latte. Mich interessiert nur der Deal zwischen uns beiden.« Tjark rauchte. »Wie geht's jetzt weiter?«
»Wir warten, bis Django sich meldet. Dann holen wir Shirin.«
»Ich bin mir nicht sicher, dass es so einfach werden wird.«
»Ich auch nicht. Aber am Ende wird es genau darauf hinauslaufen.«
Tjarks Handy klingelte. Er stand auf, ging zurück zum Küchentresen. Fred. Tjark nahm das Gespräch entgegen.
»Will ich wissen, was auf dem Fliegerhorst abging?«, fragte Fred wie aus der Pistole geschossen.
»Keine Ahnung, was du meinst.«
»Wer saß in dem Döner-Taxi?«
»Döner-Taxi?«
»Ich rede von dem Up!, der zum Fuhrpark des Geschäftes gehört, in dem Cem Demirkans Bruder arbeitet, soweit ich weiß. Und einem schwarzen Sportwagen.«
»Sagt mir nichts«, erwiderte Tjark und dachte: Mist, natürlich hätte er damit rechnen müssen, dass das alles nicht unentdeckt bleiben würde. Im Adrenalinrausch hatte er sich keine Gedanken darüber gemacht und nur vor Augen gehabt, Vural zu schnappen und dann mit ihm zu verschwinden.

»Da ist noch etwas«, sagte Fred. »Jemand kommt in die Unfallchirurgie mit einem kaputten Fuß, und die Ärzte sind sich sicher, dass es sich um eine Schussverletzung handelt. Sie melden das der Polizei. Der Kerl arbeitet in der Werkstatt von Django und ist ein Kojote.«

»Soll er künftig besser aufpassen, wenn er mit einer Pistole rumfummelt.«

»Das hat er ebenfalls gesagt. Er hätte mit einer Waffe hantiert, will aber nicht sagen, wem die gehörte. Das würde ich dem ja noch abkaufen, wenn nicht gleichzeitig ein anderer Kojote mit einer Brandverletzung, die von einem Schneidbrenner rührt, ebenfalls in der Unfallchirurgie aufgetaucht wäre. Arbeitet in derselben Werkstatt und hat erzählt, das wäre ein Unfall gewesen und passiert, als sich der andere in den Fuß schoss.«

»Was für Blödmänner, oder?«

»Du bist nicht zufällig heute in der Werkstatt gewesen?«

»Hm, müsste ich mal nachdenken.« Tjark verließ das Wohnzimmer, ging in Richtung Schlafzimmer, wo ihn Vural nicht hören konnte. »War ich dort? Keine Ahnung, wirklich.«

»Alter«, sagte Fred in einem scharfen Ton, »dann mach halt deinen Scheiß, wie du meinst. Femke und Ceylan haben dich deswegen geholt, alles okay, ist dein Bier, dein Style. Aber wenn das hier explodiert, Tjark, will ich nicht in der Nähe sein.«

»Es wird nicht explodieren.«

»Kannst du mir mal sagen, weswegen du dich wie ein Arsch verhältst, seitdem du wieder mitmischst?«

»Tue ich das?«

»Und ob. Wer hat früher immer über die Fantastic Four doziert? Wer hat immer gesagt, dass sich niemand zwischen uns stellt? Aber im Moment machst du genau das. Du ziehst dein Ding allein durch, und der Rest der Welt ist dir scheißegal. Wir waren mal Buddys, du und ich, schon vergessen? Ich quittiere meinen Job – und nach mir die Sintflut, oder was? Wir haben uns alles erzählt, immer, wir sind füreinander eingestanden. Und jetzt behandelst du mich wie einem Blödmann am Telefon?«

Freds Worte waren ein Punch in die Magengrube. Tjark hustete. Dachte nach.

»Das alles muss in ruhigem Fahrwasser geregelt werden, okay?«, sagte Fred. »Die Wachtmann steht auf dich. Vielleicht gibt es sogar die Möglichkeit ...«

»Steht auf mich?«

»Sie hat gesagt, dass es ein Fehler von Berndtsen war, dich gehen zu lassen. Er hat zwar eigentlich gar nichts mit dem LKA zu tun – aber wir alle wissen ja, wie er tickt. Und ich schätze, die Wachtmann weiß das auch. Sie ist ein ganz anderes Kaliber. Könnte sein, dass sie dich gerne zurückholen will. Also ruhig But mit allem. Du hast vielleicht eine neue Chance, denn ich nehme dir kein Stück ab, dass du den Job quittiert hast, weil du nicht mehr willst.«

Tatsächlich, dachte Tjark, hatte er keine Wahl gehabt, um die anderen zu schützen. Nur deshalb war er gegangen. Das wussten weder Fred noch Ceylan oder Femke. Und Irina Wachtmann sicherlich auch nicht. Auf der anderen Seite war Hauke inzwischen aus dem Weg, und Wachtmann schien hinter der SOK zu stehen. Das musste jedoch nicht heißen, dass Berndtsen sich nicht wieder einmischen würde, sobald der Name Tjark Wolf zurück aufs Tapet kam.

Für Tjark hieß es: weiterhin unter dem Radar bleiben. Auf der anderen Seite sah er, was er damit für einen Schaden anrichtete.

»Hör mal«, sagte Tjark und rieb sich über die Lippen. »Ich will mich nicht wie ein Arsch benehmen. Tut mir leid.«
»Warum tust du es dann?«
»Sagen wir mal so: Ich hatte keine andere Wahl, als den Job zu quittieren.«
Schweigen am anderen Ende der Leitung. »Berndtsen?«, fragte Fred.
Tjark sagte nichts.
»Die ganze Zeit«, erwiderte Fred, »war ich mir sicher, dass der Scheißer etwas damit zu tun hatte. Warum hast du nichts gesagt?«
»Hätte ich was gesagt, hättet ihr euch hinter mich gestellt. Hättet ihr das getan, wäre die SOK weg vom Fenster, und du und Ceylan und Femke würdet jetzt Einkaufswagen zusammenschieben.«
»So heftig?«
»So heftig. Ich stelle mich nicht zwischen die Fantastic Four, Fred. Ich musste mich vor sie stellen.«
»Das erklärt einiges. Aber jetzt sind die Karten neu gemischt, und die Wachtmann hat Eier.«
»Ich hab nicht gewusst, dass Hauke aus dem Spiel ist, als ich Femke und Ceylan meine Hilfe zugesagt habe. Und nach wie vor bin ich lieber vorsichtig und bleibe etwas in Deckung. Berndtsen soll nicht mitbekommen, dass ich involviert bin.«
»Ich wundere mich sowieso, dass du dich hast breitschlagen lassen.«
»Die Beute war zu verlockend. Abgesehen davon gibt es noch einige Gründe, aus denen ich ein paar Dinge alleine durchziehen muss.«
»Warum?«

»Du kannst es dir doch denken. Außerhalb des Systems kann ich mich freier bewegen. Das muss ich in diesem Fall. Und ich agiere besser allein, um keinen von euch mit reinzuziehen, okay? Glaub mir, ich habe meine Gründe.«
»Verstehe. Ich bin mir sicher, dass du die hast.«
»Und noch was: Wir waren immer Buddys. Wir werden immer Buddys sein. Aber manchmal muss man einen Schritt zurücktreten, um zwei nach vorne gehen zu können.«
»Mhm. Ist das wieder einer deiner bescheuerten Silver-Surfer-Sprüche?«
»Nein, der ist von mir.«
»Vergiss bei allem nicht, dass wir keine kleinen Kinder mehr sind, okay? Wir können gut auf uns selbst aufpassen. Wir brauchen keinen Märtyrer.«
»Nein, aber wir wollen diesen Fall optimal abschließen. Leider musst du mir dazu ein wenig vertrauen.«
»Verflucht, auch das noch.«
»Vertraust du mir?«
»Natürlich, du Arsch.«
Tjark grinste.
»Du solltest dich lieber um dein Mädchen in Bullerbü kümmern, Meister. Also halt den Ball flach. Wir sprechen uns.« Damit beendete Fred das Telefonat. Und Tjark dachte an sein *Mädchen in Bullerbü*. Madsen war sicherlich beschäftigt. Sonst hätte sie ihm schon eine Mail geschickt. Vielleicht wartete sie aber auch darauf, dass er sich als Erster meldete. Und warum eigentlich nicht, dachte Tjark und öffnete WhatsApp.

# 25.

Madsen spürte das Summen in der Hintertasche ihrer Jeans. Sie zog ihr Handy hervor, las die Nachricht von Tjark, in der stand, dass so weit alles okay bei ihm sei und bei ihr hoffentlich auch. Er hatte sie sogar mit einem Smiley signiert, und unter anderen Umständen hätte Madsen vielleicht gelächelt. Jetzt allerdings beließ sie es dabei, mit einem Smiley zu antworten und der Textzeile, dass sie viel Arbeit habe. Was stimmte.

Madsen steckte das Telefon zurück, blinzelte durch die Sonnenbrille in den grellen Himmel und verfolgte einige kreischende Möwen im Flug. Sie zogen ihre Bahnen über der kleinen Bucht neben der Marina von Århus, in der zahlreiche Segel- und Motorboote vor Anker lagen. Daneben befand sich ein kleiner Küstenstreifen mit weniger professionellen Liegeplätzen. Dort reihten sich an Land gezogene Boote und kleine Jollen nebeneinander auf. Manche waren mit bunten Planen überzogen. Außerdem gab es jede Menge verschließbare Holzboxen, in denen die Wassersportler ihre Utensilien verstauen konnten. Der kleine Strand davor war voller Tang, es roch nach Meer und Fisch. Nur leise war der Verkehr vom nahen Strandvejen zu hören, wo die Rudolf-Steiner-Schule neben vereinzelten Patrizierhäusern aus der Zeit der Jahrhundertwende mit Blick auf die Bucht lag.

Zur Erschließung des Küstenstreifens diente ein einfacher Schotterweg, der zum Land und zum großen Festplatz Tangkrogen hin mit Findlingen und Hagebuttenbüschen abgegrenzt wurde.

Im Augenblick war er mit diversen Autos vollgeparkt, die im Wesentlichen zur Polizei, zur Spurensicherung und Rechtsmedizin gehörten. Ein Bestatterfahrzeug war ebenfalls schon gerufen worden. Gestreiftes Absperrband mit Polizeiaufdruck sperrte den Weg ab. Über einem der Holzboote war ein mobiler Pavillon aufgespannt worden, der so weiß wie die Federn der Möwen über ihm war. Planen schirmten ihn zur Seite ab, wo Forensiker in faserfreien Overalls das Areal absuchten. Unter dem Baldachin hatte die Rechtsmedizinerin gerade die Erstbeschau abgeschlossen, und Madsen wusste bereits, was sie vor ungefähr zwei Stunden schon befürchtet hatte, als sie hergekommen war: Es gab ein neues Opfer des Sandmanns.

Die Tote war von einem Angler gefunden worden, der mit seinem Boot aufbrechen wollte und den Schreck seines Lebens bekommen hatte, nachdem er die über den Rumpf gespannte Folie zur Seite gezogen hatte. Darunter war der nackte Körper einer jungen Frau zum Vorschein gekommen. Natürlich hatte der Mann sofort die Polizei verständigt. Wie die Erstbeschau ergeben hatte, war die Frau Mitte zwanzig und erdrosselt worden. Außerdem hatte der Täter ihr Sand in die Augen gestreut.

Es passte alles zusammen. Der Opfertyp, der Fundort am Meer, die Vorgehensweise. Opfer Nummer drei. Und damit galt der Sandmann nun auch offiziell als Serienmörder.

Madsen merkte auf, als sie eine dunkelblaue Volvo-Limousine vorfahren sah. Niels Hedegaard stieg aus, Madsens Chef, der einen hellblauen Sommeranzug trug. Der Wind verwehte sein halblanges Haar und ruinierte damit seine Bryan-Ferry-Frisur. Niels trug sein dauerbesorgtes Gesicht zur Schau und wirkte wie immer, als trage er eine unsichtbare Last auf den Schultern. Er hatte Smilla Holt im Schlepptau, die Staatsanwältin, die im

Gegensatz zu Niels den Gang einer ausgebildeten Balletttänzerin und auch deren Figur hatte. Sie mochte Anfang vierzig sein, wofür ihre von einzelnen grauen Strähnen durchwirkten blonden Haare sprachen, trug ein Kostüm in Navy und eine große Sonnenbrille auf der Nase. Niels nickte Madsen zur Begrüßung stumm zu, während Smilla die schmale Hand zackig ausstreckte und Madsens fest drückte. Ihr rot geschminkter Mund verzog sich keinen Deut.

»Also«, sagte sie, »haben wir es mit einem Serienmörder zu tun.«

»Es spricht alles dafür«, erwiderte Madsen. »Über die Identität des Opfers ist noch nichts bekannt. Aber der Fundort, die Vorgehensweise – alles passt ins Schema. Auch der Sand in den Augen.«

»Ich wünschte«, sagte Smilla, »ihr hättet ihn anders getauft. Der Name ist ein Fressen für die Medien. Die stehen auf so etwas.« Sie deutete mit einem Nicken in Richtung der Marina, wo sich einige Kamerateams und weitere Reporter aufhielten. »Steht alles schon online, bevor wir überhaupt eine Pressekonferenz gegeben haben. *Der Sandmann schlägt wieder zu. Wie viele müssen noch sterben? Hat die Polizei Sand in den Augen? Sand im Getriebe.*«

Niels fuhr sich müde durch die Haare. »Anne, wir wissen mehr über diesen Sand.«

»Oh?« Madsen merkte auf.

»Sie haben die Mikrospuren biologisch ausgewertet und sind sehr sicher, dass der Sand nicht von hier stammt. Es ist aber auch kein Sand, den man im Baumarkt kaufen kann. Es folgen nun genauere Analysen, und in ein oder zwei Tagen sollten wir mehr haben. Dann dürften auch die vergleichenden Resultate der Befragungen auf dem Tisch liegen.«

Niels meinte damit die Ermittlungen rund um den Verwandten- und Freundeskreis der bisherigen Opfer. Bei Morden nach gewöhnlichem Muster waren die Täter zum allergrößten Teil im persönlichen Umfeld zu finden, weswegen danach geschaut wurde, ob es eine gewisse Schnittmenge an Personen gab, die man dann noch einmal genauer betrachten würde. Je mehr Personen und Möglichkeiten man aussortieren konnte, desto schärfer sah man.
Aktuell wurden noch jede Menge Videodaten von Überwachungskameras und Ampelanlagen aus dem Umfeld der bisherigen Fundorte ausgewertet. Hinzu würden nun alle Daten kommen, die mit dem neuen Opfer im Zusammenhang standen. Außerdem verfügte die Marina über eine exzellente Videoüberwachung, und wenn man an diese Bucht gelangen wollte, musste man in jedem Fall die Hafenanlagen mit dem Auto passieren. Insofern standen die Chancen nicht schlecht, dass sie sehr bald etwas in den Händen halten würden. Auch wenn es makaber klang: Je mehr Opfer auftauchten, desto mehr gab der Täter von sich preis. Allerdings war es mit einem Serientäter problematischer. Denn bei einem solchen griffen gewöhnliche Tatmuster meist nicht und auch nicht die kriminalistische Mutter aller Fragen: Wer profitierte von dem Tod der Opfer auf welche Art und Weise?
Darauf gab es bei einem Serienmörder meist nur die diffuse Antwort: Der Mörder profitierte durch sein hochindividuelles Motiv zur Befriedigung seines Bedürfnisses nach was auch immer – und dafür hielten in der Regel Opfer her, zu denen er nur selten intensivere persönliche Beziehungen pflegte. Wenngleich es Ausnahmen gab. In jedem Fall war dieser Tätertypus schlussendlich ein Albtraum für die Polizei und die Staatsanwaltschaft sowie – wie Smilla schon gesagt hatte – ein Fressen für die Medien und allgemein für die öffentliche Gier nach dem Grauen.

Smilla betrachtete die Forensiker, die einige Proben in Plastikbeuteln verstauten. »Was meinst du«, fragte sie Madsen, »wird es das letzte Opfer sein?«

»Nein. Die Taten erfolgen in kürzeren Abständen. Außerdem wagt er sich voran. Die beiden anderen Fundorte waren deutlich weniger öffentlich. Er wird mutiger. Hoffentlich die Art von Mut, die mit Nachlässigkeit einhergeht.«

»Ich fürchte ebenfalls, dass es noch weitere Opfer geben könnte. Ich habe mit einer Gutachterin gesprochen. Ich möchte, dass ihr auch mit ihr redet und ein Täterprofil erarbeiten lasst – ein psychologisches und ein geografisches. Ich mache mir Gedanken darüber, dass das alles so plötzlich geschieht.«

Madsen nickte. Sie wusste, was Smilla meinte. Niels nickte ebenfalls und schnippte mit den Fingern. »Er taucht auf einmal auf und hat von vornherein ein Konzept, dem er auch weiter folgt. Die Opfer sind alle sexuell missbraucht worden, und es wirkt schon auf den ersten Blick so, denn sie sind nackt. Er probiert sich nicht erst mal aus und verfeinert dann seine Methoden. Es wirkt, als sei er schon seit Jahren aktiv.«

»Weswegen«, meinte Smilla, »ihr auch mal über Dänemark hinausschauen solltet.«

»Ja«, erwiderte Madsen. »Es mag sein, dass er hier erst seit Kurzem lebt und in einem anderen Land schon einmal ähnliche Taten begangen wurden.«

»Das war meine Überlegung«, meinte Smilla. »Vielleicht ergibt die Sandanalyse ja auch, dass er sich sein – in Anführungsstrichen – Material von daheim mitgebracht hat. Daher sollten wir uns europaweit nach vergleichbaren Fällen erkundigen.«

»Okay, dann machen wir das«, bestätigte Niels.

»Klar«, sagte Madsen.

Sie blickte nach links, wo die Leichenbestatter gerade den Kofferraum öffneten. Nein, sie glaubte nicht, dass der Sandmann ein Ausländer war. Dazu kannte er die Region rund um die Stadt zu gut. Und sie nahm immerhin an, dass er zu den Opfern zumindest eine oberflächliche Beziehung aufgebaut haben musste, denn bei keinem waren Abwehrverletzungen oder etwas in der Art gefunden worden.

Was dafür sprach, dass sich der Täter ihnen zunächst vertrauensvoll genähert hatte, bevor er dann überraschend zuschlug, die jungen Frauen erwürgte und ihre Leichen an ausgewählten Orten ablegte. Zudem sprach das Erdrosseln, statistisch gesehen, für eine gewisse Beziehung, denn es war eine persönliche und unmittelbare Art und Weise des Tötens. Das könnte insgesamt darauf hinweisen, dass Täter und Opfer vorher miteinander kommuniziert hatten, es vielleicht ganz unverbindlich eine persönliche Bekanntschaft gegeben hatte – beziehungsweise, dass der Täter eine innige Verbindung ersehnte.

Irgendetwas, dachte Madsen, hat ihn dann plötzlich aktiviert, und er hat damit begonnen, wie ein gut funktionierendes Uhrwerk dem Drang zu folgen, den er schon seit Langem in sich trug. Denn seine Taten wirkten geplant und nicht spontan. Etwas war in ihm gereift. Und jeder Tat, das wusste Madsen, lag ein Ereignis zugrunde – entweder in der früheren oder jüngeren Vergangenheit. Wenn plötzlich das Licht brannte, dann musste vorher jemand den Schalter gedrückt haben.

# 26.

Schließlich hatte sich die Dunkelheit so plötzlich über die Stadt gesenkt, als habe jemand eine Decke aus schwarzem Samt über die Häuser, Straßen und Plätze geworfen. Ein Orkan war angekündigt, und offenbar bereitete sich der Himmel bereits darauf vor. Der Wetterdienst warnte vor extremen Böen im Norden Deutschlands.

Tjark räumte die leeren Pizzakartons vom Lieferservice fort und stellte Vural noch eine Cola hin, der mit einem Nicken auf die Tür zum Loft deutete.

»Glaubst du ernsthaft«, fragte er, »ich hätte nicht mitbekommen, dass du die Tür von innen abgeschlossen hast?«

Tjark zuckte mit den Schultern. »Spielt keine Rolle. Hauptsache, du kommst hier nicht raus.«

»Meinst du das ernst?«

»Mhm.«

»Ich könnte ein Fenster öffnen oder dir eins drüberziehen.«

Tjark stopfte die Kartons in den Mülleimer, öffnete sich dann selbst ein Bier. »Ich könnte dir auch Handschellen anlegen, Spaßvogel. Und vergiss das mit den Fenstern – wir sind nicht nur im dritten Stock, ich bin außerdem Polizist, und die Fenster sind deswegen abschließbar.«

Vural grinste. Tjark grinste nicht.

»Dass wir uns einmal in einer solchen Situation befinden, hm? Ich bei dir zu Hause …«

Tjark stützte sich mit beiden Händen auf den Küchentresen, blickte Vural tief in die Augen. »Das ist eine Situation, auf die ich verzichten kann. Aber es ist, wie es ist. Wir haben einen Deal. Ich halte mich an meinen Teil. Du hältst dich an deinen. That's it. Und wenn sich Django nicht innerhalb der nächsten paar Stunden melden wird, dann gibt es eine Planänderung.«

Vural massierte seine Hände, schwieg und sah sich ein weiteres Mal um, betrachtete die Wände mit den Originalseiten alter Marvel-Comics. »Was ist das mit dir und diesen Superhelden?«

»Wertanlage«, erwiderte Tjark. »Und ich stehe drauf. Als Kind hab ich mir die Hefte nie leisten können. Das habe ich nachgeholt.«

»Hältst dich wohl selbst für einen Superhelden?«

»Kein Stück. Aber mir gefällt der Gedanke vom ewigen Kampf des Guten gegen das Böse. Es hört niemals auf.«

»Vermutlich nicht, nein.«

»Du und ich sind ein Teil davon.«

»Die Frage ist, wer der Gute und wer der Böse ist.«

»Für mich keine Frage, Vural.«

»Grenzen verschwimmen manchmal.«

»Eigentlich nicht. Eigentlich ist es immer ganz klar.«

»Spiderman ist dein Favorit?«

Tjark schüttelte den Kopf. »Mir gefällt der Silver Surfer. Er ist eigentlich Norrin Radd und lebt auf einem Planeten, der von dem Weltenverschlinger Galactus zerstört werden soll. Norrin bietet sich ihm als Herold an, damit er den Planeten verschont – als Scout für andere Welten, die Galactus vernichten kann, um von deren Energie zu leben. Eines Tages will Galactus die Erde vernichten. Aber der Surfer verhindert das, denn er findet Gefallen an den Menschen. Zur Strafe belegt Galactus ihn mit einem Fluch: Er kann die Erde nie wieder verlassen, nie wieder zurückkehren. Das belastet den Surfer – und die Menschen sind dann doch nicht so, wie er sich das vorgestellt hat. Sie sind nicht perfekt, nicht die Krone der Schöpfung. Sie sind moralisch und ethisch fragwürdig. Er ist enttäuscht. Irgendwann kann er den Fluch jedoch brechen – und gleitet einsam durchs All.«

»Klingt nicht so toll.«

»Am Ende sind wir alle wie der Surfer. Am Ende sind wir alle allein und enttäuscht und müssen über unsere Verletzungen hinauswachsen, um weitermachen zu können und nicht zu zerbrechen.«

»Da ist wiederum etwas dran.«

Vurals Handy gab einen Ton von sich. Es lag vor ihm auf dem Tresen. Das Display zeigte, dass eine Datei gesendet worden war.

Vural nahm es, öffnete die Datei. »Scheiße«, zischte er und warf das Handy fort, fuhr sich mit der Hand übers Gesicht.

Tjark blickte zum Telefon. Auf dem Display war Shirin zu sehen, die weinte und wimmerte.

»Schweine«, zischte Vural. »Diese Schweine. Sie haben das Video auch Franziska geschickt. Und jetzt, da sie meine Nummer haben …«

Vural schnappte sich das Telefon und drückte das Video fort. In der Tat, dachte Tjark, es war kaum zu ertragen, es anzusehen.

»Franziska hat es dir gezeigt? Du bist bei ihr gewesen?«

»Nur kurz«, erwiderte Vural.

Das Handy klingelte. Es zeigte eine unbekannte Nummer an.

»Lautsprecher«, sagte Tjark. »Und ruhig Blut, okay? Nicht ausrasten. Wir wollen das regeln, wie coole, entspannte Rastafaris das regeln würden.« Tjark nahm sein eigenes Handy, schaltete die Aufnahmefunktion ein.

»Was soll das?«, fragte Vural.

»Ich nehme das Gespräch auf. Falls Django dran ist, kann es später hilfreich sein, eine Aufnahme seiner Stimme zu haben und von dem, was er sagt.«

Vural nickte, hantierte mit dem Telefon.

»Ja?«

Eine schnarrende Stimme meldete sich. Es musste Django sein. Er klang vorsichtig – so als ob er sich nicht sicher war, bei was für einer Nummer er hier anruft. »Ich habe zufällig diese Nummer gefunden«, sagte er, »und ich dachte mir, ich melde mich mal.«

»Wo ist meine Tochter?«, fragte Vural.

Und damit durfte Django klar sein, wer am anderen Ende war. Sein Tonfall änderte sich unmittelbar. Trotzdem blieb er vorsichtig.

»Hast du doch auf dem Video gesehen, oder?«

»Ich«, fauchte Vural, »reiße dir das Herz raus und gebe es den Schweinen zu fressen.«

Tjark machte eine »Ruhig Blut«-Geste.

»Es gibt ein paar Dinge«, sagte Django, »über die wir uns dringend unterhalten sollten.«

»Wo ist meine Tochter?«, wiederholte Vural.

»Du hast etwas, das ich möchte. Ich habe etwas, das du möchtest.«

»Du kannst von mir haben, was du willst.«

Tjark nickte Vural zu. Genau so, dachte er. Den Ball flach halten. Nichts eskalieren lassen.

»Dann kannst du auch von mir haben, was du willst.«

»Geht es Shirin gut?«

»Es geht ihr ganz ausgezeichnet. Sie wünscht sich nichts mehr, als dass wir diese Situation endlich beenden.«

»Dann tun wir das. Du willst den Code? Sonst noch was?«

»Ich will nur diese Nummer zu dem Schließfach, Lagerraum oder deiner Storagebox, Mann. Du kannst sie mir auch am Telefon sagen, jetzt.«
»Nur im Austausch gegen meine Tochter.«
»Hättest du sie direkt meinen Leuten gegeben, statt sie umzulegen, wäre dieser ganze Mist überhaupt nicht nötig geworden.«
»Die wollten mich töten.«
»Sie waren überengagiert.«
»Was willst du mit diesem verfickten Code?«
»Spielt das irgendeine Rolle für dich?«
»Nein. Ich will einen Beweis, dass es Shirin gut geht.«
»Verlass dich drauf: Es geht ihr gut.«
»Das reicht mir nicht.«
»Wir treffen uns morgen. Nur du und ich. Und niemand bringt Waffen mit. Dann bekommst du deinen Beweis. Ich bekomme meine Nummer. Und deine Tochter kann ab diesem Zeitpunkt wieder tun und lassen, was sie will.«
»Wann und wo?«
»Elf Uhr. In unserem Klubhaus. Weißt du, wo das ist?«
»Ich weiß das.«
»Nur du und ich. Und keine Tricks. Versuchst du auch nur ansatzweise, mich zu verarschen, schicke ich dir deine Tochter in Einzelteilen.«
Tjark sah, dass Vural die Augen schloss. Seine Nasenflügel bebten. Er musste sich beherrschen. »Keine Tricks.«
»Da wäre noch etwas«, sagte Django. »Als du mir deine Nummer hinterlassen hast, warst du nicht allein.«
Tjark schmunzelte.
»Nein, war ich nicht. Der Bulle war ebenfalls da. Tjark Wolf. Er hat mich verfolgt. Ich hab ihn aber abschütteln können.«

Wahrscheinlich würde Django außerdem von der Verfolgungsjagd in der Stadt gehört haben und seine Schlüsse daraus gezogen haben. Tjark sah Vurals freie Hand, die die ganze Zeit über schon zu einer Faust geballt war. Die Knöchel traten weiß hervor.
Django fragte: »Wie ist der in die Werkstatt gekommen?«
»Frag ihn selbst. Weiß ich doch nicht.«
»Muss ich mir Sorgen machen?«
»Natürlich musst du das. Ich ebenfalls. Denn er wird mir an den Hacken kleben. Aber ich bin an einem sicheren Ort.«
»Das will ich für dich hoffen. Wir sehen uns morgen. Stell sicher, dass dir niemand folgt.«
»Selbstverständlich.«
»Okay.«
»Und Django?«
»Ja?«
Tjark machte eine Geste mit der Handkante an seiner Kehle und schüttelte gleichzeitig den Kopf. Das Gespräch beenden. Er ahnte, was Vural noch sagen wollte.
Vural machte eine kurze Pause. »Nichts weiter …«, sagte er dann und drückte Django weg, beendete das Gespräch und dann auch seinen Satz: »… nur, dass ich dich in Stücke reißen werde.«
Vural warf das Handy auf den Küchentresen, fuhr sich mit beiden Händen durchs Gesicht, um die Anspannung fortzuwischen. Tjark schaltete die Aufnahmefunktion wieder aus. »Niemand wird irgendwen in Stück reißen, Vural.«
Vural schwieg. Aber Tjark wusste genau, was er dachte. Dass er am Ende einen Weg finden würde, um die Verantwortlichen bezahlen zu lassen – wenn nicht sofort, dann später.
»Was«, fragte Tjark dann, »befindet sich in diesem Schließfach, das so wichtig sein könnte? Denk darüber nach. Der Inhalt muss der Schlüssel zu allem sein.«

»Spielt das eine Rolle?«
»Es gibt dir die Antwort auf das Warum. Und das führt zum Wer.«
»Ich will meine Tochter zurück. Alles andere ist für mich irrelevant. Wo ist sie?«
»Wir wissen es nicht.«
»Was wisst ihr überhaupt?«
»Ihre Wohnung wurde überprüft. Wir haben nichts gefunden, keine Kampfspuren, gar nichts. Wir haben alle Überwachungskameras gecheckt – aber keine Hinweise gefunden. Die Fähre, die Inselbahn, der Hafen, null. Es scheint fast so, als sei sie vom Erdboden verschluckt worden. Wer auch immer sie entführt hat, hat ganze Arbeit geleistet.«
Vural nickte schwach. »Es ist eine Storagebox, kein Schließfach«, sagte er dann. Er sah müde aus. »Darin befinden sich Bargeld, Schmuck, einige Gemälde, Goldmünzen, ein paar Computer. Dinge, die ich nicht losgeworden bin.«
»Wie viel Bargeld?«
»Hunderttausend etwa. Stammt aus Safes.«
»Und der Wert insgesamt?«
»Vielleicht zweihunderttausend Euro. Vielleicht etwas mehr, vielleicht etwas weniger.«
»Stammt alles aus dem letzten Raub in dieser Villa?«
»Nicht nur. Aber im Wesentlichen schon.«
»Vielleicht sind die Gemälde und der Schmuck mehr wert, als du annimmst.«
»Wer weiß.«
»Ich glaube kaum, dass die Kojoten für zweihunderttausend Euro einen solchen Aufstand machen – dir Leute hinterherschicken, deine Tochter entführen …«
»Wie gesagt: Mir ist es egal. Sie können den ganzen Shit haben.«

»Wir sollten uns das Lager einmal anschauen. Vielleicht …«

»Kapierst du es nicht?« Vural herrschte Tjark an. »Es ist mir scheißegal. Für dich mag es wichtig sein – prima: Sobald Shirin in Sicherheit ist, schnapp dir die Kojoten, beschlagnahme die Lagerbox, schau dir alles genau an.«

»Ich sage nur, dass nach meiner Meinung mehr dahinterstecken muss.«

»Und ich wiederhole, dass für mich nur eins wichtig ist.« Vural stand auf, streckte sich, rollte den Kopf im Nacken. »Wo ist die Toilette?«

Tjark machte eine Geste nach rechts.

# 27.

Vural warf die Badezimmertür hinter sich zu. Instinktiv wollte er abschließen, aber Tjark hatte vorgesorgt: kein Schlüssel da. Scheißkerl.

Vural starrte in den Spiegel. Er sah das Gesicht eines erschöpften und malträtierten, zornigen Mannes. Ein Mann, der einen Scheiß tun würde und sich an Tjarks Vorgaben oder irgendeinen Deal halten. Ein Mann, der nicht stoppen würde, bis er seine Tochter zurückhatte und alle dafür bluten würden, die ihr das angetan hatten. Und anschließend würde er mit Shirin und Franziska abtauchen. Er hatte noch keine Idee, wie er das anstellen würde. In seinem Exil hatte ein Plan gereift, ja, und ehrlich gesagt: Er war dumm gewesen, dass er sie nicht von Anfang an mitgenommen hatte. Er hatte ihnen gesagt, dass er sie holen würde, weil es in Deutschland zu unsicher war. Ein neues Leben würde zunächst in Kurdistan auf sie warten, und er würde einen Weg finden, an sein Geld zu gelangen. Die Polizei hatte zwar einige seiner Konten eingefroren, aber da gab es noch mehr, auf die sie keinen Zugriff hatten. Nur der Inhalt seines Verstecks … Den könnte er wohl vergessen. Aber das war zu verschmerzen. Es gab weitere Depots. Niemand kannte sie. Nur Franziska, seine Frau, wusste davon.

Vural stellte das Wasser an, ließ es ins Waschbecken rauschen. Aber mit einem hatte Tjark recht, und das ging Vural ohnehin nicht aus dem Kopf: Worum ging es hier, verdammt?

Er glaubte ebenfalls nicht, dass die Kojoten auf eigene Rechnung arbeiteten und nur scharf auf das Geld in seinem Versteck und die Wertgegenstände waren. Dafür würden sie nicht so viel in die Waagschale werfen und so viel riskieren. Es musste mehr dahinterstecken. Irgendjemand wollte irgendetwas mit aller Gewalt haben. Klar, es mochte sein, dass eines der Gemälde von weitaus größerem Wert war, als er annahm. Oder der Schmuck. Oder die Münzen.

Oder es ging um einen der Computer und wichtige Dateien, und die Kojoten hatten diesbezüglich einen Tipp bekommen. Denkbar.

Aber wie dem auch sei, dachte Vural und starrte sein Spiegelbild an. Er würde es eher früher als später herausfinden. Und falls noch jemand anderes eine Rolle spielte, dann würde auch dieser Jemand bluten. Bei Allah, das würde er. Außerdem musste er sich Zugang zu Tjarks Computer verschaffen. Er hatte keinen Zweifel, dass dieser mit einem Passwort gesichert wäre. Dennoch kam es auf einen Versuch an. Es führte kein Weg daran vorbei.

# 28.

Tjark hörte die Badezimmertür zufallen und nahm sein Handy. Er überlegte, ob er Femke die Aufnahme senden sollte, entschied sich dann aber dagegen. Femke würde sich fragen, woher er die Aufnahme hatte – und daraus schließen, dass er mit Vural zusammen sein musste. Das könnte die Situation zum gegenwärtigen Zeitpunkt verkomplizieren, überlegte Tjark. Und senden konnte er das später immer noch.

Er wählte Femkes Nummer. Kurz darauf ging sie dran. Es hörte sich an, als sei sie gerade im Auto unterwegs.

»Tjark, was ist da in Oldenburg passiert? Ich habe gehört, dass …«

»Pscht. Keine Ahnung, spielt auch keine Rolle. Hör zu, morgen um elf Uhr wird eine Übergabe am Klubhaus der Kojoten stattfinden. Weißt du, wo das ist?«

»Übergabe? Klubhaus? Woher weißt du …«

»Femke. Spielt keine Rolle. Elf Uhr morgen. Ihr müsst euch im Hintergrund halten, okay? Haltet die Augen und Ohren offen, aber lasst euch nirgends blicken. Überwacht das aus der Distanz, und …«

»Wer übergibt da wen?«

»Ich gehe davon aus, dass Vural dort sein wird. Shirin ebenfalls. Hoffe ich. Und die Kojoten.«

»Was du woher weißt?«

»Ihr habt mich gebeten, euch zu helfen. Das tue ich. Mehr kann ich nicht sagen. Haltet nur in jedem Fall Abstand.«

Femke seufzte tief. »O Mann, ich will nicht wirklich wissen, woher du diese Info hast, oder?«

»Willst du nicht.«
»Ist das verlässlich?«
»Absolut.«
»Tjark, wir haben gerade das Okay für eine Kommission bekommen. Schon morgen kann es losgehen, und was auch immer da im Hintergrund abläuft, ich …«
»Eine Kommission ist super. Aber vielleicht braucht ihr die gar nicht. Elf Uhr. Kojoten-Klubhaus.«
Damit beendete er das Gespräch. Er konnte Femke bildlich vor sich sehen, wie sie am Steuer ihres Autos saß, wahrscheinlich gerade auf dem Weg nach Hause, und ihn verfluchte. Aber wie war das noch mit den Geistern, die man rief?
Aus dem Badezimmer hörte Tjark das Wasser rauschen. Wahrscheinlich machte sich Vural gerade etwas frisch. Nach der Dusche klang es jedenfalls nicht. Das sollte Tjark ebenfalls tun. Und sich einen Liter Kaffee kochen, denn heute Nacht würde er voraussichtlich kein Auge zutun, um Vural im Blick zu behalten. Er durfte ihm auf keinen Fall entwischen.
Außerdem würde er sich einen Plan zurechtlegen müssen für diese Übergabe.
Tjark drehte sich um, goss Wasser in den Tank der Kaffeemaschine, füllte Pulver in einen Filter, schaltete die Maschine ein. Er hörte, wie sich die Badezimmertür wieder öffnete. Vurals Gesicht war feucht, seine Haare ebenfalls.
Vural kam in die Küche. »Kaffee?«
»Genug für uns beide.«
»Ich trinke keinen Kaffee.«
»Dann bleibt mehr für mich«, sagte Tjark und ging an Vural vorbei.
»Der Tank ist randvoll. Das ist fast ein Liter.«
»Ich werde einiges an Kaffee brauchen, um wach zu bleiben.«

»Wach – wofür?«
»Wegen dir.«
Vural lachte leise, nickte dann und zuckte mit den Achseln.
»Wie du meinst.«
»Ich bin auch mal kurz im Bad. Die Tür lasse ich auf. Also keine Dummheiten und die Finger weg von den Messern und allen anderen scharfen Gegenständen.«
»Ich bitte dich nicht erst um Hilfe, um dich dann abzuservieren, Mann.«
»Besser so«, sagte Tjark und ging ins Bad.
Vural betrachtete die Kaffeemaschine, die gerade damit begann, vor sich hin zu keuchen und ihren Job zu tun. Seine Hände steckten in den Hosentaschen.
»Klar«, sagte Vural. »Lass dir Zeit.«

# 29.

Fred stand im neuen Partykeller und gönnte sich ein Bier zum Feierabend. Die Theke bestand aus dunklem poliertem Holz. Davor standen einige Barhocker im Stil der Fünfziger: Chrom, rotes Leder.

Fred hatte außerdem »Budweiser«-Leuchtreklame organisiert und andere Werbeschilder und Bilder, die an das Interieur irischer Pubs erinnern sollte. In die Holzvertäfelung hatte er kleine Boxen eingebaut – aber das wäre dann ja nun überflüssig, wenn erst die Jukebox kam. Freds Blick ruhte auf der Ecke, die er dafür ausgeguckt hatte. Dort hätte eigentlich ein Darts-Automat stehen sollen. Aber den würde er dann eben in der anderen Ecke des Raums aufbauen, der sicherlich zwanzig Personen Platz für eine gute Party bieten würde. Nicht, dass Fred ein ausgemachter Partylöwe war. Aber ab und zu konnte man das ja mal machen, so eine Feier. Außerdem hatten sie im Haus Platz ohne Ende, und Fred hatte immer schon mal einen eigenen Partyraum besitzen wollen. Leider passte kein Billardtisch mehr herein, aber man konnte ja nicht alles haben.

Er zapfte nach und betrachtete den satten Strahl, der aus dem Hahn ins Glas schoss. Von dem Geräusch stellten sich Freds Nackenhaare auf angenehme Art und Weise auf.

Er hatte kürzlich gelesen, dass man diesen Effekt ASMR abkürzte, was für Autonomous Sensory Meridian Response stand. Gemeint war damit ein entspannendes und beruhigendes Gefühl, das sich vom Kopf her über den gesamten Körper ausbreitete. Im Internet gab es jede Menge Videos, die einem mit Geräuschen eine solche Gänsehaut verschaffen konnten. Da wurde geflüstert, geschmatzt, mit Fingern in Creme geglitscht, geraschelt, Haare gekämmt und dergleichen – und alles in feinster Auflösung und mit Richtmikrofonen aufgenommen, die sich allein auf diese Geräusche fokussierten.

Es war zum Beklopptwerden, aber: Es funktionierte. Es triggerte etwas in einem. Fred hatte zusammen mit Greta ein Video von einer Bloggerin gesehen, die ins Mikro flüsterte, dabei dauernd Klick- und Schmatzgeräusche beim Flüstern machte und mit den Fingernägeln über diese Parfümproben kratzte, die für gewöhnlich in kleine Pappen mit Werbeaufdruck gesteckt wurden – und es hatte ihn am ganzen Körper wohlig geschüttelt.

Aber kein Geräusch der Welt, nicht eines, konnte den cremigen, satten Sound von Bier übertreffen, das aus dem Zapfhahn in ein Glas schoss und schäumte.

Mal abgesehen von der Vorfreude, die dieser Klang erweckte, half er dabei, sich zu fokussieren.

Zum Beispiel auf das, was das Display von Freds Laptop zeigte. Der stand auf dem Tresen neben einer Schale Erdnüsse, die vor drei Minuten noch voll gewesen war.

Fred warf ein paar Nüsse nach, stellte das Glas ab, damit der Bierschaum sich setzen konnte, und dachte nach.

Er las noch einmal den Polizeibericht von der offenbar filmreifen Verfolgungsjagd, die sich kein anderer als Tjark mit jemandem in der Stadt geliefert haben musste. Fred hatte eine ernste Befürchtung, wer dieser Jemand gewesen sein mochte, nämlich möglicherweise Vural Attaman persönlich, den Tjark irgendwie aufgetrieben hatte.

Fred und Tjark arbeiteten schon seit vielen Jahren zusammen. Er wusste, wie der Bursche tickte und arbeitete. Und deswegen wusste Fred auch, dass man ihn manchmal machen lassen musste – selbst wenn er sich dabei außerhalb der Grenzen der Legalität bewegte oder zumindest an der Nahtstelle. Wenigstens hatte er in der letzten Zeit seine Aggressionen im Griff gehabt. Das war nicht immer so gewesen, und das hatte Tjark in ernste Schwierigkeiten gebracht und für ein paar Sitzungen beim Psychologen gesorgt.

Na ja, und wenn er das, was da gerade lief, versaute … Wie es schien, wurde ihm eine Tür geöffnet, was ihn wieder zurück in den Job bringen würde. Und Fred nahm doch sehr stark an, dass Tjark genau das wollte: zurück in den Sattel. Denn er hatte ihm von Anfang an nicht abgekauft, dass er den Job wirklich deswegen hingeworfen hatte, weil er genug hatte. Nein, da steckte etwas anderes dahinter, und Fred wusste nur von Tjark, dass nicht Hauke Berndtsen da die Finger im Spiel gehabt hatte.

Fred zapfte nach. Dann nahm er das Glas und trank einen großen Schluck. Pures Gold, das ihm die Kehle hinabrann. Er leckte sich den Schaum von den Lippen, aß den Rest der Erdnüsse auf. Dann klickte er die VideoApp auf, um Femke anzurufen und mit ihr über das zu sprechen, was in den geöffneten Browserfenstern auf seinem Laptop zu sehen war. Etwas, das einige Zahnräder bei Fred hatte einrasten lassen – und das sich weiß Gott zu einer Wasserstoffbombe entwickeln könnte.

# 30.

Der Landrover rumpelte über den mit Schlaglöchern übersäten Weg zum Reitstall. Der Himmel war schwarz, keine Sterne zu sehen. Schien so, dachte Femke, als würde der für morgen angekündigte Orkan bereits seine Vorboten senden. Wie es hieß, sollte der Sturm erst gegen Nachmittag auf die Küste treffen. Der Wetterbericht rechnete allerdings nicht mit einer durch den Wind bedingten Sturmflut, zum Glück. Auch waren keine Unwetter mit Hagel angekündigt. Es sollte lediglich höllisch windig werden, weswegen ab Mittag sicherheitshalber der Fähr- und Schiffsverkehr eingestellt wurde.

Das Licht der Scheinwerfer schnitt durch die Nacht und traf schließlich auf die Scheunen und die Stallgebäude. Der Hof war mit Autos zugeparkt. Alle Reiter schienen damit beschäftigt zu sein, die Pferde von der Weide in die Boxen zu bringen oder sie zu versorgen. Klar, morgen würde man die Tiere kaum auf die Weide lassen. Solches Wetter machte die Pferde kirre, und fraglos waren sie jetzt schon nervös.

Volker war damit beschäftigt, das Abendessen vorzubereiten. Er brauchte noch etwas Zeit.

Das Kochen hatte sich in den letzten Monaten zu seinem neuen Hobby entwickelt. Gemüse schnippeln sei wie Zen, hatte er gesagt, und entspanne ihn. Na dann, davon wollte Femke ihn nicht abhalten – zumal sie vom Resultat seiner Entspannungsübungen profitierte. Sie hatte ihm gesagt, dass sie noch mal am Stall vorbeischauen wollte und sehen, ob irgendwer dabei Hilfe brauchte, alles sturmfest zu machen. Volker hatte ihr die Schlüssel des Geländewagens gegeben und viel Spaß ge-

wünscht. Denn was für Volker das Kochen und das Gemüseschnippeln war, war für Femke der Stallduft, war das Gefühl ihrer flachen Hand auf dem warmen Körper eines Pferdes, wenn sie ihm den Nacken tätschelte, und das Geräusch des Schnaubens aus den Nüstern.
Das hatte sie nötig, denn nachdem Tjark sie über das bevorstehende Treffen im Klubhaus der Bad Coyotes informiert hatte, hatte sie sofort Ceylan verständigt. Ceylan war ausgerastet, woher Tjark denn das wisse, was der da anstelle …
Femke hatte keinerlei Antworten auf irgendetwas und fragte, ob sie umdrehen solle. Aber Ceylan hatte abgewinkt. Sie würde alles Nötige vorbereiten, und Femke solle mal ruhig Feierabend machen. Sie würden sich dann recht früh zum Briefing treffen müssen.
Femke parkte gerade, als ihr Handy klingelte. Ein Videoanruf. Fred. Sie stellte den Motor aus, griff in die Mittelkonsole und nahm das Telefonat an.
»Hey«, sagte Femke. »Hat Ceylan dich erreicht?«
»Nein. Warum?«
Femke seufzte. Offenbar war Ceylan noch nicht dazu gekommen, also erklärte sie Fred, was los war und dass für den nächsten Tag ein Einsatz am Klubhaus der Bad Coyotes vorbereitet werde, dass morgen das ganze Spektakel vermutlich ein Ende haben dürfte.
»Heißt das also im Klartext«, fragte Fred, »dass Attaman in Deutschland ist? Dass er am Klubhaus sein wird?«
»Tjark hat es angedeutet«, erwiderte Femke. »Aber ob das auch wirklich passiert, das müssen wir abwarten.«
Fred brummte. Er trank Bier und schien an einer Theke zu sitzen. »Verdammter Tjark Wolf. Immer der gleiche Scheiß mit dem, oder?«

Femke nickte lediglich und dachte: ja, immer der gleiche Scheiß. Es schien, als tue es ihm wirklich nicht gut, keine Grenzen mehr zu haben. Auf der anderen Seite hatten sie und Ceylan ja gewusst oder zumindest geahnt, worauf sie sich einlassen würden, wenn sie Tjark zu den Ermittlungen baten. Von daher …

»Andererseits«, sagte Fred, »habt ihr ihn reaktiviert.«

»Fred, er benimmt sich wie ein Arsch und zieht mal wieder einen Alleingang durch. Manchmal frage ich mich, ob wir ihn nicht hätten in Ruhe lassen sollen. Er kommt mir vor wie – wie ein Fremdkörper.«

»Vielleicht hat er seine Gründe.«

»Welche sollten das sein?«

»Musst du ihn selbst fragen. Aber weswegen ich mich eigentlich melde«, sagte Fred und leerte sein Bierglas. »Hinnerk Rikens.«

»Was ist mit dem?«

»Ich habe mich bei Ippen kundig gemacht.«

»Dem Trödler?«

Fred nickte. »Dem Trödler und gut vernetzten Hehler. Er schwört zwar Stein und Bein, nicht mehr im Geschäft zu sein, aber ich habe ihn mir dennoch zur Brust genommen. Er hat kürzlich jede Menge alte Möbel aus diesem Tütken-Hof gekauft, den Rikens ausgemustert hat. Das muss zu dem Zeitpunkt gewesen sein, als die Baumaßnahmen vor dem Abschluss standen, die Videoüberwachung aber noch nicht installiert war. Er könnte einen Tipp gegeben haben, dass dort ein Einbruch lohnen würde. Die Info geht dann an Vural Attaman, der schnell noch einen Bruch macht, bevor ihm in Rotterdam der versuchte Juwelenraub um die Ohren fliegt.«

»Deswegen das kaputte Fenster bei Rikens?«

»Genau. Bleibt die Frage, warum der Einbruch dann nicht angezeigt worden ist. Möglicherweise, weil Rikens Trubel vermeiden wollte, darüber sollte keine Information an die Medien gelangen. Der kann das überhaupt nicht gebrauchen zurzeit. Das wäre der eine Grund.«

»Ja, aber man würde doch eine Straftat anzeigen?«

»Kommt drauf an, was dir wichtiger ist. Vielleicht ist auch nichts Wichtiges gestohlen worden. Das ist die eine Theorie. Die andere wäre: Es ist doch etwas sehr Wichtiges gestohlen worden, das Rikens unbedingt zurückhaben will. Dabei handelt es sich aber auch um etwas, von dem niemand etwas wissen soll, weswegen er den Einbruch nicht anzeigt …«

»… und einen Biker-Klub beauftragt, ihm das zu besorgen? Willst du darauf hinaus?«

»Wie gesagt, das ist die andere Theorie. Ich meine: Es ist Hinnerk Rikens. Der wird Minister werden. Kaum vorstellbar, dass der sich die Hände so schmutzig macht, aber …«

»… aber es ist nicht auszuschließen. Natürlich kann es auch sein, dass er überhaupt nichts damit zu tun hat.«

»Aber das mit dem kaputten Fenster, mit Ippen, mit Attaman und dem Schließfach und den Kojoten passt schon ganz gut zusammen.«

»Ja, in gewisser Weise schon. Aber wie passen dann Rikens und die Bad Coyotes zusammen?«

»Deswegen rufe ich dich an. Ich habe ein wenig Hausaufgaben gemacht und mir einige alte Fälle von Mitgliedern des Biker-Klubs angesehen. Dabei ist mir aufgefallen, dass Django vor einigen Jahren vor Gericht gestanden hat. Es ging um den Konflikt mit den Northern Riders und die Toten von damals, du erinnerst dich?«

Bei Femke klingelte es nur leise. Sie war damals noch als Inspektionsleiterin in Werlesiel bei der Polizei tätig gewesen und hatte noch nichts mit der organisierten Kriminalität zu tun gehabt. An einer Tankstelle waren tote Biker gefunden worden, die zu den Northern Riders gehörten, einer mit den Bad Coyotes rivalisierenden Gang. An Details konnte sie sich nicht erinnern – nur daran, dass es ziemlich viel Aufsehen erregt hatte.

»Rate«, fragte Fred, »wen Django damals als Anwalt organisiert hatte?«

»Nein.«

»Doch. Hinnerk Rikens.«

»Wie kommt der an so einen Anwalt?«

»Viel Geld?«

Wie auch immer, es gab nun eine Verbindung. Rikens kannte Django. Er wusste, mit was sich die Bad Coyotes befassten. Es wäre denkbar, dass er sie beauftragt hatte, das zu besorgen, was ihm gestohlen worden war. Für Django wiederum würde auf der Hand gelegen haben, wer bei Rikens wahrscheinlich eingebrochen war. Als Krimineller würde er Ippen kennen, Cem Demirkan, Vural Attaman …

»Mist«, sagte Femke. »Aber wir werden daraus niemals einen Schuh machen können. Und es ist hochsensibel, Fred, Rikens ist mit allen Wassern gewaschen und Anwalt und außerdem im Wahlkampf und …«

»Ja«, Fred winkte ab, »ja, ja und ja, ich weiß, ich weiß. Aber vielleicht macht ihr morgen ein paar Verhaftungen, bringt ein paar Leute zum Reden, und dann sehen wir weiter. Nur einer muss auf Rikens aufpassen. Wenn der mitbekommt, was da am Klubhaus abgeht, wird der möglicherweise die Flatter machen wollen.«

»Mag sein.«

»Also werde ich ihn im Blick behalten. Es juckt mich zwar in den Fingern, am Klubhaus dabei zu sein, aber wie sagt man so schön: *ladies first.* Macht ihr das mal. Ich werfe derweil ein Auge auf den feinen Anwalt und klebe ihm an den Hacken, falls er abschwirren will. Falls er wirklich etwas damit zu tun hat, wird er ja vielleicht von dieser angeblichen Übergabe etwas wissen und darauf hoffen, so schnell wie möglich Informationen zu bekommen. Wenn die dann ausbleiben, weiß er Bescheid, dass etwas nicht stimmt – und wird entsprechend reagieren, weil er Angst hat, aufzufliegen.«

»Richtig. Alles klar, Fred. Ich gebe Ceylan Bescheid.«

»Nee, mache ich schon selbst, keine Sorge. Also – wir bleiben in Kontakt. Schönen Feierabend und entspann dich. Davon wirst du morgen profitieren. Ich jedenfalls trinke jetzt noch ein Bier. Aus der eigenen Zapfanlage. Wenn der Partykeller fertig ist, lade ich euch alle mal ein!«

»Deal«, sagte Femke und lächelte.

Sie beendeten das Gespräch. Femke stieg aus, blähte die Backen und warf die Autotür hinter sich zu. Dieser Fall blähte sich gerade gewaltig auf. Sie hoffte, dass er ihnen nicht um die Ohren fliegen würde. Das Potenzial dazu hatte er jedenfalls.

# 31.

Dann also noch den sechsten Kaffee, denn irgendwie wollte das verdammte Zeug nicht wirken, dachte Tjark und leerte die Hälfte der Tasse. Statt wacher zu werden, wurde er von Minute zu Minute nur schläfriger. Lag das an der Anstrengung von der Verfolgungsjagd, die er sich mit Vural geleistet hatte, oder an den Schmerzmitteln, die Fee ihm verabreicht hatte? Immerhin schien auch Vural immer schlapper zu werden. Er hatte es sich bereits auf dem Sofa bequem gemacht. Die Augenlider hingen auf Halbmast. Tjark trank den Rest Kaffee. Dann ließ er sich in den Sessel plumpsen, der dem Sofa gegenüberstand.

»Ich nehme eine Mütze Schlaf«, sagte Vural, stopfte sich ein Kissen in den Nacken und faltete die Hände über der Brust. »Solltest du auch tun. Morgen wird anstrengend. Außerdem bin ich erschöpft. Völlig fertig.«

»Nur zu«, erwiderte Tjark, dessen Glieder sich inzwischen wie Blei anfühlten. Wenigstens schien es Vural ebenso zu gehen, was die These von der Anstrengung des Tages, die sich nun rächte, und der Medikamente stützte.

»Weißt du noch«, murmelte Vural und gähnte, »damals im Block?«

»Was genau meinst du?«

»Wir waren sechzehn. Salim hatte dieses Mädchen, ich habe den Namen vergessen. Sie hat dir schöne Augen gemacht. Wir hingen damals immer an der Tankstelle herum.«

»Ich erinnere mich«, sagte Tjark träge und rieb sich über die Augen.

»Er wollte sich Respekt verschaffen und dir ein paar verpassen. Ich habe ihm gesagt: Salim, kümmere dich um dein Mädchen und nicht um Tjark. Aber er sah das anders, und als du eines Abends Zigaretten holen warst, hat er sich vor dich gestellt und dir vor die Brust gestoßen. Du hast gesagt: Bei drei gehst du mir aus dem Weg. Du hast nur bis zwei gezählt und sofort zugeschlagen.«

»Er hätte nicht auf mich hören sollen.«

»Ich war beeindruckt, denn du hättest damit rechnen müssen, es mit uns allen zu tun zu bekommen.«

»Habe ich aber nicht.«

»Es hat mir zwei Dinge über dich gesagt: Du zögerst nicht, und man kann sich nicht hundertprozentig auf das verlassen, was du sagst.«

»Der erste Schlag muss kräftig sein, dann ersparst du dir viele weitere. Altes Sprichwort.«

Vural nickte schläfrig. Tjark lehnte den Kopf in den Nacken. Ihm war auf die Art schwindelig, die man verspürt, wenn man fast schon schläft. Vielleicht sollte er nur für ein paar Minuten die Augen schließen und auf die Wirkung vom letzten Kaffee warten. Danach wäre er sicher wieder okay. Oder warten, bis Vural eingeschlafen war, und dann kalt duschen.

Vural murmelte: »Wenn wir morgen zum Klubhaus gehen, musst du dich im Hintergrund halten.«

Tjark schloss die Augen für einen Moment. »Ich bin als Backup da. Sollten sie Shirin nicht bei sich haben und irgendetwas geschehen, schreite ich ein. Wie schon erwähnt: Im Notfall zündet dann Plan B, und ich verständige meine Kollegen.«

»Nachdem ich wieder fort bin.«

Tjark ging auf die letzte Bemerkung nicht ein. »Wir müssen damit rechnen, dass sie dich erledigen wollen.«

»Ich weiß.«
»Wir müssen ebenfalls damit rechnen, dass sie deiner Tochter etwas antun.«
»Das weiß ich ebenfalls.«
»Und dazu dient meine Aufnahme von deinem Gespräch mit Django: Wir haben seine wörtliche Drohung. Bevor es hart auf hart kommt, lassen wir ihn wissen, dass es diese Aufnahme gibt.«
»Okay.«
Tjark verschränkte die Arme vor der Brust. »Und du hattest ernsthaft vor, deine Familie nach Kurdistan zu holen?«
»Ja. Und danach – mal sehen.«
»Hätte das deiner Familie gefallen? Alles hinter sich lassen?« Seine Zunge wurde träge.
»Manchmal hat man keine Wahl, wenn man ein Leben wie ich lebt.«
Tjark zuckte mit den Achseln. War nicht sein Bier. Er konnte sich allerdings nicht vorstellen, dass eine junge Frau wie Shirin und eine mit beiden Beinen im Leben stehende Frau wie Franziska scharf darauf wären, von heute auf morgen in ein streng muslimisches Land zu gehen und nach den dortigen Vorschriften zu leben. Es dürfte ihnen schon ausgereicht haben, dass Vural sie von der Stadt an die Küste verpflanzt hatte und sie bereits einen Teil ihres bisherigen Lebens hatten hinter sich lassen müssen.
Zudem wäre das künftige Leben ein Leben in Angst und auf der Flucht, die internationale Polizei stets im Nacken. Er schloss erneut die Augen.
Nur kurz, und er dachte, dass es ja außerdem so war, dass …

# 32.

Vural öffnete kurz die Augen, sah zu Tjark, der offensichtlich eingeschlafen war. Vural gab sich noch fünf Minuten, um ganz sicherzugehen. Blieb liegen. Beobachtete Tjark, dessen Brust sich langsam hob und senkte. Schließlich stand er leise auf.

Eben im Bad hatte er sich umgesehen, jeden der kleinen Schränke geöffnet. In einer Schublade fand er Verbandsmaterial und jede Menge Medikamente. Starke und weniger starke Schmerzmittel, Magentabletten, welche gegen Erkältungen, Salben gegen Zerrungen, Antihistaminika, Schlaftabletten und Antidepressiva, die man ebenfalls zum Schlafen nehmen konnte …

Vural hatte die letzte Packung gewählt, sie betrachtet, das Antidepressivum zurückgetan und die Packung mit der Aufschrift »Zopiclon« geöffnet. Man brauchte offenbar nicht viel davon. Er überflog den Beipackzettel. Zwanzig Tabletten waren in der Box. Drei fehlten.

Vural hatte den vollen Blister herausgezogen, die Hälfte der Pillen in die Hand genommen, riss etwas Toilettenpapier ab, legte die Pillen darauf. Er nahm den Keramikbecher, in dem Tjarks Zahnbürste stand, zerstampfte die Tabletten zu Staub, wischte die Reste vom Becher ab und platzierte ihn wieder an Ort und Stelle.

Er riss noch etwas Toilettenpapier ab, bedeckte das weiße Pulver damit, wickelte es darin ein und ließ es in der Hosentasche verschwinden. Dann steckte er den Blister zurück, verschloss die Verpackung wieder und stopfte sie zurück in die Schublade.

Schließlich hatte er Tjark sprichwörtlich etwas in den Kaffee getan, nämlich die zerstoßenen Schlaftabletten. Tjark war nach Vural ins Bad gegangen. Vural hatte den unbeobachteten Moment genutzt und das Pulver aus seiner Hosentasche in den Wassertank getan, wo es sich auflöste. Er hatte keine Ahnung gehabt, ob das funktionieren würde oder sich die Wirkung durch das Aufkochen, das Kaffeepulver und das Filtern verringern würde. Aber anscheinend funktionierte sein Plan. Gut so. Die Frage war, wie lange Tjark ausgeknockt wäre. Er mochte in einer Stunde wieder aufwachen, in einer Minute – oder erst morgen früh.

Morgen.

Vural war sich sicher, dass Django ihm eine Falle stellen würde. Immerhin hatte er ihm zwei Biker nach Kurdistan geschickt, die ihn dort erledigen sollten. Und genauso würde Django auch Shirin ermorden wollen. Die einzige Möglichkeit, um das zu verhindern, war nach Vurals Einschätzung der frontale Angriff. Er ging nicht davon aus, dass Shirin beim Treffen am Klubhaus ausgeliefert werden würde. Vielmehr würde wahrscheinlich ein Heckenschütze mit einem Zielfernrohr auf Vural warten. Wie hatte Django sich ausgedrückt? Er hatte gesagt, dass nur er und Vural sich treffen würden und Vural dann den Beweis bekomme, dass Shirin noch lebt und es ihr gut geht.

»Und deine Tochter kann ab diesem Zeitpunkt wieder tun und lassen, was sie will«, hatte er gesagt. Eine merkwürdige Umschreibung, auffällig. Denn er hatte nicht erwähnt, dass Shirin dann an Vural übergeben werden würde. Also musste Vural Shirin finden. Er hatte keine Wahl.

Tjark würde ihm dabei nur im Weg stehen – und dass er ihn um Hilfe gebeten hatte, war ohnehin nur der Situation geschuldet gewesen. Er hatte sich schließlich etwas ausdenken müssen, um

nicht von Tjark verhaftet zu werden. Zumal dieser auf die Idee der Kooperation gekommen war. In dieser Hinsicht galt das Samurai-Konzept: Mach deinen Feind zum Freund.
Vural ging zum Küchentresen, auf dem Tjarks Laptop stand. Er klappte es auf. Der Startbildschirm erschien – zusammen mit der Aufforderung, ein Passwort einzugeben. Was hatte Vural anderes erwartet?
Er überlegte. Sah sich in der Wohnung um. Oft wählten die Menschen Geburtsdaten und Namen von Personen, die ihnen nahestanden, manchmal nur lose Zahlenfolgen. Vural wusste nicht, ob Tjark der Typ dafür wäre. Aber ihm fiel etwas anderes ein. Vural tippte »silversurfer«. Der Zugang wurde verweigert. Er versuchte »silver surfer«. Auch das funktionierte nicht. Der dritte Versuch war »silver_surfer« – und tatsächlich, der Desktop-Hintergrund poppte auf. Perfekt, dachte Vural.
Er öffnete den Browser, gab die Daten für seinen E-Mail-Account ein, öffnete zwei gespeicherte Dateien und fragte sich ein weiteres Mal, worum es hier eigentlich ging.
Die Dateien waren Lagepläne. Der erste zeigte ein Einfamilienhaus, in das er zusammen mit Cem eingebrochen war. Vural erkannte es sofort wieder. Sie hatten einen Teil der Ware an Ippen vertickt, den Hehler. Ippen hatte Vural außerdem den Tipp gegeben, sich die Villa von diesem Rikens vorzunehmen, die zu dem Zeitpunkt noch nicht gesichert gewesen war. Außerdem sei der Besitzer nur selten vor Ort. Die zweite Datei zeigte den Lageplan des früheren Gehöfts. Vural hatte den Job allein gemacht, hatte ein Fenster eingeschlagen, war eingestiegen und hatte Bargeld, einige Bilder, Schmuck und Laptops mitgehen lassen. Nicht die fetteste Beute, bei Weitem nicht das, was Ippen angedeutet hatte, da es sich bei dem Besitzer wohl um einen reichen Typen handeln sollte.

Vural konnte sich nicht vorstellen, dass die Bewohner des Einfamilienhauses hinter allem steckten. Bei diesem Hinnerk Rikens war das etwas anderes. Reiche Typen hatten Verbindungen und das Geld, um Dinge in Gang zu bringen.
Vural googelte nach dem Namen.
»Alter«, murmelte er, »da schau her.«
Er hatte bisher nur einen blassen Schimmer davon gehabt, wer dieser Rikens war. Das änderte sich innerhalb der nächsten paar Minuten, in denen Vural seine Recherche fortsetzte.
Er sah Fotos von Rikens im Wahlkampf, Gruppenbilder mit Parteimitgliedern, professionelle Porträts, Fotos seiner früheren Anwaltskanzlei – und er sah ein Bild, das Rikens mit seiner Frau an einem Strand zeigte, sowie vor einem Haus an der Nordsee. Dabei handelte es sich um eine Homestory, und das Haus war nicht der Hof, in dem Vural eingebrochen war. Außerdem sagte ihm der Strand etwas, denn im Hintergrund war ein Wasserturm zu sehen – der Wasserturm von Langeoog, wo Rikens dem Text nach gerne seine Sommerfreizeit verbrachte. Zudem war er Segler, und das Haus war ein Ferienhaus auf Langeoog, das der Mann genutzt haben musste, bis er sich schließlich entschied, ein Anwesen in der Nähe der Inseln auf dem Festland zu kaufen. Vielleicht nutzte er es immer noch, vielleicht gehörte es ihm sogar.
Shirin hatte auf Langeoog gearbeitet. Sie war auch dort verschwunden.
Vural dachte darüber nach, was Tjark ihm erzählt hatte. Dass die Polizei keinerlei Hinweise darauf gefunden hatte, wie Shirin von der Insel verschwunden war. Es gab nichts Verdächtiges, hatte er gesagt, keinerlei Spur. Vielleicht deswegen nicht, dachte Vural, weil sie immer noch auf Langeoog war und dort festgehalten wurde?

Vural googelte nach den Fährverbindungen. Nur zwei Fahrten gingen morgen. Ab Mittag war der Fährverkehr unterbrochen, weil ein Orkan drohte.
Vural loggte sich aus, klappte den Laptop wieder zu und dachte nach. Schließlich traf er eine Entscheidung, ging in den Flur, dann in Tjarks Schlafzimmer, wo er den Schrank öffnete und nach dem Waffentresor suchte, in dem Tjark die Pistolen weggeschlossen hatte – seine eigene und die Waffe, die er Vural abgenommen hatte. Der wäre schwieriger zu knacken als der Computer. Das Schloss war mit einer Tastatur versehen.
Aber vielleicht, dachte Vural und nahm sich ein paar Kleidungsstücke aus dem Schrank, brauchte er Tjarks Pistole nicht. Nein, da gab es eine einfachere Lösung. Und er sollte keine Zeit verschwenden.
Er zog sich um und stellte fest, dass er und Tjark fast dieselbe Größe hatten. Dann ging er zurück in den Flur, suchte Tjarks Schlüsselbund und fand ihn aber nicht. Er ging zu Tjark, der fest zu schlummern schien, tastete ihn ab – und fand die Schlüssel in seiner Hosentasche. Auch der fürs Auto hing daran. Vural ging in die Küche, zog eine weitere Schublade auf und nahm zwei Messer heraus – nicht zu groß, nicht zu klein –, steckte sie ein und außerdem sein Handy.
Zurück im Flur schloss er die Tür auf und hinter sich wieder ab. Das sollte Tjark aufhalten, wenn er wieder aufwachte.
Vural lief die Treppenstufen hinab, stoppte kurz, weil ihm einfiel, dass er auch Tjarks Handy hätte einkassieren sollen. Er überlegte, ob er zurückgehen sollte, entschied sich dann dagegen. Wozu das Handy wegnehmen und riskieren, die Wohnung erneut zu betreten, wo Tjark doch sowieso das Festnetz oder seinen Laptop zum Kommunizieren nutzen könnte? Okay, er könnte seinen WLAN-Router suchen und demolieren,

aber … Nein, hinterher wachte Tjark noch auf. Egal, dachte Vural, weg jetzt.
Draußen empfing ihn die Nacht. Er blickte nach links, nach rechts. Dann sah er den BMW, dessen Front demoliert war. Vural öffnete den Wagen mit der Fernbedienung, setzte sich ans Steuer und ließ den Motor an. Schließlich setzte er zurück und fuhr zunächst leise vom Parkplatz und gab Vollgas, sobald er die Straße erreicht hatte.
Es gab viel zu tun.

# 33.

Es war inzwischen nach Mitternacht, aber Madsen fand keine Ruhe. Sie ging in ihrem Appartement auf und ab, massierte sich die Hände und den Nasenrücken. Es war eine dieser Nächte. Eine dieser Nächte, in denen die Panik nach ihr griff und die Angst, dass noch einmal etwas geschehen könnte wie das, was ihr widerfahren war.

Der Angreifer, der sie überwältigt hatte. Der Schock. Dann später die Angst um ihr Leben. Die Klinge. Der Schnitt. Das Licht und die Kamera.

Madsen hatte seither ihre private Dienstwaffe immer griffbereit. Aber das half nicht. Die Furcht suchte sich Wege, gegen die eine Pistole nichts ausrichten konnte. Manchmal flammte die Angst unvorbereitet auf. Dann redete sie sich ein, sie könnte eine schlimme Krankheit bekommen oder bereits haben, ohne dass sie es wusste. Oder dass sie gefeuert werden würde und plötzlich auf der Straße stand. Dass Tjark es nicht ernst mit ihr meinte und in Deutschland eine andere Frau hatte.

Die Angst in ihr schien ihren Weg wie Wasser zu finden, indem es stets den geringsten Widerstand wählte. Okay, Madsen wusste, woher das kam, und sie arbeitete mit ihrer Therapeutin daran. Ja, und manchmal hatte sie sogar Angst vor der Angst und davor, dass jemand es herausfinden und ihr sagen würde: Madsen, du musst dir einen anderen Job suchen, am besten gleich ein neues Leben, aber vielleicht stirbst du bis dahin sowieso an dem, von dem der Arzt kürzlich bei der Untersuchung sagte, dass man sich das in einem halben Jahr zur Sicherheit

noch mal anschauen solle, es aber bis dahin aus seiner Sicht keinen Handlungsbedarf gäbe.
Ja, eine dieser Nächte.
Eine dieser Nächte, in denen sie sich wünschte, nicht allein zu sein und dass ihr Leben anders verlaufen wäre – oder verlaufen würde.
Madsen öffnete die Balkontür und trat nach draußen. Sie wohnte in einem modernen Appartementhaus am Langelinieparken, oberhalb des Fischereihafens.
Es war nüchtern eingerichtet. Die Wände waren weiß gestrichen, der Boden mit Holzimitat ausgelegt. Die Einrichtung war dezent, aber hochwertig – Madsen hatte in ihrem Leben gelernt, dass preiswerte Möbel nicht mehr taugten als ein Burger aus dem Fast-Food-Restaurant: Er stillte den Appetit, aber nicht den Hunger. Auf dem Couchtisch war ihr Laptop aufgeklappt und per WLAN mit dem Fernseher verbunden, weil es ihr zu anstrengend war, auf den kleine Bildschirm zu blicken.
Sie atmete tief ein und aus, umfing sich mit den Armen und starrte in die Lichter des Hafens. Sie wusste, warum die Angst gekommen war. Es lag an den neuen Morden. Es lag am Sandmann, wegen dem sie nicht schlafen konnte – beinahe eine Ironie des Schicksals. Einerseits beschäftigte sie der Fall. Andererseits hatte er die Türen aufgestoßen, hinter denen der Runenkiller lauerte. Der Mörder, der sein Zeichen in Madsens Haut geschnitten hatte. Bengt Nordström. Er saß in der forensischen Psychiatrie ein und wartete auf seinen Prozess, nachdem er zunächst eine Zeit in einem Gefängniskrankenhaus hatte verbringen müssen: Tjark hatte ihn angeschossen und schwer verletzt.
Wie es hieß, sollten morgen im Lauf des Tages Laborergebnisse vorliegen, die darüber Aufschluss geben würden, woher der Sand stammte, den der Täter seinen Opfern in die Augen streu-

te. Hoffentlich würde es dann auch Neuigkeiten zur Identität des dritten Opfers geben.
Aber, dachte Madsen, auch wenn der Sandmann früher oder später festgenommen werden würde – dann käme der nächste Mordfall und dann der übernächste. War sie dem noch gewachsen? Wollte sie sich dem allen noch fünfzehn Jahre lang bis zur Pensionierung aussetzen? Was wäre dann am Ende noch von ihr übrig?
Madsen kaute auf der Unterlippe. Sie nahm das Handy und blickte auf das Display. Sie hatte Tjark vor zwei Stunden eine Nachricht geschickt. Er hatte sie nicht gelesen. Sie hatte ihm vor einer Stunde eine weitere geschickt. Auch die hatte er weder gesehen noch beantwortet.
Schließlich schickte sie ihm noch eine. Keinen Text. Nur einen Smiley mit Kussmund. Sie wartete eine halbe Stunde auf dem Balkon und starrte abwechselnd in die Dunkelheit und auf das Handy. Aber es kam keine Reaktion. Wahrscheinlich war Tjark beschäftigt oder schlief, dachte Madsen, die wusste, dass die einfachsten und naheliegenden Antworten meistens die besten und richtigen waren – und nicht die verschwurbelten, die sich ein wirres Gehirn wie ihres manchmal ausdachte. Mensch, sie war doch nie so gewesen?
Madsen atmete tief ein, schloss die Augen. Wird schon wieder, dachte Madsen und fühlte sich wie ein Schiff im Sturm, dessen Ankertau gekappt worden war. Sie wusste, dass sich der Sturm legen würde, sobald es hell war und die Sonne die Dunkelheit in ihrer Seele vertrieb.
Das mit dem zerschnittenen Tau war allerdings eine andere Geschichte. Selbst wenn man es flicken würde: Der dicke Knoten würde für immer sichtbar sein.

# 34.

Der Code, den Vural rausrücken sollte, war kein Code. Vielmehr handelte es sich um einen simplen Schlüssel. Er hatte ihn an der Straße nach Jever hinter einer verlassenen Bushaltestelle mitten im Nirgendwo in einer wasserdichten Box verbuddelt und eben mit den Händen wieder ausgegraben.

Jetzt stand Vural auf dem Parkplatz vor einer großen Halle am Rande von Jever, in der man Räume, Parkplätze oder Container mieten konnte – was er vor einigen Jahren auf den Namen eines verstorbenen Cousins getan hatte, über dessen Ausweis Vural verfügte. Er fuhr mit dem BMW vor, zog die Hoodie-Kapuze über den Kopf und stieg aus. Falls jemand die Aufnahmen der Überwachungskamera überprüfte, würde der fraglos annehmen, dass hier gerade Tjark Wolf angekommen war, denn es wären Tjarks Auto und eine Person in Tjarks typischer Kleidung zu sehen.

Vural betrat die Halle, suchte nach dem richtigen Container und schloss ihn auf. Die Innenbeleuchtung sprang automatisch an.

Der Container war im Wesentlichen leer – wie erwartet und wie Vural ihn hinterlassen hatte, ohne die Beute aus dem letzten Raubzug versilbern zu können. Er ging zu dem kleinen Tisch, der in der Mitte stand. Rechts waren drei Gemälde an die Wand gelehnt. Nach Vurals Meinung waren es Originale. Aber er hatte noch nicht überprüfen können, von wem sie stammten und wie wertvoll sie waren. Es waren moderne, abstrakt gemalte Bilder.

Vural untersuchte Leinwand für Leinwand, aber er fand nichts an den Rahmen oder etwas, das auf die Rückseiten geklebt

worden wäre. Waren die Bilder womöglich Millionen wert? Kaum vorstellbar, denn in diesem Fall hätten sie garantiert nicht ungesichert an der Wand gehangen. Vural drehte sich um, untersuchte den Schmuck, der in einem Rucksack steckte. Darunter waren Halsketten, Ringe, Uhren. Die Hälfte war Modeschmuck, die andere Hälfte Gold, ein paar Brillanten. Die Uhren waren besser – zwei von Omega und eine Damenuhr von Cartier. Die würden bei einem Hehler deutlich mehr als der Modeschmuck bringen. Aber es war nichts, das man ums Verrecken würde zurückhaben wollen. Die Uhren waren vielleicht zehn Jahre alt, eher jünger – also nichts, das ideellen, familiären Wert haben würde oder dergleichen.
Vural sah sich die Uhren noch einmal genauer an, fand daran ebenfalls nichts Auffälliges. Sie wirkten außerdem so, als seien sie noch nicht geöffnet worden – um sie zu warten oder etwas darin zu verstecken, das, zugegeben, schon extrem klein sein müsste. Im Rucksack steckte außerdem das Bargeld. Eine Reihe von Scheinen. Vural sah sich einige genauer an. Er hatte schon Falschgeld gesehen. Das hier war kein Falschgeld, das jemand unbedingt wiederhaben wollte, damit es kein anderer in die Finger bekam und ihn damit erpressen könnte.
Blieben die beiden Laptops.
Vural klappte sie auf, schaltete sie ein. Aber natürlich tat sich nichts, denn die Akkus waren leer, und Vural hatte kein Ladegerät dabei. Selbst wenn er über eines verfügt hätte – er hätte sich mit Sicherheit in kein Passwort hacken können und selbst dann nicht gewusst, wonach er suchen sollte: Kompromittierende Fotos? Suspekte Dateien? Fragwürdige E-Mails? Dinge, die Rikens' Karriere ruinieren könnten? Das klang schon eher nach etwas, das man unbedingt zurückhaben wollte.

Also die Computer, dachte Vural. Er legte sie zur Seite. Dann öffnete er einen weiteren Rucksack, wickelte etwas Schweres aus einem Tuch und überprüfte das Magazin der Glock 17, die er hier zur Reserve aufbewahrte. Er steckte sie zurück in den Rucksack, außerdem die Messer aus Tjarks Küche. Er überprüfte den Rest im Rucksack, der im Wesentlichen Vurals »Handwerkszeug« enthielt. Dann ließ er die Laptops folgen, verließ den Container, schloss ihn wieder zu und ging zum Auto – nächster Stopp Tütken-Hof.
Hinnerk Rikens.

# 35.

Rikens schreckte aus dem Schlaf auf. Er wusste im ersten Moment nicht, wo er war, und brauchte einige Augenblicke, um zu sich zu kommen.
Er lag im Bett. Er war im Tütken-Hof. Er war allein. Seine Frau würde erst am Wochenende nachkommen. Der Wecker zeigte 4.49 Uhr, und die Nacht draußen auf der anderen Seite des Schlafzimmerfensters war nicht mehr so schwarz wie vor drei Stunden, als er sich zum Schlafen gelegt hatte – spät, denn es gab noch einiges vorzubereiten: die Wahlkampftour, die neue Imagekampagne von der Werbeagentur mit den upgedateten Slogans »Einer von uns« oder »Im Norden sagt man Jo« als Hinweis darauf, »Ja« zu Rikens zu sagen. Er war sich nach wie vor nicht sicher, ob die Leute das kapieren würden, aber die Wahlkampfleitung war der Auffassung, es sei absolut klasse, das als nächste Raketenstufe zu zünden – weil es Rikens und »Jo« kombinieren und sich das im Unterbewusstsein der Wähler festsetzen würde, ob sie es nun kapierten oder nicht. Abgesehen davon schlief er seit einiger Zeit sehr schlecht. Genau genommen seit dem Einbruch. Er hatte es mit Schlaftabletten versucht. Aber das war Teufelszeug. Ebenso die Beruhigungsmittel, die er ausprobiert hatte.
Rikens fuhr sich mit den Händen durchs Gesicht. Er hatte wirr geträumt. Eine Art von Angst- und Verfolgungstraum, in dem am Ende etwas zu Bruch gegangen war und laut gekracht hatte. Etwas war umgestürzt und auf ihn gefallen, auf seine Brust, was ihm den Atem nahm, und dann hatte es fürchterliches Kreischen gegeben, flehentliches Rufen – nun, es gab allerlei

Gründe, aus denen ein solcher Traum ihn heimsuchte, oder? Außerdem hatte er geschwitzt.
Er stand auf, um sich ein frisches T-Shirt aus dem Wäscheschrank zu nehmen, und fragte sich, ob es überhaupt noch sinnvoll war, sich wieder hinzulegen. Vermutlich würde er ohnehin nicht wieder einschlafen können und sich sein Gehirn in Endlosschleifen um das zentrale Thema der vergangenen Tage winden, nämlich …
Er merkte auf.
Da war wieder dieses Geräusch. Ein hohles Krachen und Kratzen. Dann ein Jaulen – wie von einem Tier. Also hatte er das nicht nur geträumt.
Rikens schaltete das Licht ein, ging zum Fenster und blickte nach draußen. Er sah den Hof in der Dunkelheit, hörte dann erneut das Jammern. War das ein Reh? Eine Katze? Irgendein Tier, das auf der Straße angefahren worden war?
Verdammter Mist, dachte Rikens.
Er schnappte sich den Bademantel, lief die Treppenstufen hinab und schaltete auch im Wohnzimmer das Licht ein. Da war schon wieder das Jaulen. Ja, das klang absolut nach einem sterbenden Tier. Vermutlich wirklich angefahren – oder hing es draußen in einem Zaun fest? Das wäre ja noch schlimmer. Er müsste nachsehen und dann irgendwen anrufen – die Polizei, keine Ahnung. Mit etwas Glück wäre das Tier noch am Leben, und es ließ sich daraus eine kleine PR-Story machen: Kandidat als Retter in der Not.
Rikens schnappte sich das Handy, suchte nach der LED-Funktion, um es wie eine Taschenlampe zu benutzen. Dann nahm er den Hausschlüssel von der Kommode im Flur, hielt den Token gegen den Scanner der Schließanlage – und ging hinaus.

# 36.

Vural hatte Tjarks BMW gut sichtbar für die Überwachungskameras an der Einfahrt geparkt. Dann stieg er aus, ging mit übergezogener Kapuze über den Hof, orientierte sich und machte sich ein Bild von der Alarmanlage und den Kameras. Alles, wie er angenommen hatte. Tja. Das ersparte ihm einiges an Arbeit, machte es aber nicht leichter. Jedenfalls würde sich auszahlen, dass er etwas abgewartet hatte. Er hatte von den Kämpfern in Kurdistan gelernt, dass der beste Zeitpunkt für Einsätze zwischen vier und fünf Uhr morgens war, weil die meisten Menschen dann so tief schliefen, dass sie auch nach dem Aufwachen noch benommen waren.

Er kannte das Anwesen bereits und hatte aufgrund jahrelanger Praxis eine Ahnung, an welchen Stellen das Haus wie abgesichert sein würde, und auch davon, welche Geräte in einem Sicherheitssystem auf dem Niveau einer Immobilie wie diesem Gebäude verwendet werden.

Zumal hier bereits eingebrochen worden war. Und angesichts von Rikens' Prominenz wäre der Tütken-Hof in der Zwischenzeit fraglos in eine Festung verwandelt worden. Aber Vural wusste, dass bei aller technischen Brillanz für gewöhnlich der menschliche Faktor die große Schwäche war. Und in diesem Fall gab es nach Vurals Einschätzung eine Fünfzig-zu-fünfzig-Chance: Entweder schaltete Rikens das System jedes Mal scharf, wenn er sich ins Bett legte, oder er tat es nur, wenn er das Haus verließ – und ließ es ansonsten deaktiviert, weil er es vergaß, weil er zu bequem war und nicht jedes Mal einen Alarm auslösen wollte, sobald er eine Tür öffnete. Deswegen wäre wahr-

scheinlich eine digitale Schließanlage verbaut, bei der man Öffnungs- und Schließzeiten per Timer konfigurieren könnte und festlegen, wer mit welchem Code das Schloss verwenden durfte, Gastzutritte erteilen – das ganze Programm.
Also kam man nur rein, wenn Rikens zunächst rauskam. Deswegen ging Vural zurück zum BMW, nahm die Brechstange aus dem Rucksack und schlug einige Male auf die Motorhaube und gegen die ohnehin verbeulte Front des Wagens. Dazwischen machte er jaulende Geräusche in Richtung des Hauses und behielt das Fenster im Blick, das zum Schlafzimmer gehörte. Als nichts passierte, schlug er noch einige Male gegen den Wagen und jaulte erneut, imitierte die Art von Geräusch, die zum Beispiel ein verendendes Reh von sich geben würde oder eine sterbende Katze.
Dann ging Licht an. Perfekt.
Vural lief geduckt über den Hof, gab dabei weiter das Jaulen und schmatzende Geräusche von sich – es klang wirklich herzzerreißend und ähnelte dem Verständigungston, den er bei den Peschmerga gelernt hatte. Nun fiel aus einem weiteren Fenster Licht. Vural steckte die Brechstange zurück in den Rucksack, nahm die Glock heraus und stellte sich direkt neben die Haustür, presste sich flach an die Wand – und wartete.

# 37.

Rikens hatte gerade die Haustür geöffnet und wollte auf den Hof gehen, als etwas Dunkles, Großes von rechts auf ihn zukam.

Er konnte nicht einmal reagieren, so schnell wurde er an den Schultern gepackt und bekam einen Schlag ins Gesicht, der Rikens beinahe ausknockte und sich wie ein Elektroschock zwischen den Augen anfühlte. Im nächsten Moment wurde er zurück in den Flur gedrängt, ließ das Handy fallen und lag dann plötzlich im Wohnzimmer auf dem Rücken, spürte etwas Warmes im Gesicht. Er stammelte etwas, das er selbst nicht verstand, blinzelte ins grelle Deckenlicht – und sah schließlich den Mann, der über ihm stand und mit einer Waffe auf ihn zielte.

»Bitte …«, stotterte Rikens und hob die Hände flehend an. »Bitte, um Himmels willen …«

»Der Himmel«, erwiderte der Mann, »ist weiter weg denn je, Mann.«

Rikens rappelte sich auf, saß nun. Der Mann hielt etwas in der anderen Hand, schleuderte es Rikens entgegen. Es prallte ihm schmerzhaft auf den Oberkörper.

»Geht es darum?«, fragte der Mann.

»Was, um Gottes willen …« Rikens' Kopf dröhnte. Er rappelte sich etwas auf, starrte auf den Laptop. Blut tröpfelte auf die silberne Oberfläche. Es musste aus seiner Nase kommen. Sie fühlte sich verstopft an und schmerzte. Er starrte wieder den Mann an, das Loch im Lauf der Waffe, in das sicherlich ein Finger hineinpassen würde. Der Mann sah ausländisch aus. Er

trug eine Jeans, ein Sweatshirt mit Kapuze und einen Rucksack.
»Bitte …«, stammelte Rikens erneut. »Was wollen Sie? Wer sind Sie?«
»Ich«, erwiderte der Mann, »bin entweder dein Erlöser – oder dein schlimmster Albtraum.«

# 38.

Vural hatte Rikens eins auf die Nase verpasst – die beste Möglichkeit, um jemanden sofort handlungsunfähig zu machen, weil der Schmerz enorm war, einem für einige Momente das Gehirn röstete und fast blind machte. Dann hatte er ihn in den Flur gedrängt, die Tür hinter sich geschlossen, Rikens schließlich zu Boden gestoßen, sein Handy aufgesammelt und ihm eines der Laptops gegen die Brust geschleudert.

Nun saß der Dreckskerl da vor seinem Esstisch auf dem teuren Teppich direkt neben dem Kamin, blutete sein T-Shirt und den Bademantel voll und starrte Vural an, als wäre er gerade mit einem Ufo gelandet.

Nein, war er nicht, er war ganz real hier, zog nun auch den zweiten Laptop aus dem Rucksack und schleuderte ihn Rikens entgegen.

»Geht es darum? Um die Computer? Willst du die zurück? Hier sind sie. Dann sind wir jetzt quitt. Wo ist meine Tochter?«

Rikens' Blick veränderte sich keinen Deut. »Ihre … Tochter? Ich verstehe nicht, ich weiß nichts von einer Tochter, wer sind Sie, ich …«

Vural sagte: »Ich schieße dir zunächst ins linke, dann ins rechte Knie. Dann in die Ellbogen, die Handgelenke, und vielleicht nehme ich eines meiner Messer aus dem Rucksack und ziehe dir dann das Gesicht ab, wie gefällt dir das?«

Jetzt veränderte sich Rikens' Gesichtsausdruck in der Tat. Pure Angst. Panik. Entsetzen.

Er schien langsam zu kapieren, dass die Lage absolut ernst war, und – um wen es sich bei ihm handeln musste.

»Sie …«, keuchte Rikens und wischte sich mit dem Handrücken unter der Nase her, wobei er das Blut verschmierte. »Sie … sind der, der bei mir eingebrochen ist?«
»Genau der«, erwiderte Vural. »Und ich habe deine Botschaft erhalten und verstanden, dass du zurückwillst, was ich dir gestohlen habe. Mir fallen allerdings nur die Laptops ein. Geht es darum? Da sind sie. Jetzt will ich meine Tochter zurück.«
»Ich … ich weiß nichts über Ihre Tochter, bitte, ich …«
»Verarsch! Mich! Nicht!« Vural holte mit dem Bein aus, kickte Rikens in die Rippen, der das mit einem erstickten Keuchen quittierte. »Scheiße! Dreckskerl! Was läuft hier ab? Ich will eine Antwort, Mann! Jetzt!«
Rikens stöhnte.
»Okay …«, keuchte er, »okay. Aber ich weiß wirklich nichts über Ihre Tochter, wirklich nicht, ich schwöre, ich …«
Vural verpasste ihm noch einen Tritt. »Was ist auf den beschissenen Computern? Sexbilder?«
»… auf einem der Computer«, erwiderte Rikens, »befinden sich sensible Daten. Es ist Wahlkampf, ich kandidiere und erhalte vielleicht ein hohes Amt. Ich hatte Angst, ich könnte kompromittiert werden, und …«
»Und dann lässt du meine Tochter entführen und schneidest ihr einen Finger ab? Ich schneide dir auch einen Finger ab, Mann! Alle!«
»Bitte!« Rikens' Augen weiteten sich. »Bitte, ich weiß nichts darüber!«
»Dann von Anfang an, Mann, was läuft hier ab?«
Rikens rappelte sich auf, tupfte sich die Nase mit dem Ärmel des Bademantels ab, legte die Laptops auf den Esstisch.
»Bei mir wurde eingebrochen«, erzählte er dann. »Die Computer fehlten – natürlich auch Bargeld, Schmuck, die Bilder –

wem sage ich das? Ich hab immense Angst bekommen. Ich musste die Computer zurückhaben. Ich hätte alles der Polizei melden können, aber niemand durfte wissen, welche Daten sich auf einem der Laptops befinden. Auf keinen Fall, schon gar nicht die Polizei. Ich war Strafverteidiger. Ich kenne Kriminelle. Ich habe mich an einen erinnert, der sehr vernetzt ist.«

»Django.«

Rikens nickte. »In meiner Not wusste ich mir nicht anders zu helfen. Ich nahm an, Django hätte Mittel und Wege, herauszufinden, wer bei mir eingebrochen ist. Ich habe ihm eine hohe Summe dafür geboten, die Computer zurückzuerhalten. Er hat mir zuletzt die Nachricht gegeben, dass die Chancen sehr gut stehen. Es … es ist außer Kontrolle geraten. Ich weiß, dass er Ihnen zwei Personen auf den Hals gehetzt hat. Er hat es mir erzählt und wollte mehr Geld haben, weil alles aufwendiger wurde, als er erwartet hat.«

»Zwei Personen, die jetzt tot sind.«

»Aber ich schwöre – ich weiß nichts über Ihre Tochter!«

»Sie ist entführt worden.«

Rikens schüttelte den Kopf: »Das hätte niemals passieren dürfen.«

»Um zu beweisen, dass es Shirin ist, wurde meiner Tochter ein Finger abgeschnitten.«

»Gott!«

»Gott hat nicht viel damit zu tun.«

»Es tut mir fürchterlich leid. Davon wusste und weiß ich nichts. Sie müssen mir glauben!«

Vural schwieg.

»Ich habe schnell gemerkt, dass ich mich mit den Falschen eingelassen habe. Zu dem Zeitpunkt, als ich hörte, dass zwei Menschen getötet worden sind …«

»Die wollten mich umbringen, wenn ich Ihnen nicht verrate, wo ich meine Beute versteckt halte. Ich bin ihnen zuvorgekommen.«

»Ich würde am liebsten alles rückgängig machen. Und ich wiederhole: Ich weiß nichts von Ihrer Tochter! Django ist ... Es hat sich verselbstständigt, es ist entglitten.«

»Kann man wohl sagen. Aber nun haben Sie die Computer. Sie können Django sagen, dass alles geregelt ist. Er soll meine Tochter herbringen.«

»Dieser Mann ist gemeingefährlich. Ich habe einen Pakt mit dem Teufel geschlossen.«

»War es das wert?«

Jetzt schwieg Rikens.

»Was befindet sich auf den Computern?«

»Wie gesagt: sensible Daten.«

»Ich will sie sehen.«

»Herr ... Attaman ...«

»Ich will die verdammten Daten sehen. Ich will wissen, was so wichtig ist, dass meine Tochter verstümmelt wurde! Jetzt! Sofort!«

# 39.

Rikens nickte. Das Herz schlug ihm bis zum Hals. Was tun? In jedem Fall zunächst den Anweisungen des Mannes folgen, der nach wie vor mit einer Waffe auf ihn zielte. Auf dem Esstisch lag der Arbeitslaptop. Er befand sich am Ladekabel. Rikens zog es ab, verband damit den privaten Laptop und schaltete ihn ein.

Ein Desaster, dachte er. Es war in der Tat alles entglitten, und er hatte nicht gelogen, als er Vural Attaman erklärte, dass er nichts von der Tochter wusste.

Django, dieser Teufel, hatte das auf eigene Kappe gemacht, war offensichtlich durchgedreht, als seine beiden Klubmitglieder in Särgen aus Kurdistan zurückgekehrt waren. Er hatte Rikens angerufen, mehr Geld gefordert, und Rikens hatte ihn beschworen, nicht noch mehr Unheil anzurichten. Aber Django hatte nur gemeint, Rikens solle sich da mal keine Sorgen machen, das werde in Kürze alles auf die Kette kommen.

Zuletzt hatte er sich heute gemeldet und gesagt, dass nun fast alles geritzt sei und Rikens schon mal das Geld lockermachen solle. Was Rikens getan hatte: Das Geld befand sich in Sporttaschen an Bord seines Bootes, das in Bensersiel vor Anker lag. Er hatte es dort schon gestern platziert. Im Haus wollte er es nicht haben.

Und jetzt erklärte sich für Rikens, warum alles solche Dynamik gewonnen hatte. Attamans Tochter war entführt worden, um ihn zu erpressen. Daraufhin war er aus Kurdistan zurückgekehrt und hatte sich entschlossen, sein eigenes Spiel zu spielen.

Weswegen er nun hinter Rikens mit einer Waffe stand, der sich gerade einloggte.
Er ging davon aus, dass Attaman nichts mit den Daten würde anfangen können. Zumindest nicht, wenn er bloß einen Blick darauf warf. Wenn er allerdings verstand, was sie bedeuteten, sähe das anders aus. Dann könnte er sie einsetzen, um …
Nein, dachte Rikens, das durfte auf gar keinen Fall geschehen. Nie im Leben und nicht so kurz vor der Zielgeraden. Die Frage war allerdings, wie er das verhindern konnte. Attaman richtete eine Waffe auf ihn. Und Rikens – nun – er hatte lediglich den Schlüsselbund in der Bademanteltasche.
Schließlich war das Betriebssystem geladen. Der Bildschirmhintergrund war zu sehen und darauf eine Reihe von Dateiordnern, die lediglich mit Nummern beschriftet waren. Rikens hatte bevorzugt, sie ausschließlich lokal zu sichern und nicht auf eine Cloud zu laden. Clouds konnte man hacken. Computer auch, aber nur, wenn er mit dem Internet verbunden wäre. Dieser hier war aus Sicherheitsgründen hingegen niemals mit dem Netz verbunden gewesen. Der andere war sein damaliger Arbeitslaptop. Darauf gab es zwar ebenfalls wichtige Daten – aber keine, die auch nur ansatzweise so wichtig waren wie diese hier.
»Bitte«, sagte Rikens und trat einen Schritt zur Seite, um den Blick auf das Display freizugeben. »Das ist es.«
»Und was soll das sein?«
»Wie gesagt: Es sind lediglich Daten.«
Attaman senkte die Waffe, machte zwei Schritte auf den Esstisch zu und beugte sich nach vorn, ließ die Pistole in seiner Jackentasche verschwinden. Offenbar nahm er nicht an, dass von Rikens irgendeine Gefahr ausgehen würde. Dennoch wollte er nicht riskieren, die Pistole auf dem Tisch abzulegen. Freie Hände brauchte er außerdem. Er schien kurzsichtig zu sein,

blinzelte und brachte das Gesicht dicht vor den kleinen Bildschirm. Sein Finger fuhr über das Touchpad. Er öffnete einige Ordner, in denen sich die PDFs und die anderen Dokumente befanden.
Rikens blickte sich um. Suchte nach einer Idee. Hinter ihm war der Kamin. Daneben das sündhaft teure Kaminbesteck aus schwerem Gusseisen, ein Besen, eine Schaufel, eine Zange, ein Haken zum Kratzen ...
Rikens machte einen vorsichtigen Schritt zurück. Attaman bekam das nicht mit.
»Was sind das für Daten?«, wiederholte er.
Rikens bewegte die rechte Hand hinter sich. »Ich kandidiere für den Landtag«, sagte Rikens. Seine Finger näherten sich dem Griff des Hakens. »Ich werde vermutlich Minister werden. In solchen Ämtern hat man sehr viel Einfluss, und es gibt Interessengruppen.«
Seine Finger umfassten den Haken. Er musste jetzt so ruhig wie möglich bleiben. Wenn das hier danebenging, dann würde Attaman ihn vielleicht sogar töten, er würde ... Besser nicht daran denken, sondern auf das Ziel fokussieren. »Solche Lobbyisten«, erklärte Rikens und zog den Haken aus dem Halter, »möchten ihre Interessen auf unterschiedliche Art und Weise durchsetzen. Manche«, sagte Rikens und holte aus, »mit Nachdruck.«
Er schwang den Schürhaken wie einen Tennisschläger beim Aufschlag. Und dieses Mal war es Attaman, der nicht rechtzeitig reagieren konnte.
Er sah den Hieb zwar kommen, wollte ausweichen – doch zu spät. Der schwere Gusseisenstab erwischte ihn am Schädel. Haut platzte auf. Blut spritzte. Attaman ging benommen zu Boden. Aber bewusstlos war er nicht.

Noch mal schlagen, dachte Rikens, ihm die Waffe aus der Jackentasche nehmen! Aber – nein, zu riskant. Attaman war viel stärker, und er rollte auf dem Boden, hielt sich stöhnend den Kopf.
Weg, dachte Rikens.
Nichts wie weg.
Er wollte sich die Computer schnappen, doch Attaman schien sich zu sammeln und tastete nach seiner Pistole. Rikens rannte los, nach draußen, zu der kleinen Scheune, die er als Carport nutzte.
Im Laufen zog er den Schlüssel aus der Tasche, sah sich immer wieder über die Schulter um, dann stieg er in den Wagen, ließ den Jaguar-SUV an und setzte zurück, rammte den ersten Gang rein und gab Vollgas. Im Rückspiegel sah er eine Bewegung an der Haustür. Er zuckte zusammen, als die Rückscheibe zerbarst. Attaman hatte auf ihn geschossen!
Rikens bog schlitternd auf die Straße ein, erwischte dabei fast mit dem Heck den am Straßenrand parkenden BMW, mit dem vermutlich Attaman hergekommen war. Dann trat er aufs Gaspedal, spürte, dass er kurz vor dem Hyperventilieren war.
Scheiße, dachte Rikens, verdammt. Verdammt, verdammt!
Und jetzt?
Er hatte keinen Plan. Er musste weg von hier. Er musste aber auch Django Bescheid geben, dass Attaman außer Kontrolle war, und Django außerdem zur Rede stellen wegen der Entführung. Und er musste sich verflucht noch mal in Sicherheit begeben. Ihm fiel in seiner Panik und Ratlosigkeit nur eines ein, das er jetzt tun könnte, nur ein Ort, an dem er vor Attaman entkommen könnte. Der Ort, den er Django überlassen hatte – sozusagen als eine Operationsbasis. Nur dort könnte er Django erreichen, da Rikens sein verfluchtes Handy ja im Haus hatte

liegen lassen. Und dort, dachte er, würde Django wohl Attamans Tochter versteckt halten. Rikens musste das Schlimmste verhindern und Django zur Rede stellen.

Deswegen fuhr er in Richtung Bensersiel. Zum Jachthafen.

Der Wind peitschte die schwarzen Wolken wie gejagte Hunde über den grauen Himmel, in dem gerade das Morgenlicht erwachte.

# 40.

Fuck.
Vural stand auf, torkelte benommen, hielt sich am Tisch fest und fasste sich an die Stirn. Er blutete aus einer Kopfwunde. Er lief zur Küche, riss etwas Zewa von einer Rolle ab und presste es auf die Wunde, stolperte dabei fast und rannte dann in den Flur. Er sah den Jaguar-SUV, der rückwärts aus der Garage setzte und anfuhr. Vural nahm die Pistole aus der Jackentasche, zielte auf den Wagen und schoss dreimal. Zwei Schüsse trafen nicht. Einer erwischte die Heckscheibe, die mit einem Schlag erblindete.

Vural sah, dass der Jaguar nach links abbog und dabei fast den BMW rammte. Dann verschwand er aus dem Blickfeld.

Vural fluchte, kehrte zurück ins Haus, stopfte die Laptops in den Rucksack und joggte zum BMW. Sein Schädel fühlte sich an, als sei er von einem Panzer gerammt worden. Aber die Wunde schien nicht allzu schlimm zu sein. Es hatte ihn lediglich für einen Moment ausgeknockt, und nun kam er wieder zu sich. Die kühle Nachtluft half.

Er öffnete den Z4, setzte sich ans Steuer, ließ den Motor an und gab ebenfalls Vollgas, folgte Rikens in die Richtung, in der er mit seinem Jaguar abgebogen war – man konnte hier ohnehin nur nach links oder nach rechts fahren. Rechts ging es nach Neuharlingersiel, links nach Bensersiel. Die Straße verlief schnurgerade.

»Mist«, zischte Vural, warf das mit Blut durchtränkte Papiertuch auf den Beifahrersitz und raste mit fast hundertfünfzig durch die Nacht, starrte nach vorne – und schließlich erkannte er in einiger Entfernung das Licht roter Heckleuchten vor sich, das schließlich nach rechts verschwand. Das musste der Jaguar gewesen sein. Vural hoffte, dass er richtiglag. Er durfte Rikens nicht entkommen lassen. Und wenn er nach rechts abgebogen war, dann fuhr er in die Ortsmitte – entweder, weil er davon ausging, dass Vural ihn verfolgte und er ihn abschütteln wollte. Oder weil er ein Ziel hatte.

Eine Minute später bog Vural ebenfalls nach rechts ab, reduzierte das Tempo und fuhr durch den Ort, hielt überall Ausschau nach dem weißen Jaguar, aber sah ihn nirgends. Er kam an einer Tankstelle vorbei, fuhr durch ein kleines Wohngebiet, über eine kleine Brücke – und schließlich ahnte er, was Rikens plante.

Vom Hafen aus fuhr die Fähre nach Langeoog. Zu der Insel, auf der Shirin verschwunden war, wo man sie vielleicht immer noch festhielt. Außerdem hatte er gelesen, dass Rikens Segler war. Über dem Kamin in Rikens' Haus hatte er ein Bild mit Seemannsknoten gesehen und ein Foto von einem Mann auf einem Schiff. Das mochte ein Porträt von Rikens gewesen sein. Vielleicht hatte er hier ein Boot und wollte damit entkommen, oder …

Oder er hielt Shirin darauf fest?

Andererseits hatte Vural ihm abgekauft, dass er nichts von der Entführung wusste. Rikens war der Typ Mann, der Dinge delegierte und nur daran interessiert war, dass ihm Resultate geliefert wurden.

Vural verlangsamte das Tempo, bog erneut nach rechts ab, wo es gemäß den Hinweisschildern zum Hafen ging. Er sah Fahnen, die wild im Wind schlugen. Für heute war ein Unwetter angesagt, wie Vural am Rande mitbekommen hatte. Er suchte weiter die Gegend nach Rikens' weißem Jaguar-SUV ab, fuhr

entlang der Hafenmole. Dort lagen einige Boote vor Anker. Aber nirgends war der Geländewagen zu sehen. Der Morgen graute bereits.
Schließlich erreichte Vural einen Wendehammer. Dort gab es einen Parkplatz, ein Café am Jachthafen. Außerdem lagen hier diverse Segel- und Motorboote.
Vural stoppte den BMW, sah sich um. Und erkannte einen weißen Geländewagen, der zwischen anderen Autos parkte. Vural stellte den Motor aus, sprang regelrecht aus dem BMW und lief zu dem SUV. Es war ein Jaguar. Die Heckscheibe war blind. Und er war leer.
Vural wirbelte herum, blickte zu den Anlegern, lief dorthin. Er sah ein Segelboot auf dem Wasser, das sich von den Docks entfernte. Die Segel waren nicht gesetzt. Es musste über einen Motor verfügen.
Jetzt rannte Vural, rannte auf das Ende der Mole zu. Aber ihm war vollkommen klar, dass er das Boot nicht mehr erreichen würde.
»Rikens!«, schrie er.
Das Boot entfernte sich weiter, fuhr auf das Meer zu. Die Wellen peitschten hoch.
Vural drehte sich um. Am anderen Ufer sah er die orangefarbenen Aufbauten einer Fähre. Es musste die erste dieses Morgens sein, die gerade für das Auslaufen bereit gemacht wurde. Vielleicht war es sogar die letzte, die vor dem nahenden Orkan fahren würde.
Nach Langeoog.
Mit etwas Glück würde Vural sie noch erwischen. Also lief er wieder zurück zu Tjarks BMW, setzte sich rein und gab Gas. Knapp fünf Minuten später erreichte er das Fährhaus von Bensersiel, ließ den BMW einfach stehen, löste ein Ticket und er-

reichte als letzter Fahrgast die Fähre. Er ließ die fragenden Blicke über sich ergehen, als er an Bord ging. Natürlich wurde er wegen der Kopfwunde angestarrt.
»Das sieht aber böse aus«, sagte der Mitarbeiter, der hinter Vural die Tür des Schiffes schloss.
»Sieht schlimmer aus, als es ist.«
»Was man vom Wetter nicht sagen kann«, meinte der Mann und verriegelte das Schloss. Es gab einen Ruck, als die Fähre ablegte. »Nur noch eine Fahrt nach dieser, dann ist der Fährverkehr ab mittags eingestellt. Wegen dem Orkan. Dann kommt niemand mehr auf die Insel oder runter.«
Vural nickte. Er suchte das WC, um sich seinen brummenden Schädel anzusehen und sich nach Möglichkeit etwas zu verarzten.

# 41.

Fred steuerte den Wagen über die schier endlose Straße. Noch war der Himmel hellblau und klar. Aber man konnte links und rechts der Fahrbahn bereits sehen, wie sich die Bäume und Büsche im Wind bogen und Fahnen straff in der Luft gespannt waren. Es wehte eine steife Brise, und die würde sich im Laufe des Tages zur Orkanstärke entwickeln, bis der Sturm am späten Nachmittag aufs Festland treffen sollte. Dann ging man besser in Deckung, keine Frage.

Fred reduzierte das Tempo und ließ den Wagen vor dem Tütken-Hof ausrollen. Er überlegte, wo er parken sollte, damit es nicht auffiel. Er passierte die Einfahrt und blickte kurz nach links, dann noch einmal in den Rückspiegel, um sich zu vergewissern, dass er richtig gesehen hatte. Schließlich nahm er die Einfahrt zu einem Feldweg, um den Wagen zu wenden und zum Tütken-Hof zurückzukehren, wo er vor dem Tor stoppte und zum Beifahrerfenster hinaussah.

Der Carport war leer. Hier stand nirgends ein Auto. Der Vogel war ausgeflogen.

»Shit«, zischte Fred.

Entweder, Rikens war bereits gestern Abend oder in der Nacht aufgebrochen und hatte die Gegend verlassen. Oder er war frühmorgens losgefahren. Sonst wohin. Vielleicht nur Brötchen holen. Vielleicht in aller Frühe zum Einkaufen. Weiß der Geier.

Fred wendete in drei Zügen und gab wieder Gas, um in der Einfahrt zu parken, die er eben zum Wenden genutzt hatte. Er spielte mit seinem Handy, blickte immer wieder zur Straße und wartete eine Viertelstunde. Die Supermärkte mussten eben erst geöffnet haben, die Bäckereien schon früher. Er gab sich weitere fünf Minuten und überlegte, was Rikens sonst noch treiben könnte. Jede Menge. Zum Beispiel, sein Boot vor dem Sturm sichern.

Fred drückte den Startknopf und fuhr wieder los. Wenige Minuten später erreichte er den Hafen von Bensersiel. Er bog zunächst nicht richtig ab und fuhr zum Fährhaus. Dort wurde ihm klar, dass er umkehren und einen Bogen fahren müsste, um zum Jachthafen zu gelangen. Beim ersten Blick war er sich nicht sicher. Auch nicht beim zweiten. Allerdings beim dritten und erst recht, als er beim Wenden direkt an dem demolierten BMW Z4 vorbeifuhr, der vor dem Fährhaus abgestellt war. Ein schwarzes Modell, und natürlich kannte Fred das Kennzeichen.

»Leck mich«, murmelte Fred, orientierte sich und fuhr um das Hafenbecken herum zur Mole. Dort gab es einen Wendehammer. Dort sah er den Jaguar-SUV von Rikens. Die Heckscheibe sah zertrümmert aus. Fred stoppte, stieg aus, lief entlang der Mole, aber die war menschenleer. Einige Anlegestellen waren unbesetzt. Dort lagen keine Boote. In der Ferne sah er die Aufbauten der Langeoog-Fähre. Schwer zu sagen, ob sie auf dem Hin- oder dem Rückweg war.

Einige andere Fragen waren allerdings leichter zu beantworten. Rikens war weder zum Brötchenkaufen noch in den Supermarkt gefahren. Es sah außerdem nicht so aus, als habe er sein Boot sturmsicher gemacht, sondern wirkte vielmehr so, als sei er damit womöglich aufgebrochen. Bei einem aufziehenden Orkan, was höchst merkwürdig war. Noch merkwürdiger war allerdings, was Tjark hier trieb. Denn das war sein Wagen. Gar kein Zweifel. Dazu die zertrümmerte Heckscheibe von Rikens' SUV.

Nicht gut, dachte Fred.

Er zog das Telefon.

# 42.

Tjark schreckte auf.

Im ersten Moment hatte er keine Ahnung, wo er sich befand und in welchem Zustand, ob er tot oder halb tot war oder im Traum innerhalb eines Traumes. Sein Schädel fühlte sich an, als wäre er mit Watte ausgestopft worden und seine Muskeln mit Blei. Er schnappte nach Luft wie ein Fisch auf dem Trockenen nach Wasser.

Schließlich klärte sich sein Blick. Er verstand, dass er in seinem Loft war und dass das Handy klingelte. Mit einem Blick zur Küchenuhr kapierte er außerdem, dass er tief und fest geschlafen hatte und es bereits Morgen war.

Vural sah er nirgends.

Einige Augenblicke später hatte er sich gesammelt und begriff, dass der Handyton ihn geweckt hatte und das Gerät auf dem Tresen in der Küche neben seinem Laptop lag. Also musste er aufstehen, was ihm nicht allzu leichtfiel. Im ersten Moment fühlte er sich, als würde er gleich einen Kreislaufkollaps bekommen. Aber dann ging es wieder, und er bewegte sich mit schweren Schritten vorwärts zur Küche, griff nach dem Handy und blinzelte, um den Namen auf dem Display zu lesen.

Es war Fred.

Tjark nahm das Gespräch entgegen und hörte sofort die Stimme seines Kollegen und Kumpels. Er klang nicht erfreut.

»Was zum Teufel hat das zu bedeuten, Mann?«, blaffte Fred in das Gerät.

Tjark zuckte zusammen. Statt einer Antwort brachte er zunächst nur ein Lallen zustande. Nach dem Räuspern und Husten war es besser. »Was? Wovon redest du …«

»Hast du gesoffen?«

»Nein«, stammelte Tjark und fuhr sich mit der freien Hand durchs Gesicht, »keine Ahnung.« Er sah sich um. Nach wie vor kein Vural.

»Wo bist du?«

»Zu Hause.«

»Verarsch mich nicht!«

»Wo sollte ich sonst sein?«

»Und warum steht dein Wagen dann in Bensersiel, von wo aus Hinnerk Rikens möglicherweise zu einem Segeltörn aufgebrochen ist?«

»Was? Rikens?« Tjark versuchte, die Informationen von Fred übereinzubringen. Schließlich rasteten einige Zahnräder ein. »Mist«, zischte er, während Fred weiter dozierte und über Rikens und den Tütken-Hof räsonierte und darüber, dass in Kürze ein Einsatz am Klubhaus der Bad Coyotes sowie in der Werkstatt von Django laufen würde.

Tjark verließ die Küche in Richtung Schlafzimmer. Nichts. Er blickte ins Bad, lief dann zum Fenster und sah nach draußen. Kein Vural. Kein BMW. Kein gar nichts.

Hatte der …

Tjark lief wieder zurück ins Bad, öffnete den Schrank mit den Medikamenten. In der Verpackung mit den Schlaftabletten steckte ein leerer Blister. Tjark hastete zurück in die Küche, hörte Fred beim Reden über Rikens zu, blickte in seinen Kaffeebecher und sah dort einen weißen Bodensatz. Mit einem Schlag war er hellwach.

»Fuck«, murmelte Tjark und starrte auf seinen Laptop. »Fred«, sagte er. »Fred. Alter. Sorry. Ich melde mich zurück.«

»Was ist denn los?«

»Später. Vertrau mir, okay? Ein paar Dinge muss ich alleine durchziehen.«

»Ich …«

»Vertrau mir einfach.«

Dann drückte er Fred weg, legte das Handy zur Seite und weckte den Laptop auf. Es war noch eingeschaltet.

Er gab das Kennwort ein und sah, dass der Internetbrowser geöffnet war. Er checkte den Suchverlauf, murmelte erneut »Fuck«, als er dort Links zu Seiten fand, die sich mit Hinnerk Rikens befassten sowie mit den Zeiten der Langeoog-Fähre. Mit der Faust schlug er auf den Küchentresen, lief auf den Flur, suchte seinen Schlüssel, aber natürlich war der nirgends zu finden. Dann fiel ihm noch etwas ein.

Wenige Sekunden später riss er im Schlafzimmer die Türen vom Kleiderschrank auf, wo er seinen Waffentresor nach wie vor verschlossen vorfand. Immerhin. Tjark gab die Zahlenkombination ein, öffnete das Fach – es war mit Vurals Waffe und seiner eigenen gefüllt. Tjark nahm seine SIG heraus, steckte sie in den Hosenbund. Dann ging er wieder in den Flur und wollte die Wohnungstür öffnen, die verschlossen war.

»Verflucht«, zischte Tjark und überlegte, wo, zum Teufel, er den Ersatzschlüssel für die Wohnung versteckt hielt. Einfache Antwort: nicht hier. Es gab einen, der draußen mit Klebeband hinter einem Metallträger angebracht war. Das half ihm nun aber kein Stück weiter: Er war in seiner eigenen Wohnung eingeschlossen.

»Fuck. Denk nach. Denk nach.« Tjark vergrub das Gesicht in den Händen. Zählte eins und eins und zwei und zwei zusammen.

Vural hatte Tjark mit Schlaftabletten ausgeknockt. Er hatte sich den Z4 geschnappt, der in Bensersiel stand. Von dort aus ging es nach Langeoog, wo Hinnerk Rikens eine Ferienwohnung besaß. Auch Rikens' Wagen stand dort, hatte Fred berichtet. Das sprach dafür, dass Vural keineswegs zu dem verabredeten Treffen mit den Bad Coyotes unterwegs war, sondern einen anderen Plan hatte. Die letzte Fähre vor dem angekündigten Sturm würde schon sehr bald nach Langeoog gehen. Und Tjark war eingeschlossen, hatte außerdem kein Auto, um zum Hafen zu fahren und auf die Insel zu gelangen.
Er müsste Ceylan und Femke informieren, die wiederum gleich einen Einsatz hatten. Andererseits würde sich Fred sowieso bei denen melden. Und Tjark musste jetzt schnell sein und durfte keine Zeit verschwenden. Abgesehen davon: Diese Sache war persönlich, jetzt erst recht, wo Vural Tjark aufs Kreuz gelegt hatte. Und die anderen würde er noch früh genug ins Boot holen. Jetzt galt es erst mal, Vural zu folgen.
Außerdem gab es vielleicht noch eine Möglichkeit, nach Langeoog zu kommen und ihn aufzuhalten, falls Tjark mit der Annahme richtiglag, dass der Dreckskerl unterwegs zur Insel war. Vielleicht haute es hin, dachte Tjark und nahm sein Handy. Hoffentlich.

# 43.

Django stand am Klubhaus neben dem Trailer, breitbeinig und die Daumen hinter den Gürtel geklemmt. Er paffte eine Zigarette, die ihm im Mundwinkel klemmte. Gegen den Rauch und die Sonne kniff er das linke Auge zu. Es wehte eine steife Brise, das musste man sagen. Und genau dieser Umstand und der aufziehende Orkan spielten eine gewisse Rolle in Djangos großem Plan.

Und der war wirklich verdammt gut. Manche hielten Django für einen Torfkopp, aber das war er absolut nicht. Außerdem: Würde ein Blödmann zum Chef der Bad Coyotes? Natürlich nicht.

Sein Plan hatte zwei Varianten, jeweils einen gleichen Beginn und Verlauf, aber zwei unterschiedliche Enden. Es sah folgendermaßen aus: Gleich würde Vural zum verabredeten Zeitpunkt hier an Ort und Stelle anrücken und seine Tochter fordern und Django den Code. Lady Macmeth würde per Handy eine Liveschalte starten, damit Vural sah, dass mit seinem Mädchen alles okay war. Und dann würde Django sagen: »Ja, Alter, das ist jetzt echt blöd wegen dem verdammten Sturm, denn deine Tochter ist auf der Insel, und wir müssen erst abwarten, bis wir sie ans Festland bekommen. Höhere Gewalt, da kann man nichts dran machen.«

Natürlich würde Vural daraufhin erwidern: »Keine Tochter, kein Code, verschieben wir es.« Und Django würde sagen: »Nee, wenn du uns jetzt nicht sofort den Code gibst, schneidet die Lady dem Mädchen noch einen Finger ab, und du darfst dabei zusehen. Andernfalls aber erhält deine Tochter freies Geleit, bekommt ein Telefon und kann rund um die Uhr mit dir konferieren und sich in ihrer Wohnung einschließen, bis du sie morgen abholst.« Worauf Vural erklären würde: »Ich vertraue dir kein Stück, Django.« Und Djangos Antwort wäre: »Tja, deine Entscheidung.«

Er hatte keinen Zweifel, dass Vural dann den Code herausrücken würde – zudem, wenn Lady Macmeth noch ein Fingerchen in die Gartenschere klemmte.

Wenn der Code dann auf dem Tisch lag, würden Django und Vural das entsprechende Versteck aufsuchen und überprüfen, ob der Code funktionierte und auch alles vor Ort war, das Django haben wollte. Und natürlich wären Django und Vural niemals allein. Django hielt seine besten Leute im Hintergrund. Zwei hockten gerade auf dem Dachboden des Klubhauses mit einem Scharfschützengewehr. Ein weiterer Bewaffneter stand dahinter, zwei andere harrten mit Schrotflinten im Trailer der Dinge. Außerhalb des Areals waren zwei Teams mit Motorrädern postiert, die Django und Vural wohin auch immer folgen würden.

Und dann folgte entweder Variante A: Django hatte in Vurals Versteck alles gefunden, was er suchte, und Vural würde ausgeknockt und gefesselt werden. Django und seine Leute räumten das Versteck, kassierten Vurals sämtliche Beute ein – quasi als Bonus zu dem Geld, das Rikens auf den Tisch blättern würde, um seine Laptops zurückzubekommen. Und außerdem, na ja, außerdem würde dann noch die ergänzende Kohle fällig, die sich sozusagen im Prozess als Update für die vielen neu aufgetretenen Probleme ergeben hatte, sodass Django eine echt fette Beute einfuhr. Das Mädchen würde freigelassen. Anschließend würde es einen Tipp an die Polizei geben – und Vural würde festgenommen und eingebuchtet.

Alles, was er gegen Django und wegen der Entführung aussagen würde, würde abgeschmettert werden, denn Rikens würde für ein paar Topanwälte sorgen. Außerdem war sowieso nichts beweisbar, und wenn die Polizei das Mädchen befragen würde, dann würde sie sagen, dass sie nicht eine einzige Person gesehen hatte und ihren ursprünglichen Entführer nur vage beschreiben könnte. Holger, der »Wikinger«, hatte längst sein Aussehen verändert, den Bart abrasiert und auch die Haare geschnitten, weswegen er zwar herumgeheult hatte, und dass das nicht abgesprochen gewesen sei – aber es ist eben so.

Variante B wiederum besagte: Alles würde laufen wie in Plan A – mit dem Unterschied, dass Django Vural umlegen würde. Darüber würden sich zwar alle aufregen, aber Django würde lügen und erläutern: »Ja, was soll ich machen, der wollte halt rumballern, und dann ist das so passiert – Risiko, ne?« Und an die Polizei würde es einen Wink dahin gehend geben, dass wohl die Rotterdamer Crew auf Vurals plötzliches Erscheinen aufmerksam geworden war und die entsprechenden Schlüsse daraus gezogen haben musste.

Es war also alles bestens durchgeplant. Und Django würde sich am Ende überlegen, was er mit Vural anstellte. Er hatte einmal in einem Artikel über Unternehmensführung gelesen, dass man sich eine gewisse Flexibilität erhalten musste, um spontan auf Entwicklungen reagieren zu können. Und gewissermaßen war Django ja der Chef eines Unternehmens, von daher war das sicher nicht so verkehrt.

Selbstzufrieden paffte er weiter vor sich hin und blickte auf die Uhr. Der verdammte Mistkerl Vural hätte längst da sein müssen. Jetzt kam er auch noch zu spät wie eine Diva. Django überlegte, ob er ihn anrufen sollte oder Lady Macmeth eine

Nachricht schicken. Aber er entschied sich, Vural noch einen Moment zu geben.

Er sah zur Straße, wo er ein sich näherndes Auto erkannte. Na endlich. Er streckte sich und runzelte die Stirn, als er ein zweites Auto sah. Das war … irgendwie nicht so cool und gehörte absolut nicht zum Plan.

Tja, und dann, dann brach die Hölle los.

# 44.

Der Austin-Mini sauste in atemberaubendem Tempo über die Straße – deutlich schneller als erlaubt. Aus den Boxen hämmerte Musik vom Rammstein. Nicht Tjarks Wahl. Er bevorzugte Soul. Aber die Frau, die wie eine Furie durch die Gegend raste, stand auf dieses Zeug.

In einer Kurve wurde Tjark gegen die Tür gedrückt und befürchtete für einen Moment, die Fliehkraft würde den Wagen von der Fahrbahn katapultieren. Sicherheitshalber nahm er das Handy wieder vom Ohr. Der zigste Versuch, Vural zu erreichen, war gescheitert. Ehrlich gesagt hatte Tjark sowieso nicht angenommen, dass er drangehen würde.

»Meine Güte«, keuchte Tjark und hielt sich am Türgriff fest. »Übertreib es nicht.«

Fee grinste. Sie trug ihre Arztkleidung und war einfach vom Job verschwunden, hatte sich mit spontaner Übelkeit krankgemeldet. »Wer hat mir gesagt, dass er es eilig hat und keine Zeit zu verlieren ist?«

Klar, das war Tjark selbst gewesen. Er hatte Fee angerufen, von einem Notfall gesprochen und ihr erklärt, dass er unbedingt – und zwar sofort – an die Küste müsse und Fee nicht viele Fragen stellen solle, weil er ihr keine Antworten geben werde.

»Hat das mit deinem Buddy zu tun?«, hatte sie gefragt.

»Gewissermaßen. Und er ist nicht mein Buddy.«

»Ich habe gerade erst mit der Arbeit begonnen.«

»Kannst du kommen – oder nicht? Ich habe keine Zeit zu verlieren.«

»Das zweite Mal, dass ich dir innerhalb von vierundzwanzig Stunden helfe, mein Großer?«

»Ja, und dafür hast du etwas gut und …«

»Keine leeren Versprechungen. Gib mir fünf Minuten.«

Fünf Minuten später war ihr Wagen mit quietschenden Bremsen auf dem Hof des früheren Gewerbegebäudes zum Stehen gekommen, in dem Tjark wohnte. Weitere zwei Minuten später hatte Fee die Wohnungstür geöffnet, nachdem Tjark ihr erklärt hatte, wo sich der Ersatzschlüssel befand.

Und jetzt rasten sie in Richtung Bensersiel, wo noch eine Fähre nach Langeoog gehen würde, bevor der Schiffsverkehr wegen des aufziehenden Sturms eingestellt wurde. Es würde verdammt knapp werden, das Schiff noch zu erreichen. Vural hatte außerdem einen Vorsprung und würde die Zeit auf der Insel bereits genutzt haben, um sich kundig zu machen. Vielleicht war auch alles schon zu spät.

Außerdem würde jetzt der Zugriff am Klubhaus der Bad Coyotes und in Djangos Werkstatt laufen. Vural wäre wohl kaum dort. Daraus würden Ceylan und Femke ihre Schlüsse ziehen und außerdem von Fred informiert werden. Na ja, und dann mal sehen, wie sie reagieren würden.

Einerseits würden sie sich fraglos bei Tjark melden. Andererseits würden sie alles, was sie auf die Beine stellen konnten, auf die Insel schicken wollen. Was wegen dem Orkan schwierig werden dürfte. Abgesehen davon hielt Tjark es ohnehin für besser, wenn er sich Vural alleine vornahm. Wenn die Polizei mit größerem Besteck anrückte – wer weiß, zu welchem Wahnsinn das führen mochte. Wie sagte man: Viele Köche verderben den Brei. Außerdem hatte Tjark dieses Mal seine Waffe dabei. Ein ziemlicher Vorteil, den er in der Vergangenheit nicht immer gehabt hatte …

»Woah«, machte Fee, als eine unsichtbare Faust den Mini seitlich traf.

Eine Sturmbö. Fühlte sich an, als würde man mit Tempo zweihundert aus dem Windschatten eines Lkws heraustreten. Sie glich den Stoß mit Gegenlenken aus.

»Fee …« Tjark musste laut reden, um Rammstein zu übertönen.

»Was denn?« Sie grinste immer noch und hatte offenbar ihren Spaß dabei. »Das ist die erste Verfolgungsjagd meines Lebens!«

»Das ist aber keine. Und ich würde gerne lebend am Hafen ankommen!«

»Wirst du. Glaubst du, ich versaue mir ein Abendessen mit dir? Denn das schuldest du mir mindestens!«

»Ja. Okay. Aber …«

Fee lachte. »Und keine Sorge: Ich weiß das mit deiner Freundin in Schweden.«

»Dänemark.«

»Ich mache mir keine falschen Hoffnungen. Die Zeiten sind vorbei. Außerdem bin ich polypan und gewissermaßen demi. Habe ich neulich bei meiner Therapie herausgefunden.«

»Du bist … was?«

»Ich fühle mich nur dann zu einer Person hingezogen, wenn ich eine emotionale Beziehung zu ihr aufbauen kann, was bei dir ja kaum möglich ist, okay? Das heißt demi. Weil ich poly bin, fühle ich mich zu diversen Menschen hingezogen und bin nicht monogam, und pan heißt, dass mir die Geschlechter egal sind, wenn die Chemie stimmt.«

»Okay«, erwiderte Tjark. »Wenn das so ist. Klingt wie Leipziger Allerlei.«

»Ja. Schon cool. Aber trotzdem bin ich noch ohne Partner. Von daher hilft das auch nicht viel weiter.«

»Demi Polypan. Was ich wohl bin?«

Fee lachte. »Du«, erwiderte sie, »bist lediglich oldschool und kompliziert, weil du nicht weißt, was du willst. That's all. Und jetzt festhalten: Kurve!«

# 45.

»Alles cool?«, fragte Ceylan.
»Nein«, erwiderte Femke. »Aber egal.«
»Das hier kann gewaltig schiefgehen.«
Femke nickte. »Wird schon hinhauen.«
Wenngleich sie sich da nicht so sicher war. Ganz und gar nicht. Sie hatte verfluchte Angst und versuchte, sie professionell zu überspielen. Und wenn man mal ehrlich war: Vielleicht war es sogar schon schiefgegangen. Denn wie es aussah, blieb Vural Attaman der Show fern. Sie hatten extra eine Viertelstunde mit dem Zugriff gewartet, bis er auftauchte. Aber nichts geschah. Falls er sich verspätete und noch hierher unterwegs war, würde er der Polizei in jedem Fall ins Netz gehen. An den beiden Zufahrtsstraßen, die zum Klubhaus führten, waren verdeckte Sperren angebracht. Würde auch nur irgendein Wagen nach Ceylan und Femke und dem anderen zivilen Polizeifahrzeug die Sperren passieren und der Gesuchte säße am Steuer, würden die Straßen dichtgemacht – und Bingo.
Außerdem waren zivile Polizeiwagen an allen anderen wichtigen Knotenpunkten postiert. Kein Ausweg möglich für Attaman. Nur die Flucht aufs freie Feld, und dort würde er innerhalb von Minuten gestellt werden.
Falls er aufkreuzte. Hier am Klubhaus war er definitiv nicht. Trotzdem hieß es von der SEK-Leitung: entweder jetzt oder gar nicht mehr. Ceylan hatte darüber nachgedacht und entschieden: Besser etwas unternehmen, als gar nichts tun. Immerhin mochte es sein, dass Shirin im Trailer oder in der Scheune gefangen gehalten wurde. Eben hatte Fred angerufen

und gesagt, dass Tjarks Wagen am Hafen von Bensersiel stand, Tjark aber behauptete, nicht dort zu sein. Femke war zu aufgeregt gewesen, um mit den Informationen etwas anzufangen. Außerdem war gleichzeitig eine Anfrage von der SEK-Leitung reingekommen. »Fred, ich melde mich wieder. Einsatz läuft. Keine Zeit«, hatte sie gesagt, und Ceylan hatte angestrengt dazu genickt und »eins nach dem anderen« ergänzt.

Ceylan saß am Steuer und schwitzte wie Femke. Ihre Stirn war feucht. Sie trugen beide schusssichere Westen unter ihren Jacken, hatten jeweils einen Knopf im Ohr, an dem auch ein Mikrofon befestigt war. Sie hielten auf das Klubhaus der Bad Coyotes zu und sahen einen einzelnen Mann vor der großen Scheune. Das war sicherlich Django, der auf Vural Attaman wartete und wohl annahm, er komme endlich.

Ceylan bremste. Noch etwa fünfzig Meter bis zu dem Mann, der sich verwirrt umsah und zum Telefon griff. Er würde jemanden warnen wollen, weil er in diesem Moment begriffen hatte, dass nicht Vural Attaman im Anmarsch war.

»Zugriff!«, sagte Ceylan ins Mikro, stellte den Motor aus. Sie öffnete die Fahrertür, zog ihre Dienstwaffe und nutzte die offen stehende Tür als Deckung, zielte durch den Spalt auf den Mann. Femke machte dasselbe. Das Herz schlug ihr bis zum Hals.

Im nächsten Moment explodierten zwei Blitzgranaten mit einem Mordsgetöse und grellem Leuchten.

Femke blinzelte. Dann erschienen wie aus dem Nichts zwei SEK-Teams auf dem Gelände. Sie kamen von links und rechts aus dem Unterholz. Eine Vierergruppe tauchte hinter dem Trailer auf, die zweite Vierergruppe auf der anderen Seite. Sie nahmen Django in die Zange. Und da das Gelände bereits seit

einiger Zeit observiert worden war, wussten sie, dass sich einige Biker in der Scheune befanden sowie im Trailer.
Femke hörte das Rufen der Kollegen und den weiteren Funkverkehr im Kopfhörer. Django schrie und wollte weglaufen. Doch er wurde bereits überwältigt und von zwei Männern in Kampfmontur auf den Boden gedrückt. Zwei weitere rammten die Tür des Trailers auf, postierten sich links und rechts davon und zielten mit den Maschinenpistolen ins Innere.
Eine dritte Gruppe drang in die Scheune ein. Man hörte Geschrei, aber nicht einen einzigen Schuss. Noch nicht. Und das blieb hoffentlich so. Zum Glück schienen die Biker nicht so blöd zu sein, dass sie sich ein Gefecht mit der Polizei liefern würden.
Während Django brüllend am Boden lag, kniete ein Polizist in seinem Nacken. Sein Kollege band Django die Hände auf dem Rücken. Das passierte auch mit zwei weiteren Bikern, die geduckt aus dem Trailer kamen und etwas zu Boden warfen. Gewehre. Die Biker hoben die Hände hoch und knieten sich auf Befehl hin.
Femke und Ceylan warteten ab, bis sie vom SEK hörten, dass auch die Scheune gesichert war. Dann gaben sie ihre Deckung am Auto auf, behielten die Waffen jedoch in der Hand und gingen zu Django, der von den beiden Sondereinsatzkräften gerade wieder auf die Beine gestellt wurde. Außerdem wurden die übrigen Biker aus der Scheune geführt. Ein Polizist hielt zwei Gewehre mit Zielfernrohren in der Hand. Er schüttelte in Richtung von Femke und Ceylan den Kopf. Und sie hörten als Nächstes, dass Shirin Attaman nirgends gefunden worden war.
Femke fröstelte. Was hatte Ceylan eben noch gesagt? »Das hier kann gewaltig schiefgehen.«

»Frank Feddersen«, sagte Ceylan und steckte ihre Waffe zurück in das Holster. »Wo ist Shirin Attaman? Wo ist Vural Attaman?«

»Keine Ahnung, wovon Sie reden«, fauchte Django.

»Verkaufen Sie uns nicht für blöd, wir sind im Bilde. Glauben Sie, wir ziehen nur aus Spaß einen solchen Einsatz durch?«

»Das ist Polizeigewalt!«, rief Django.

»Sie sollten kooperieren. Ihre Klubfreunde hatten ein ganzes Arsenal an Waffen dabei, und das wird Sie in gewaltige Schwierigkeiten bringen. Zudem die Entführung von Shirin Attaman und die schwere Körperverletzung, indem Sie ihr den Finger abgeschnitten haben.«

Django lachte. »Sie haben überhaupt keine Ahnung, Menschenskind.«

»Ich habe eine Ahnung davon, dass auf Ihrem Deckel eine ganze Menge zusammenkommen wird, und wenn wir das Areal hier durchsuchen, werden wir bestimmt noch so dies und das finden.«

Django schwieg.

»Wo ist Ihre Lebensgefährtin? Gesa Rippen?«

Django sagte kein Wort.

»Passt sie auf Shirin auf? Wo?«

Django blieb stumm.

»Haben Sie sie eben am Telefon kontaktiert? Oder Vural Attaman? Wo ist er? Wo ist Gesa?«

»Ohne meinen Anwalt«, murmelte Django, »sage ich kein Wort.«

»Reden Sie von Ihrem Anwalt Hinnerk Rikens? Ich denke, der wird sehr bald ganz andere Probleme haben, als sich um jemanden wie Sie zu kümmern. In jedem Fall würde er Ihnen raten, mit der Polizei zu kooperieren und sich nicht so stur wie ein Kind zu verhalten.«

»So kannst du auf dem Basar in Istanbul verhandeln«, fauchte Django, »aber nicht mit mir!«
Ceylan blickte zu Femke. Sie fragte: »Soll ich dem jetzt in die Eier treten, oder knallt er versehentlich mit der Stirn gegen den Seitenholm im Auto, wenn wir ihn auf die Rückbank setzen?«
»Seitenholm«, antwortete Femke. »Eier hat der nicht, sonst würde er sich nicht so verhalten und junge Frauen entführen.«
Ceylan drehte sich wieder zu Django und tippte ihm mit dem Finger gegen die Stirn, so als wollte sie ihm ein Loch durch den Schädel bohren. »Jetzt mal Klartext, Django: Ich reiße nicht nur dir den Arsch auf, sondern auch deiner Tussi und allen anderen hier. Ihr geht in den Bau, und deinen Klub kannst du vergessen. Und es wird noch besser: Ich sorge dafür, dass du in denselben Knast kommst wie deine Freunde von den Northern Riders und zusammen in eine Zelle mit deinem ehemaligen Präsidenten. Du weißt schon, dass deine Lady der Polizei damals einen Tipp gegeben hat, als wir den aus dem Verkehr gezogen haben, oder? Ich bin mir sicher, dass er das inzwischen auch weiß. Und noch was, von wegen Istanbul: Da drinnen gibt es eine Reihe von Türkengangs, die Nazis wie dir mal zeigen werden, wie man auf dem Basar von Istanbul wirklich verhandelt. Also wo sind Shirin und Vural – spuck's aus, Mann!«
Vural spuckte Ceylan vor die Füße.
Ceylan nahm den Finger von Djangos Stirn. »Abführen. Seitenholm«, sagte sie zu den beiden Männern des SEK, die sich unmittelbar in Bewegung setzten und mit dem fluchenden Django aus Femkes Sichtfeld verschwanden.
Femke steckte nun auch ihre Waffe zurück in das Holster.
»Blöder Scheißtyp«, murmelte Ceylan. »Genauso ein Vollidiot wie seine Tussi.«

Femke sagte: »Leider sind wir genauso klug wie vorher. Keine Shirin. Kein Vural.«

»Und kein Tjark.«

»Nein.«

»Dem werde ich ebenfalls den Kopf abreißen. Nicht nur deswegen, weil sein Tipp mit der Übergabe eine Nullnummer gewesen ist.«

Femke hörte ein dumpfes Geräusch und einen Aufschrei. Sie blickte auf und sah, wie Django in einen Polizeiwagen gestopft wurde und sich gleichzeitig den Schädel hielt. Seitenholm. Außerdem näherte sich ein Mann.

Es war Fred.

# 46.

Auf der Fähre war Vural wie ein Tiger auf und ab gelaufen. Die Fahrt dauerte zwar nicht lange, doch jede Minute war ihm wie eine Ewigkeit vorgekommen.

Vom Schiff aus hatte er nach der Jacht Ausschau gehalten, mit der Rikens verschwunden war. Jacht war ein großes Wort für das Segelboot. Er hatte es tatsächlich sehen können, bis es irgendwann aus seinem Fokus verschwunden war, weil die Fähre einen Bogen fuhr und Rikens ebenfalls, nur in der anderen Richtung. Er war nach Langeoog gefahren, ohne die Segel zu setzen – allein mit Motorenkraft durch das schiefergraue, aufgewühlte Meer. Das war nach Vurals Meinung kurz vor Selbstmord bei diesem Wetter und dem Seegang.

An Bord dachte er über seine weiteren Schritte nach, ignorierte einige Anrufe, die vermutlich von Tjark stammten, der inzwischen aufgewacht sein musste. Seine Nummer war in dem Handy natürlich nicht gespeichert.

Schließlich war die kaum mit anderen Passagieren besetzte Fähre am Hafen angelangt und machte fest. Vural verließ das Schiff und stemmte sich gegen die Böen. Noch war der Himmel tiefblau und klar. Aber am Horizont waren bereits gewaltige Wolkenberge zu erkennen. Es war nicht abzusehen, in welche Richtung der Wind sie schob und ob sie ein Teil des nahenden Orkantiefs waren oder von diesem verdrängt wurden. Aber der Anblick war bedrohlich genug. Vural konnte sich kaum vorstellen, dass diese Fähre noch ein weiteres Mal zur Insel pendeln würde. Was bedeutete, dass der Weg

hinter ihm vorerst abgeschnitten wäre und er frei agieren konnte.
Allerdings kannte er sich auf der Insel nicht aus. Shirin lebte und arbeitete hier zwar, hatte eine kleine Wohnung. Aber er hatte sie nie besuchen können. Abgesehen davon war das sowieso nur ein Übergang, bis sie zu einem besseren Leben aufbrechen würden – und das würden sie in Kürze tun, sobald Vural seine Tochter zurückhatte. Er würde sie und Franziska mitnehmen und abtauchen, wie er schon einmal abgetaucht war. Natürlich würde es dieses Mal bedeutend schwieriger, aber seine Brüder in Kurdistan und andere Unterstützer hatten schon einiges in die Wege geleitet.
Leider hatte Vural keinen Schimmer, wohin Rikens in diesem Moment unterwegs war, ob er verlässlich angelegt hatte oder doch zu einer anderen Insel fuhr – und wo sich sein Ferienhaus auf Langeoog befand. So oder so würde er seine Computer zurückwollen, und die steckten in Vurals Rucksack – zudem die Messer aus Tjarks Küche und die Glock 17.
Vural stand neben der kleinen Inselbahn. Ihre bunten Waggons waren aneinander aufgereiht wie an einem Armband mit sauren Drops für Kinder. Einige Passagiere vom Schiff hasteten über den Bahnhof, um in die Abteile zu steigen. Sie trugen Rucksäcke, Taschen, duckten sich gegen den starken Wind. Dass es eine solche Bahn gab, sagte Vural, dass es ein gutes Stück Weg zu Fuß bis zum Ortskern wäre. Das müsste er einrechnen, denn er würde nun kaum in die Inselbahn steigen. Hinterher befand er sich am Ortskern, doch Rikens hielt sich ganz woanders auf, und sein Haus lag eher in Hafennähe. Aber Vural hatte bereits weitere Strecken zurückgelegt in der Wüste, also schreckte ihn die Aussicht auf einen strammen Marsch nicht.

Er sah sich um, orientierte sich – und verortete dann den Weg zum Hafen, der sich rechts neben dem Fähranleger befand.
Vural ging los. Links lag ein größeres Gebäude, die Schiffsmeldestelle. Etwas weiter war ein Restaurant zu sehen. Rechts lag das Hafenbassin mit zahlreichen Segel- und Motorbooten, kleineren und größeren, sicherlich an die fünfzig. Auf einem der Stege entdeckte Vural einen Mann, der sehr beschäftigt zu sein schien.
Er passierte die Meldestelle und das Restaurant mit dem Namen »Kajüte«, bog ab und ging auf den Hauptsteg, von dem links und rechts weitere abzweigten. Die Schiffsrümpfe bewegten sich im Wind auf den Wellen. Takelagen schlugen gegen die Masten, Bordwände gegen die Poller.
Vural hielt auf den Mann zu – ein älterer Kerl, der eine offene Windjacke und eine speckig wirkende Kapitänsmütze trug. Er schien diverse Stricke zu kontrollieren, mit denen die Boote an den Anlegern vertäut waren, was Vural sagte, dass der Mann eine offizielle Funktion bekleiden musste. Er hielt inne, als er Vural bemerkte, und drehte sich mit dem Rücken in den Wind, der vom Wattenmeer her blies.
»Guten Tag«, rief Vural und verlangsamte das Tempo, bis er schließlich vor dem Mann stehen blieb. Dessen Gesicht war von Wind und Wetter gegerbt.
»Moin«, antwortete der Mann, während er ein Tau aufrollte.
»Gehören Sie zum Hafen, und …«
»Ich bin der Stegwart. Was gibt's? Ich habe eine Menge zu tun. Der Orkan kommt bald.«
Vural nickte. »Ich glaube, ich habe Hinnerk Rikens verpasst. Wir wollten uns an der Inselbahn treffen. Ist der hier irgendwo?«

Der Stegwart wechselte das Tau von der einen in die andere Hand. »Tjou«, erwiderte er. »Der hett en Schruuv lös. Seilen, wenn de Störm kommt.« Der Mann deutete zum Himmel.
Vural musste einen Moment überlegen, was der Mann gerade zu ihm gesagt hatte, nickte aber. »Ja, er hat eben angelegt, oder? Ich muss ihn knapp verpasst haben. Ich bin mit der Fähre gekommen.«
»Rufen Sie ihn doch an?«
»Mein Akku ist leer. Haben Sie Hinnerk gesehen?«
Wieder machte der Stegwart eine Geste. Dieses Mal mit der Hand, die das Tau hielt, in Richtung »Kajüte«. Er sagte: »Kloar. Der hat vor einer Viertelstunde festgemacht und ist zum Klubhaus lopen. Ich habe noch gesagt, dass er lichtsinnig is, hat den aber nicht interessiert. Als wäre de Düvel hinter ihm her.«
Das war nicht ganz verkehrt, dachte Vural.
»Der ist sicher zu seinem Huus. Hat hier ja eins. Kauft sich den ollen Tütken-Hof auch noch. Kriggt de Halsgatt neet full. Tjou, aber so ist das. Hett ja good wat an d'Hacken.« Der Stegwart lachte und rieb mit der freien Hand Daumen und Zeigefinger aneinander.
»Ja, wir wollten zu seinem Haus.«
»Sind Sie einer seiner Mitarbeiter?«
»Ja. Für die PR. Gibt einiges zu besprechen.«
Der Mann musterte Vural und schien zu überlegen, ob er ihm den Marketingexperten abnehmen sollte.
Vural fuhr sich durchs Gesicht. »Oh, das. Fahrradunfall. Ich bin mit dem Bike gestürzt.«
Der Stegwart nickte und schien mit der Erklärung einverstanden zu sein.

»Ich weiß leider nicht«, sagte Vural, »wo sein Ferienhaus ist. Alles sehr ärgerlich. Ich wünschte, Herr Rikens hätte auf mich gewartet.«
»Der ist bestimmt mit seinem Elektromobil los.«
»Wissen Sie, wo ich sein Haus finde?«
Der Mann wusste es. Und erklärte Vural den Weg.

# 47.

Scheiße!« Tjark ballte die Faust.

»Da kann man nix machen«, sagte der Mitarbeiter am Fährhafen in Bensersiel. »Die Fähre hätte noch eine Fahrt machen sollen. Wurde aber gestrichen. Ik kann nix an doon. Der Sturm kommt, und die Fähre bleibt an der Insel. Vor morgen geht da nichts mehr.«

»Fuck!«

Der Mitarbeiter am Ticketschalter zuckte nur mit den Achseln und erklärte Tjark, dass er ja nicht allein sei, und deutete auf einige Urlauber, die mit ihrem Gepäck ratlos im Fährhaus standen, miteinander redeten oder telefonierten.

»Und jetzt?«, fragte Fee hinter Tjark.

Tjark mahlte mit den Backenzähnen. Er musste verdammt noch mal auf die Insel kommen. Und wenn nicht mit der Fähre, dann … dann …

Er wendete sich zu Fee, fasste sie an den Schultern. »Fee. Danke für alles. Du solltest zurück zum Job – aber nicht ganz so schnell fahren, okay?«

»Kommst du klar?«

»Komme ich«, erwiderte Tjark – und lief los.

Er musste vom Fähranleger um das gesamte Außenbecken herumlaufen, eine Brücke zur anderen Seite überqueren und erreichte schließlich den Jachthafen. Fred musste vorhin hier gewesen sein, als er anrief. Wo er jetzt war – keine Ahnung. Wahrscheinlich Ceylan und Femke beim Zugriff unterstützen und ihnen ein Update über die Situation geben.

Aber für das alles interessierte sich Tjark im Moment nicht.

Vielmehr interessierte er sich für das kleine Boot der Seenotrettung mit dem Aufdruck SAR, das eben ein kleines Motorboot in den Hafen geschleppt hatte. Tjark wusste, dass die Retter auf Langeoog stationiert waren. Wie es aussah, war in den Wellen aber jemand in Seenot geraten. Man war zu Hilfe gekommen.

Tjark nahm wahr, dass am Ende der Mole zwei Männer in signalroter Kluft wieder auf das Seenotrettungsboot stiegen – vermutlich, um zurück zu ihrem Standort zu fahren, bevor der Sturm endgültig zuschlug.

Tjark legte einen Zahn zu. Im Laufen winkte er zu den Männern und rief »He!« und »Stopp!«.

Sie hielten tatsächlich inne und warteten, bis Tjark außer Atem und schwitzend bei ihnen ankam.

»Ich muss auf die Insel«, keuchte er.

Die Männer lachten. »Das können Sie sich abschminken.«

»Polizei«, keuchte Tjark. »Notfall. KHK Tjark Wolf.«

Der größere der beiden legte den Kopf schief und musterte Tjark. »Sie kenne ich doch?«, fragte er.

Tjark zuckte mit den Schultern.

»Sie waren doch der … Damals, als die Fähre von diesem Verrückten geentert wurde. Mit dem Sprengsatz. Sie haben das geregelt, richtig?«

Tjark nickte. »Das war ich.«

»Schiet«, murmelte der Mann und kratzte sich im Nacken. »Ist denn wieder was los, oder wie?«

»Ich verfolge jemanden … auf der Insel. Die letzte Fähre ist abgesagt worden, also …«

Die beiden Seenotretter blickten einander in die Augen, zuckten mit den Achseln.

Der Große sagte: »Dann mal los, Herr Wolf«, und ging an Bord.

Tjark nickte. Betrachtete das Boot, spürte den starken Wind, sah die weißen Wellenkämme auf der Nordsee. Ihm wurde kalt.

Er und das Meer: eine ewige Hassliebe.

Scheiß drauf, dachte er. Und stieg auf das Boot.

# 48.

Fred hatte sein Auto an der Straße geparkt und das Ende des Einsatzes am Klubhaus abgewartet.

»Moin«, sagte er, als er vor Ceylan und Femke zum Stehen kam.

»Ich denke, du bist in Bensersiel?«, fragte Femke.

»Tja.« Fred zuckte mit den Schultern. Und dann erzählte er, was am Tütken-Hof bei Rikens los gewesen war, wiederholte, was er am Hafen von Bensersiel gesehen und wie Tjark am Telefon reagiert hatte. Er äußerte die Vermutung, dass jemand sich Tjarks Wagen geschnappt hatte, um damit zu verschwinden. Seiner Meinung nach war es kein Zufall, dass der BMW und Rikens' Wagen in Bensersiel parkten.

»Wenn ihr mich fragt«, meinte Fred, »geht hier irgendwas ganz Schräges ab – und Tjark steckt mittendrin.«

»Wo ist der jetzt?«, fragte Ceylan.

»Keine Ahnung«, erwiderte Fred, »er hat das Telefonat einfach weggedrückt und ist danach nicht mehr drangegangen. Der blöde Arsch. Andererseits …«

»Andererseits?«

»Nichts«, sagte Fred.

»Fred, was ist hier los?«, fragte Ceylan.

»Keine Ahnung!« Fred war gestresst und angepisst zugleich. »Er hat mir gesagt, wir sollen ihm vertrauen und dass er ein paar Dinge nun mal alleine durchziehen muss!«

»Weißt du mehr? Hm? Was mit deinem Buddy los ist?« Ceylan blickte Fred herausfordernd an.

Fred ging darüber hinweg. »Ihr habt ihn doch reaktiviert! Und

jetzt macht er ein paar Dinge, die ein Tjark im Solomodus eben so tut, was soll ich dazu sagen?«
Ceylan presste die Lippen aufeinander.
Femke holte tief Luft und verdrehte die Augen.
»Also«, sagte Fred, »wenn ich er wäre, dann …«
»… würdest du dir dein Auto zurückholen wollen und den in den Hintern treten, der es gestohlen hat?«, fragte Femke.
»Sozusagen.«
Ceylan platzte der Kragen. »Ey, Fred – und warum bist du dann nicht dort am Hafen geblieben und hast auf ihn gewartet?«
»Weil ich euch ein Update geben wollte, und …«
»Telefon vielleicht, Fred Berger?«
»Ob ich vielleicht angerufen habe, aber die Damen waren gerade beschäftigt?« Fred fuhr sich durchs Gesicht, kratzte sich im Nacken. »Wo soll er denn schon hin? Auf die Insel geht keine Fähre mehr. Der Sturm kommt. Da geht gar nichts.«
»Fred, hat der sich jemals von irgendwas abhalten lassen?«
Fred zuckte wieder mit den Schultern. »Was sollte er dort auch?«
»Shirin«, erwiderte Femke. »Keine Videos, kein gar nichts darüber, wie sie *von* der Insel entführt wurde. Also ist sie noch dort.«
Fred hob beide Hände an. »Schon gut! Okay! Schlechte Idee von mir. Und was ist jetzt mit Attaman?«
»Hier ist er nicht. Bislang keine Infos von einer Straßensperre über einen Verdächtigen«, erklärte Ceylan.
Femke sagte: »Keine Shirin bei der Übergabe. Kein Vural Attaman. Keine Lady Macmeth. Tjark nicht erreichbar. Rikens' und Tjarks geklautes Auto am Hafen. Was ergibt die Gleichung am Ende?«
»Krassen Mistscheiß«, murmelte Ceylan.

Femke nickte. Sie zog ihr Handy aus der Jackentasche und rief Tjark an. Sie blickte zum Himmel. Der Wind wurde immer stärker. Sie ließ es klingeln. Aber Tjark ging nicht ran.
»Tja.« Femke beendete das Telefonat.
Im nächsten Moment klingelte das Handy. Sie nahm das Gespräch an. Tjark. Na endlich.
Femke stellte auf Lautsprecher. Ceylan und Fred rückten dicht an sie heran, um mitzuhören.
»Wo bist du?«, fragte Femke.
»Ja, wie soll ich das jetzt erklären«, erwiderte Tjark.
Sie hörten lautes Dröhnen im Hintergrund.
»Alter«, fauchte Ceylan, »ich reiß dir den Kopf ab, ich schwör!«
Tjark ging darüber hinweg. »Wir haben doch eine Polizeistation auf Langeoog, oder?«
»Haben wir«, sagte Femke. »Nicht viele Kollegen, aber immerhin.«
»Die sollen sich bereithalten.«
»Wofür?«
»Weiß ich noch nicht, aber ... dieser Rikens – der hat doch ein Ferienhaus auf der Insel?«
»Hat er«, sagte Fred.
»Wissen wir die Adresse?«
»Nicht aus dem Kopf. Finden wir heraus. Warum?«
»Die Kollegen auf Langeoog kennen die sicher, oder?«
»Bestimmt.«
»Tjark«, sagte Femke, »was hast du vor? Was läuft da?«
»Ich glaube, dass Vural Attaman auf der Insel ist und auch Shirin dort festgehalten wird. Zum Beispiel in dem Haus von Rikens.«
»Wie soll das zusammenhängen? Wie kommst du darauf?«
»Ist gerade zu kompliziert zu erklären. Sagt den Kollegen vor Ort, dass ich auf dem Weg bin.«

»Ey, mach keinen Scheiß!«, zischte Ceylan.
»Werde mir Mühe geben.«
»Fährst du jetzt gerade auf die Insel, oder was? Ich denke, es geht keine Fähre mehr?«
»Nein, keine Fähre. Aber spielt keine Rolle. Der Sturm kommt. Die Insel ist abgeschnitten. Vural kann nicht mehr entkommen. Ich habe es verbockt. Ich werde das wieder hinbiegen. Vertraut mir bitte. Ich erkläre alles später.«
»Tjark …«
Er beendete das Gespräch.
»So ein …« Ceylan gab ein genervtes Geräusch von sich und band sich die Haare unwirsch zum Zopf. »Ich drehe durch, echt.«
Femke steckte das Telefon ein. »Kommen wir irgendwie auf die Insel?«
»Willst du übers Wasser laufen, oder wie?«, erwiderte Ceylan.
»Bekommen wir das SEK auf die Insel?«
»Sollen die auch übers Wasser laufen? Haben die hier irgendwo einen Hubschrauber? Im Heli bei dem Sturm? Nie im Leben.«
»Hubschrauber«, sagte Femke und dachte nach, »vielleicht nicht gerade. Aber etwas in der Art.«

# 49.

Die Störtebeker Straße führte vom Hafen durch den Langeooger Wald und dann in Richtung Stadt. Aber bis dorthin war es noch ein Stück Weg, denn Vural hatte gerade erst den Waldrand erreicht. Zunächst war er gelaufen. Bei dem steifen Gegenwind kostete das viel Kraft, und es war absehbar, dass es ihn noch deutlich mehr kosten würde, bis er Rikens' Ferienhaus erreicht hätte. Deswegen hatte er das Tempo reduziert und bewegte sich nun mit schnellen Schritten vorwärts. Er spürte die Handyvibration in der linken Jackentasche. In der rechten trug er die Messer, die er aus Tjarks Küchenblock gezogen hatte.

Im Gehen checkte er das Display und sah eine unbekannte Nummer. Er blieb stehen, drehte sich so, dass man im Hintergrund den Wald sehen würde, ohne verorten zu können, wo er sich befand. Nur ein Wald und Bäume – das mochte sonst wo sein. Dann nahm er das Gespräch entgegen. Er blickte in das Gesicht seiner Tochter.

Sein Herzschlag setzte für einen Augenblick aus.

»Shirin …«

»Papa!«

Vurals Beine wollten nachgeben.

»Shirin, geht es dir gut? Wo …«

Im nächsten Moment blickte Vural in das Gesicht einer Frau, die er noch nie im Leben gesehen hatte.

»Du Dreckskerl«, sagte sie mit rauer Stimme, »denkst, du kannst uns aufs Kreuz legen. Du bist nicht am Treffpunkt aufgetaucht, aber hast die Polizei angerufen und …«

»Nein! Habe ich nicht! Was soll das?«

»… und sie haben Django verhaftet! Er hat mich angerufen, keine Spur von dir – und dann kam die Polizei! Hältst dich für neunmalklug, aber das bist du nicht, und dafür wirst du bezahlen!«

Vurals Gedanken fuhren Karussell. Polizei angerufen? Django verhaftet? Hatte die Polizei Django überwacht? Oder …

Tjark.

Verdammt, nur Vural, Tjark und Django wussten von dem Treffen – nun, Django hatte es offensichtlich weitergetragen an diese Frau, seine Komplizin. Und Tjark, der Hund, musste seinen Kollegen einen Wink gegeben haben. Er hatte Vural aufs Kreuz gelegt. Ebenso, wie Vural Tjark hintergangen hatte.

Das Bild wackelte. Vural sah eine Hand. Die von Shirin. Und eine andere Hand, die eine Rosenschere hielt.

»Ich knipse deinem Mädchen jetzt jeden Finger einzeln ab! Dann die Zehen! Und du wirst dabei zusehen, wie sie …«

Vural hörte Shirins Stimme. »Nein! Nicht! Bitte!«

»Stopp!«, rief Vural.

»… krepiert und verblutet, wenn du mir nicht den Code gibst, und …«

Die Schneiden der Rosenschere öffneten sich, klemmten Shirins Daumen zwischen das Metall.

»Ich bin hier!«, rief Vural. »Ich bin auf der Insel! Ich komme! Ich habe Rikens' Laptops! Um die geht es doch, oder? Ich habe sie bei mir.«

Die Schere hielt inne. Erneut bewegte sich das Bild. Vural sah das Gesicht der Frau.

»Du bist auf Langeoog?«

»Ja.« Er setzte sich wieder in Bewegung. »Bin ich.«

»Wie bist du darauf gekommen, dass …«

»Spielt das eine Rolle? Ich will Shirin. Du willst die Laptops. Und ich habe Django nicht verraten. Bin ich verrückt? Keine Ahnung, wie die darauf gekommen sind. Ich war heute Nacht bei Rikens. Er hat ausgepackt, hat mir gesagt, wie alles zusammenhängt, aber er ist mir entkommen und mit seinem Boot nach Langeoog gefahren. Da war mir klar ...«

»Von dem Besuch habe ich schon gehört«, sagte die Frau und schmunzelte. »Allerdings haben wir nicht angenommen, dass du so dumm bist und trotzdem auf das Treffen verzichtest. Deine Tochter ist dir wohl nicht so wichtig, und jetzt ...«

»Stopp!«, rief Vural außer Atem, joggte nun wieder. »Seid ihr in dem Ferienhaus? Ich komme dahin! Ich gebe dir alles, was du willst! Die Computer, Geld, alles – ich werde außerdem aussagen, was du mit dem Handy aufnehmen kannst! Ich werde den Polizisten Tjark Wolf belasten, der mit mir gemeinsame Sache machen wollte. Dann wandert der in den Knast!«

»Und das soll mir weiterhelfen? Mein Django ist verhaftet! Und du ...«

»Ich komme! Wir reden in Ruhe, okay? Mir fällt was ein, ganz bestimmt! Und ich habe noch mehr Geld! Geld, von dem ihr nichts wissen könnt! Nur lass Shirin in Ruhe. Ich bin gleich da!«

Die Frau blieb stumm. Dachte nach. Vurals Atem dröhnte in seinen eigenen Ohren. Die Bronchien brannten.

Die Frau fragte: »Du weißt, wo das Haus ist?«

Vural beschrieb es.

»Beeil dich«, erwiderte die Frau kalt und beendete das Gespräch.

Und Vural lief. Er rannte.

# 50.

Tjark war heilfroh, endlich das verfluchte Boot verlassen zu können. Er sprang auf die Mole und lief los. Am Ende des Stegs warteten zwei Polizisten neben einem orangefarbenen Elektrowagen, der zum Bauhof der Gemeinde gehören musste. Die Kollegen, ein Mann in den Fünfzigern und eine Frau in den Dreißigern, grüßten ihn kurz, nachdem er »Wolf, KHK« gekeucht hatte.

»Dierks und Meppen«, erwiderte der Kollege, dessen Halbglatze von der ostfriesischen Sonne tief gebräunt worden war. Er nickte Tjark zu. Die Polizistin mit dem halblangen blonden Haar nickte ebenfalls knapp und öffnete die Tür des Fahrzeugs.

»War das Beste«, sagte sie, »das wir auf die Schnelle auftreiben konnten. Wir nutzen Elektrofahrräder.«

»Okay, danke«, schnaufte Tjark und stieg ein.

Meppen folgte, quetschte sich neben Tjark, während ihr Partner Dierks sich ans Steuer setzte und auf das Pedal trat. Der Wagen sauste los. Er war schnell.

»Ihre Kollegin Folkmer hat uns verständigt«, sagte Meppen. Die von der Sonne gebleichten Haare waren straff zum Pferdeschwanz gebunden. Ihre Haut war so braun wie die auf Dierks' Schädel, die Augen knallgrün. Keine Schminke. Nicht einmal Lipgloss. Hatte sie nicht nötig. »Können Sie uns briefen, Wolf?«

Tjark nickte. Gab den beiden eine kurze Zusammenfassung mit den nötigsten Informationen.

Dierks schüttelte den Kopf. »Unfassbar. Hinnerk Rikens in

den Entführungsfall Shirin Attaman verstrickt, die Entführte die ganze Zeit auf der Insel, und dann die Biker obendrauf.«

»Noch ist nichts bewiesen«, sagte Tjark.

Der Wagen holperte über das Pflaster und Schwellen, folgte dem Verlauf der Schienen der Inselbahn. Immer wieder wurde er seitlich von Sturmböen getroffen. Der Orkan schien Fahrt aufzunehmen. Inzwischen war der Himmel nicht mehr blau. Dunkelgraue Wolkenberge türmten sich auf.

Tjark suchte nach einer Möglichkeit, sich festzuhalten. War aber nicht nötig. Die Oberschenkel von Dierks und Meppen klemmten ihn ein. »Noch ist alles eine Annahme, ich weiß nicht genau, wie das eine mit dem anderen zusammenhängt. Ich habe nur ein paar Fakten und daraus meine Schlüsse gezogen. Aber ich bin sicher, dass Shirin Attaman sich in dem Ferienhaus aufhält und dass der Gesuchte Vural Attaman auf der Insel ist. Bewaffnet und gefährlich.«

»Womit bewaffnet?« Meppen machte nicht viele Worte. Nur das Nötigste und präzise.

»Weiß ich nicht«, sagte Tjark. »Seine Pistole habe ich einkassiert. Er könnte sich eine neue besorgt haben.«

»Was wird uns erwarten?«

»Einerseits Vural. Andererseits Rikens. Shirin Attaman und wenigstens zwei Personen mit Waffen, die auf sie aufpassen. Zwei Biker.«

»Wieso ist Attaman nicht bei der geplanten Übergabe erschienen, sondern auf die Insel gefahren?«

»Weil er etwas erfahren haben muss, das ihn herbrachte. Und er wird angenommen haben, dass die Übergabe eine Falle sein würde. Wie es aussieht, war es eine. Es wurden mehrere Bewaffnete festgenommen. Er muss außerdem auf Rikens gekommen sein. Er hat eins und eins zusammengezählt. Er war bei

Rikens eingebrochen. Rikens ist ein einflussreicher und wohlhabender Mann. Vural hat ihm etwas gestohlen, das dieser zurückhaben will.«
Meppen nickte. »Also gehen wir von mindestens vier Personen aus, die bewaffnet sein könnten. Attaman. Rikens. Zwei Bewacher. Dazwischen ein Entführungsopfer, das sich in Lebensgefahr befinden dürfte. Alle in einem Ferienhaus, möglicherweise zusammen in einem Raum.«
Tjark nickte.
»Schöner Mist«, murmelte Dierks.
»Haben Sie eine Waffe, Wolf?«, fragte Meppen.
Tjark nickte.
»Wie gehen wir vor?«
»Wir haben einen Vorteil«, sagte Tjark. »Niemand rechnet mit uns. Der Nachteil ist: Sobald jemand Uniformen sehen wird, könnte er durchdrehen. Also werde ich vielleicht freundlich anklopfen. Und ihr bleibt draußen, dicht am Haus, dennoch versteckt. Ihr seid die Kavallerie, das Back-up, und haltet eine Standleitung zu mir, am besten per Handy. Wir stellen eine Verbindung her. Ich stecke meins in die Jacke. Ihr hört zu. Wenn es nötig wird, gebe ich euch ein Zeichen zum Eingreifen. Oder ihr entscheidet aus der Situation heraus, ob ihr eingreifen solltet. Außerdem haltet ihr eine Verbindung zu meinen Kollegen auf dem Festland und gebt ihnen laufend Updates.«
»Okay«, sagte Meppen.
»Vor Ort bleibt ihr dann auf Stand-by – es sei denn, ihr hört etwas Ungewöhnliches auf dem Handy, Schüsse, oder ich gebe euch mündlich ein ›Go‹ zum Einschreiten.«
»Klar.«
Wieder traf eine Sturmbö den Wagen, viel heftiger dieses Mal. Sie erreichten die Barkhausenstraße, Langeoogs Hauptein-

kaufsmeile, so man denn von einer solchen sprechen wollte. Alles war menschenleer, Fenster gesichert, Fahnen eingeholt. Bäume bogen sich im heftigen Wind.

»Ein Schiet«, sagte Dierks, »dass wir gerade bloß zu zweit Dienst auf der Insel schieben.«

Und, überlegte Tjark, dass ihr beide mit solchen Situationen wahrscheinlich keine Erfahrung habt und im Dienst bislang noch nie eure Waffe einsetzen musstet.

»Wäre schon gut«, murmelte Dierks, »wenn wir Verstärkung hätten.«

»Die können wir uns aus dem Kopf schlagen«, erwiderte Meppen.

Ja, dachte Tjark. Leider.

# 51.

Die Cessna 182 war für vier Personen ausgelegt und nach Aussage des Piloten mindestens so stabil wie die größere Britten-Norman-Islander, mit denen bis zu zehn Personen auf die Inseln geflogen werden konnten. Vom Flugplatz Harle bei Harlesiel ging der Linien- und Charterverkehr normalerweise nach Wangerooge und nach Juist. Im Augenblick war jedoch der Flugplatz Langeoog das Ziel und die Cessna die einzige Maschine, die in Ostfriesland in der Luft war. Vielleicht die einzige an der gesamten Nordseeküste. Niemand, der bei klarem Verstand war, würde sich im Orkan ins Cockpit setzen. Vielleicht würde er nicht einmal eine Freigabe zum Start bekommen. So genau wusste Femke das nicht.

Aber jetzt, wo sie sich mit beiden Händen am Vordersitz festhielt und die Cessna abwechselnd aufstieg, dann wieder ins Bodenlose fiel oder seitlich wie von unsichtbaren Fäusten getroffen wurde, verfluchte sie sich für ihre Idee. Andererseits war es die einzige Möglichkeit, noch auf die Insel zu gelangen. Einen Polizeihubschrauber hätten sie so schnell nicht organisieren können, und man hätte ihre Anfrage vermutlich nicht einmal ernst genommen – nach dem Motto: »Mehr als Windstärke zwölf und mit dem Hubschrauber fliegen? Warum nehmt ihr nicht gleich ein Papierflugzeug – oder am besten mal wieder regelmäßig eure Tabletten?«

Ähnlich hatte das SEK reagiert. Aber sie wollten ihr Möglichstes tun und sich ein Boot oder ein Flugzeug besorgen, wenngleich sie wenig Hoffnung hatten, dass bei dem Sturm etwas zu machen wäre.

Also hatten sie auf eigene Faust versucht, auf dem Flugplatz ein Flugzeug zu bekommen, damit wenigstens Femke und Ceylan auf die Insel gelangten. Die Chance, dass es funktionierte, war minimal gewesen. Die Chance, dass man Femke und Ceylan trotz ihrer Polizeiausweise einfach rauswarf, sehr viel größer.

Fred war erst gar nicht mitgekommen. Einerseits musste sich jemand um Django und seine Komplizen kümmern. Andererseits hatte er geschworen, dass er sich unter keinen Umständen im Orkan in ein Flugzeug setzen würde, und überhaupt waren Ceylan und Femke vollkommen verrückt, wenn sie das versuchen wollten. Dem konnte Femke nicht widersprechen.

Schließlich hatten sie mit vereinten Kräften einen der Piloten überzeugt, sie übers Wattenmeer zu fliegen, ihn regelrecht beschworen sowie bekräftigt, dass es ein Notfall sei und es quasi um Leben und Tod gehe. Vielleicht hatte ein wenig geholfen, dass der Flieger wie Ceylan türkische Wurzeln hatte und Ceylan schlussendlich die Augen verdreht, die Hände in die Hüften gestemmt und gesagt hatte: »Habibi, lies meine Lippen und hör auf herumzueiern. Entweder, du kannst es verantworten, oder nicht. Entweder, du bist ein Mann mit Ehre, oder du bist ein …« Das Letzte war ein türkischer Begriff gewesen, den Femke nicht verstanden hatte. Aber der Pilot hatte nach weiterem Zögern schließlich gemeint, dass der Sturm noch nicht ganz so stark und nicht vollends entfaltet sei und man es vielleicht unter Umständen doch riskieren und zur Not wieder umkehren könne und er dann eben auf Langeoog übernachten werde, denn zurückfliegen werde er von dort auf keinen Fall mehr, weil in Kürze jeglicher Flugverkehr gesperrt werde, auch auf den größeren Flughäfen.

»Na, wenn er noch nicht gesperrt ist, mein Gott«, hatte Ceylan gesagt, »ey, wo ist das Problem, und worauf warten wir dann noch?«
Die Inseln waren im aufgewühlten Wattenmeer wie an einer Perlenschnur aufgereiht. Von oben sahen sie ein wenig aus wie große Kuhfladen mit weißen Rändern. Gigantische Wolken türmten sich am Himmel. Mal blendete die Sonne, mal war sie fort.
Die Cessna fiel mitten über der See in ein weiteres Luftloch. Femke fühlte sich wie in einem Fahrstuhl, an dem das Seil gerissen war. Wie in einem dieser Fahrgeschäfte auf dem Jahrmarkt, die einen zwanzig Meter nach oben fuhren, damit man anschließend im freien Fall nach unten sausen konnte. Ihr Magen krempelte sich von innen nach außen. Anschließend kippte das Flugzeug nach rechts, dann wieder nach links.
»Keine Angst!«, rief der Pilot. »Die Maschine kann das ab!«
Genau dafür betete Femke insgeheim. Gott, sie war für so etwas nicht gemacht. Überhaupt nicht.
»Woah! Alter«, rief Ceylan, als die nächste wuchtige Bö das Flugzeug durchschüttelte, und lachte. Ganz im Gegensatz zu Femke schien sie ihren Spaß an dem halsbrecherischen Flug zu haben.
Zum Glück würde es nicht mehr lange dauern. Langeoog war längst zu sehen, und es schien, als peilte der Pilot bereits die Landebahn an.
»Jetzt gut festhalten!«, hörte Femke seine Stimme in den Kopfhörern.
Noch fester?, fragte sie sich.
Die Cessna sank weiter ab. Der Pilot kippte das Flugzeug etwas zur Seite, und mehr als einmal dachte Femke: Das schaffen wir nicht. Jetzt ist es aus. Ende. Das war's.

Am Seitenfenster sah sie Bäume vorbeirasen. Dann Büsche. Gras. Es gab einen heftigen Schlag, als die Cessna mit dem Rad aufsetzte, und einen weiteren, als die restlichen Räder folgten und das Flugzeug wieder in die Waagerechte kippte.
Ceylan juchzte erneut und versetzte dem Piloten einen Knuff gegen den Oberarm.
Eine Minute später rollte die Cessna in Halteposition. Ceylan und Femke stiegen aus. Femkes Beine fühlten sich an wie aus Gummi. Ihr war schlecht. Aber der Sturm verwehte die Übelkeit rasch.
Sie rannten mit dem Piloten über das Flugfeld. Er hatte versprochen, dass er sie mit einem Elektromobil von der Tower-Besatzung zu Hinnerk Rikens' Ferienhaus bringen könne – von unterwegs aus hatte er das per Funk besprochen.
Sein Kollege wartete vor dem Tower bereits mit dem Fahrzeugschlüssel und erklärte, dass sie alle vollkommen wahnsinnig seien, aber es ja noch mal gut gegangen sei.
Der Wagen war ein kleiner Fiat und das Innere noch enger als das Cockpit der Cessna. Femke nahm wie im Flugzeug auf dem Rücksitz Platz. Als sie sich gerade angeschnallt hatten, klingelte Ceylans Telefon. Sie stellte auf Lautsprecher.
»POM Meppen hier«, meldete sich eine weibliche Stimme. »KHK Wolf hat mich gebeten, eine Standleitung zu euch zu eröffnen und zu halten.«
»Wolf?«, fragte Ceylan. »Wo ist der, und was macht er gerade?«
Meppen sagte es Ceylan.
Femke dachte: oh, Gott.
Und Ceylan sprach es erneut aus: »Ich reiße dem Kerl den Kopf ab, sobald ich ihn sehe.«
»Falls Sie dabei Unterstützung brauchen«, sagte Meppen, »halte ich KHK Wolf gerne für Sie fest.«

»Ich ebenfalls«, ergänzte Femke. »Aber vorher rufe ich ihn an. Wir sollten uns miteinander abstimmen.«
»Falls er drangeht – wir haben ebenfalls eine Standleitung zu ihm auf einem anderen Handy. Und falls das Kind nicht schon längst in den Brunnen gefallen ist«, sagte Ceylan. Die Chancen dafür standen leider sehr gut.
»Wolf hat uns angewiesen, im Hintergrund zu bleiben und auf ein Go von ihm zu warten.«
»Wo seid ihr?«, fragte Ceylan.
Meppen erklärte es.
»Wir kommen«, sagte Ceylan. »Sagen Sie ihm, dass wir da sind.«

# 52.

Hinnerk Rikens' Ferienhaus lag am Ende der Heerhusenstraße nahe dem Inselfriedhof. Durch die Dünen waren es nur etwa zweihundert Meter bis zum Strand – weswegen der Wind in der Nähe des Hauses wie ein Sandstrahlgebläse in Vurals Gesicht blies, ein Kärcher, der ihm die Haut abschrubben wollte. Wie der Wind auf den Hochebenen im Irak.

Das Gebäude war unspektakulär und im Inselstil gebaut – rote Klinker, weiße Fensterläden, ein großer Wintergarten, schwarze Ziegel. Im Umfeld gab es nichts als die Dünen, Sanddorn- und Hagebuttenbüsche. Vor dem Eingang parkte ein Elektroauto – vielleicht das von Rikens, mit dem er vom Hafen hergefahren war. Eine bescheuerte Idee von ihm, hierherzukommen. Denn nun saß er wie eine Ratte in der Falle. Kein Entkommen möglich.

Andererseits, dachte Vural, würde Rikens seine Gründe gehabt haben. Er würde sicherlich gleich erfahren, welche. Doch, ehrlich gesagt, war ihm alles gleichgültig. Das Einzige, was ihn interessierte, war Shirin.

Und die Frage, wie er mit ihr am besten von hier verschwinden würde.

Denn drei Dinge waren klar, dachte Vural, während er auf das Haus zuging. Shirin und diese Frau, die ihn angerufen hatte, waren nicht allein. Es gab bestimmt mehrere Bewacher. Dann war da noch Rikens, und der wusste, wozu Vural imstande war. Er hatte sich Vural offenbart und erklärt, dass er hinter allem steckte. Damit war Vural ein Zeuge und wusste Bescheid. Rikens hatte Vural sogar Dateien auf seinem Computer gezeigt. Zwar hatte Vural nach wie vor keine Ahnung, was das für Daten waren. Aber Rikens' Erklärungen dazu hatten ihn vermuten lassen, dass es um Korruption gehen könnte. Vural wusste also eine Menge – eine Menge zu viel. Abgesehen davon war Django verhaftet worden. Dafür würde man Vural zumindest mitverantwortlich machen.

Zusammengenommen rechnete Vural nicht damit, dass man ihn und Shirin einfach gehen lassen würde, sobald er die Laptops ausgehändigt hatte. Nein, vermutlich würde man ihn umlegen. Wahrscheinlich auch Shirin.

Vural ging davon aus, dass an einem der Fenster Beobachtungsposten hockten und er längst erkannt worden war. Im Gehen tat er so, als müsse er den Rucksack justieren, zog aber die beiden Messer aus der Seitentasche. Vor dem Grundstück ließ er sie beiläufig neben einem großen Sanddornbusch mit der Spitze zuerst in den Sand fallen, sodass sie dort – mit dem Griff nach oben – stecken blieben. Die Glock hatte er unterwegs bereits aus dem Rucksack gezogen und in die Tasche seiner Jacke gesteckt. Jetzt nahm er sie verdeckt heraus, als er vor die Eingangstür trat, neben der drei Mülltonnen standen.

Vural öffnete den Deckel der bis zum Rand gefüllten Altpapiertonne und legte die Glock auf zerknüllte Kartons, schloss den Deckel wieder und stellte sich vor die Tür. Man würde ihn ohnehin gleich durchsuchen und hätte ihm alle Waffen abgenommen. Draußen waren sie zwar nicht in Griffweite, aber immerhin verfügbar.

Im Windschott vor der Tür hörten die Nadelstiche auf seiner Haut auf. Er wollte gerade den Klingelknopf drücken, als sich die Tür öffnete.

»Da bist du also«, sagte die Frau.

Die Frau, mit der Vural hier und jetzt am allerwenigsten gerechnet hatte.

Seine eigene Frau.

Franziska.

# 53.

Der Sturm sollte erst am frühen Abend seine maximale Kraft entfalten. Kaum vorstellbar, wie heftig der Orkan dann sein würde, dachte Tjark im Laufen. Er hatte im Gegenwind das Gefühl, gar nicht voranzukommen. Außerdem schien der Sturm ihm die Haut von den Knochen schmirgeln zu wollen.

»Wolf?«

Er hörte Meppens Stimme im Ohrstöpsel seines Handys.

»Ja?«

»Ich soll Ihnen ausrichten, dass Ihre Kollegen Folkmer und Özer auf der Insel sind. Sie treffen gleich an unserem Standort ein.«

»Ernsthaft?«

»Ja.«

Tjark sparte sich die Frage, wie die beiden es allenfalls eine Viertelstunde nach ihm nach Langeoog geschafft hatten. Sie mussten geflogen sein. Es spielte auch keine Rolle. Damit, dachte er, waren sie nun fünf. Das war deutlich besser als drei. Womöglich aber immer noch vier zu viel, denn am liebsten hätte Tjark die Sache alleine erledigt. Aber mal sehen, wie sich alles entwickeln würde.

Er nahm das Haus in den Fokus, von dem die Kollegen ihm gesagt hatten, es sei das, welches er suchte. Tjark verlangsamte sein Tempo, orientierte sich, lief am Haus vorbei, hielt sich dann links und folgte einem Pattweg, der durch die Dünen und um das Haus herumführte.

Der Weg stieg an, und von hier aus war die Nordsee zu sehen. Über dem Strand schien auf den ersten Blick Bodennebel zu

liegen. Aber es war nur ein Dunst aus Sand, den der Sturm über den Boden fegte. Der Himmel war von Wolken verdunkelt, die an einigen Stellen aufgerissen waren. Dort zeigten sich der strahlend blaue Himmel und die Sonne. Das Meer war aufgepeitscht und wirkte geschwollen und stark, viel wilder und ungezügelter als das Wattenmeer, das sie eben mit dem Rettungskreuzer durchpflügt hatten. So schön und gewaltig es aussah: Es war tödlich. Wenn bei diesem Wetter jemand in die Fluten fiel oder baden gehen wollte: keine Chance. Der Sog der Wellen würde einem die Füße unter dem Leib wegziehen, den Körper in null Komma nichts auf die offene See zerren und unter den Wogen begraben. Dann wäre man verschwunden – auf Nimmerwiedersehen. Als habe man nie existiert.
Tjark riss sich von dem Anblick los und blickte zum Haus, dessen Grundstück von hier oben deutlich besser zu sehen war als von unten. Es gab einen Garten und einen Wintergarten. Wenn man sich dem Gebäude von der Zuwegung aus näherte, würde ein Beobachter einen sofort sehen können. Bewegte man sich allerdings um das Haus herum und näherte sich mit dem Meer im Rücken, war das anders, denn ein dichter Bewuchs grenzte den Garten von den Dünen ab, und an der westlichen Seite schien es eine Art toten Winkel zu geben: dort, wo der Gebäudekörper des Hauses und die Konstruktion des Wintergartens ineinander übergingen.
Tjark bewegte sich vorwärts, hielt sich dann links und stapfte durch die Dünen. Einige Male schien er beinahe den Halt zu verlieren, als er hangabwärts ging. Schließlich erreichte er den Holzzaun, der den Garten einfasste. Er suchte einen weniger dicht bewachsenen Spalt in der Hecke, stieg über den Zaun, zwängte sich durch den Sanddorn und die Hagebutten. Die Äste ritzten ihm die Haut auf und zerrissen seine Hose, doch

Tjark störte sich nicht daran. Einen Augenblick später stand er im Garten, duckte sich, ging dicht an der Hauswand voran und erreichte mit wenigen Schritten die Ecke, an der der Wintergarten angebaut worden war.
Tjark neigte sich nach vorn, um einen Blick durch die großen Fenster zu werfen, erkannte aber keine Menschenseele im Inneren. Dafür sah er eine Tür, durch die man den Glaskubus verlassen und den Garten betreten konnte. Mit etwas Glück, dachte Tjark, wäre die Tür unverschlossen. Es kam auf einen Versuch an.
Er zog seine Pistole. Dann bewegte er sich geduckt voran, umrundete die Glasfassade und spähte durch die Scheiben. Nach wie vor fiel ihm nichts auf. Er sah lediglich ein paar Stühle, Pflanzen, einen Tisch – das Übliche, das man in einem Wintergarten erwarten würde. Tjark erreichte die Tür – nicht die Art von Tür, die man von Terrassen her kannte, sondern eine, die mit einem ganz normalen Griff ausgestattet war, den man herunterdrücken konnte.
Tjark fasste danach, bewegte den Griff. Die Tür ließ sich öffnen. Wahrscheinlich würde man das im Inneren des Hauses hören können. Zudem, wenn der Wind hineinpfiff. Vielleicht aber auch nicht. Vielleicht wären die Personen im Haus zu sehr mit sich selbst beschäftigt.
Insbesondere dann, wenn Vural dazugehören würde, was gut möglich war.
Tjark öffnete die Tür, schlüpfte in den Wintergarten und schloss die Tür rasch hinter sich. Er verharrte einen Augenblick in seiner Position und orientierte sich neu.
Eine weitere Tür führte in das Haus. Sie war nur angelehnt. Tjark machte drei große Schritte und spähte durch den Spalt ins Innere.

Was er sah, sagte ihm, dass er nicht bemerkt worden war. Es sagte ihm außerdem, dass die Situation noch sehr viel komplizierter war als erwartet. Komplexe Situationen löste man am besten durch Reduktion auf das Wesentliche.

Tjark blieben zwei Möglichkeiten: abwarten – oder handeln und der schwierigen Situation eine weitere Komplikation hinzufügen.

Also trat Tjark mit voller Wucht gegen die Tür, nahm die Pistole in beide Hände und stand einen Augenblick später im Wohnzimmer.

Er sah sich um. Erst jetzt hatte er einen vollständigen Überblick. Vural. Zwei Biker mit Waffen. Eine verlebt aussehende Frau. Ein Mädchen mit gefärbten Haaren in der Zimmerecke. Ein verwundeter Mann im Bademantel, der einen Rucksack festhielt. Und Shirin und Franziska Attaman.

»Was«, fragte Tjark, »ist hier denn los?«

# 54.

Franziska starrte Vural an. Sie blieb stumm. Tränen liefen ihr über die Wangen. Sie hatte ihm gesagt, was sie ihm zu sagen hatte. Shirin ebenfalls. Hier und jetzt endete das alles. Sie hatte damit rechnen müssen, dass er im Zorn auf sie schoss. Aber dann wäre auch auf ihn geschossen worden. Und jetzt, da die Polizei hier war, würde er es ohnehin nicht mehr tun.
An dem Tag, an dem Gesa Rippen, die man auch Lady Macmeth nannte, in Franziskas Boutique in Esens erschienen war, um ein Gespräch von »Frau zu Frau« zu führen, hatte sich alles entschieden. Natürlich, die Frau hatte ihr unverblümt gedroht. Wozu die Bad Coyotes bereit waren, lag auf der Hand: Sie hatten zwei Killer zu Vural geschickt und Cem krankenhausreif geprügelt, um an einen Code zu gelangen – den Code zu einer Storagebox, in der Vural seine jüngste Beute aufbewahrte. Dazu gehörten zwei Laptops, die Hinnerk Rikens unbedingt zurückhaben wollte, weil sich darauf sensible Daten befanden. Er hatte die Biker dafür bezahlt, sie ihm wiederzubeschaffen. Das hatte nicht geklappt, weswegen Lady Macmeth in der Boutique aufgekreuzt war, um Franziska unter Druck zu setzen – zusätzlich zu dem Druck, den die Polizei aufgebaut hatte, die Franziska und auch Shirin überwachte. Alles in allem war es vollkommen klar, dass Vural keine Chance haben würde, wenn er wieder zurück nach Deutschland käme. Man würde ihn verhaften, oder die Biker bekamen ihn in die Finger. Früher oder später würde er dennoch einen Weg finden, Franziska und Shirin zu sich zu holen. Sie könnten sich dem verweigern. Aber sie wusste, dass Vural das nicht durch-

gehen lassen würde. Er würde es niemals verstehen. Aus seiner Sicht meinte er es ja sogar gut. Aber nicht aus der von Franziska und Shirin. Sie würde mit der Angst vor ihrem eigenen Mann im Nacken leben und vermutlich mit Shirin untertauchen müssen. Diese Vorstellung war unerträglich – ebenso die Tatsache, dass die Biker nun auch Franziska und Shirin bedrohen würden.

Was war der Ausweg?

In dem Moment, in dem Lady Macmeth in der Umkleidekabine stand und eine Waffe auf Franziska richtete, verstand sie, dass allein der Angriff die beste Verteidigung wäre. Längst hatte sie sich den Wunsch eingestanden, dass Vural von der Polizei gefasst würde. Und die Worte waren ihr wie automatisch über die Lippen gekommen.

Die Worte: »Wenn ihr ihn aus der Reserve locken wollt, dann weiß ich, wie.«

So hatte eins zum anderen geführt. Franziska hatte vorgeschlagen, dass man eine Entführung vortäuschen könnte. Zuerst hatte sie sich selbst dafür anbieten wollen. Aber sie war sich nicht sicher, ob das funktionieren würde – zumal dann Shirin mit Vural hätte Kontakt aufnehmen müssen, um ihm davon zu berichten. Franziska glaubte nicht, dass Shirin stark genug dafür wäre, und sie wollte sie dem auch nicht aussetzen. Wenn jedoch Shirin entführt werden würde – nichts in der Welt würde Vural dann aufhalten können. Franziska hatte sich am Telefon mit ihrer Tochter beratschlagt. Es waren viele Tränen geflossen. Sie hatte Shirin aufgezeigt, dass es eine Chance wäre – hart und brutal, ja. Aber was war die Alternative?

Schließlich hatte Shirin eingewilligt und Franziska mit Lady Macmeth die Handynummern ausgetauscht, nachdem sie ihr in der Boutique zusätzlich Geld angeboten hatte, um den Plan zu realisieren. Vural hatte ein Depot hinterlassen, zu dem Franziska Zugang hatte. Ihr Angebot belief sich auf hunderttausend Euro. Lady Macmeth hatte akzeptiert – zwar verwundert über die Tatsache, dass Franziska ihren eigenen Mann ans Messer liefern wollte, aber auf eine perverse Art und Weise auch davon fasziniert. Sie hatte sich dann mit Django besprochen und akzeptiert.

Der Plan nahm Formen an. Die Biker hatten Zugriff auf das Ferienhaus von Hinnerk Rikens auf Langeoog. Sie inszenierten die Entführung von Shirin mit deren Wissen, nahmen ein Video von ihrer Gefangenschaft auf, das sie an Franziska schickten. Sie wollte es Vural senden – aber er war ihr zuvorgekommen, als er bei ihr in der Boutique aufgekreuzt war. Natürlich ahnte Franziska, dass ihr Telefon von der Polizei überwacht wurde. Sie war sich sicher, dass mitgehört würde, wenn sie Vural anrief, um ihn von der Entführung seiner Tochter ins Bild zu setzen, und ebenfalls sicher, dass die Polizei daraus ihre Schlüsse ziehen und agieren würde.

Um es narrensicher zu machen, war Lady Macmeth auf die Idee mit dem Finger gekommen. Natürlich nicht Shirins Finger. Eine junge Frau mit gefärbten roten Haaren, die sich ebenfalls hier im Raum befand, hatte dafür herhalten müssen. Sie war die Freundin eines der Biker und dem Klub treu ergeben – vielleicht hatte man ihr auch etwas Geld gezahlt. Franziskas Bedingung war gewesen, dass Vural nichts zustoßen durfte. Er sollte am Ende der Polizei ausgeliefert werden. Nur dann würde der Rest des Geldes an die Biker fließen. Franziska hatte eine Anzahlung von zwanzigtausend Euro geleistet.

Lady Macmeth hatte der intrigante Plan gefallen. Franziska hoffte inständig, dass sie ihr trauen konnte. Andersherum bekräftigte Lady Macmeth ihrerseits, dass sie hoffe, Franziska trauen zu können. Nach ihrer Meinung war es eine Win-win-Situation. Aus Franziskas Sicht war es ein Pakt mit dem Teufel. Aber sie glaubte, keine andere Wahl zu haben. Sie stand mit dem Rücken zur Wand.

Doch es eskalierte. Da war die Sache mit Rikens, die sich zuspitzte, weil die Polizei ihn ins Visier nahm. Dann tauchte auf einmal Tjark Wolf auf. Es folgten die gewalttätige Auseinandersetzung in einer Werkstatt und schließlich die Verabredung mit Vural zu einer Übergabe. Franziska hatte es in der Zuschauerrolle nicht mehr ausgehalten. Deswegen war sie noch tags zuvor nach Langeoog gefahren, um bei ihrer Tochter zu sein.

Mit Entsetzen hatte sie verfolgt, wie sich die Sache weiterentwickelte. Rikens war aufgekreuzt, verletzt und nur im Bademantel. Er hatte von Vural berichtet, und dass er vor ihm hatte fliehen können. Außerdem war Franziska mehr und mehr klar geworden, dass die zwischen Django und Vural geplante Übergabe eskalieren und Vural dabei sterben könnte. Schließlich hatte sie verfolgt, dass die Übergabe geplatzt und Vural gar nicht erschienen war, dafür aber die Polizei mit einem Großaufgebot. Das wäre in Ordnung und in Franziskas Sinn gewesen, wenn Vural verhaftet worden wäre.

Aber Vural war auf dem Weg hierher. Und damit rückte die Stunde der Wahrheit näher.

Er hatte es nicht fassen können, als Franziska ihm eben die Tür öffnete. Er hatte es noch weniger fassen können, dass er Shirin völlig unverletzt vorfand.

Genau wie gerade Tjark Wolf hatte er gefragt, was denn hier los sei. Da hatte Franziska es ihm erklärt. Sie hatte es ihm regelrecht ins Gesicht gespuckt, und er war vor ihren Worten zurückgezuckt. Und jetzt, da auch Tjark Wolf hier war und auf einmal alle mit Waffen aufeinander zielten, war Franziska vollends klar, dass sie einen entsetzlichen Fehler gemacht hatte. Sie spürte und wusste, dass die Situation jeden Moment noch sehr viel schlimmer werden könnte. Es brauchte nur einen kleinen Funken, dann würde alles explodieren.

# 55.

Als Femke und Ceylan ausstiegen, wurden sie bereits von den beiden Inselpolizisten erwartet. Ceylan telefonierte noch mit dem SEK, beendete dann das Gespräch und zuckte in Richtung Femke mit den Achseln. »Sieht schlecht aus. Die bekommen das Team per Luft entweder gar nicht rüber, oder es dauert mindestens eine Stunde. Und ob sie ein Boot organisiert bekommen, wissen sie ebenfalls noch nicht. Sie fahren zum Hafen und probieren es.«

»Dauert trotzdem zu lange«, sagte Femke.

Ceylan nickte. Sie waren auf sich gestellt. Dann gingen sie zu den beiden Polizisten, geduckt gegen den Wind.

»Wo ist Wolf?«, fragte Ceylan.

Die Polizistin, auf deren Uniform der Name »Meppen« gestickt war, setzte Ceylan ins Bild. Femke traute ihren Ohren nicht, schlug die Hände vors Gesicht und gab ein genervtes Geräusch von sich.

»Wie gesagt: Er hat angewiesen«, sagte Meppen, »dass wir uns im Hintergrund halten sollen. Ich habe ihm mitgeteilt, dass ihr eingetroffen seid.«

Femke nahm die Hände wieder vom Gesicht und sah das Handy in Meppens Hand.

»Der«, fauchte Ceylan, »hat überhaupt niemandem etwas zu sagen, weil er nicht einmal mehr Polizist ist.«

»Das wussten wir nicht«, sagte Dierks.

»Aber es ändert nichts an der Situation«, erwiderte Meppen. »KHK Wolf … Herr Wolf ist zum Haus gegangen. Er will Bescheid geben, sobald wir zu ihm stoßen sollen.«

»Hat er gesagt, was genau er dort vorhat?«, fragte Femke.
»Hat er nicht.«
»Ist er bewaffnet?«
»Ja. Er hat gesagt: Sobald wir etwas Ungewöhnliches auf dem Handy hören wie einen Schuss, sollen wir sofort einschreiten.«
Femke sah zu Ceylan. Ceylan sah zu Femke. Sie verstanden einander wortlos.
»KHK Wolf«, sagte Ceylan, »hat selbst einen Schuss, echt. Folgen Sie, marsch!«
Und marschierte los in Richtung Ferienhaus.

# 56.

Tjark sah Vural an. Dann wieder dessen Tochter Shirin, seine Frau Franziska und Djangos Lebensgefährtin, die man Lady Macmeth nannte, sowie den Mann, der Hinnerk Rikens sein musste, und die beiden Biker hinter ihm. Außerdem die jüngere Frau mit den feuerrot gefärbten Haaren. Sie drückte sich in eine Ecke, starrte aus großen Augen auf das Geschehen. Ihre Hand war verbunden.

Tjark kapierte nicht, was zum Teufel hier vor sich ging. Er wusste, wie Vurals Frau Franziska aussah. Was tat sie hier? Sie stand neben Shirin, die im Sessel saß. Sie trug keinen Verband. Und ihre Finger schienen komplett zu sein. Tjark verstand nicht. Beide wirkten außerdem … schwer zu sagen.

Die Versammlung machte auf Tjark eher den Eindruck eines Familientreffens und weniger den von einer gewaltsamen Entführung und brutalen Konfrontation. Fehlten nur noch Kaffee und Kuchen. Angesichts der Umstände wirkten alle erstaunlich ruhig. Nur nicht Vural. Vural war geladen wie eine Superzelle kurz vor dem Gewitter. Tjark konnte seinen Zorn durch den gesamten Raum spüren.

Rikens saß auf der Couch und hielt einen Rucksack auf dem Schoß fest, als handelte es sich um eine Rettungsweste. Die beiden Biker waren bewaffnet. Sie zielten mit Pistolen auf Vural, den das wiederum kein Stück zu interessieren schien. Er hatte nicht einmal zu Tjark geblickt, sondern starrte seine Tochter und seine Frau an, die wiederum Tjark keines Blickes würdigten, denen von Vural aber auswichen. Schließlich deutete Lady Macmeth mit der Stirn in Richtung Tjark, wo-

raufhin einer der Biker seine Waffe in seine Richtung schwenkte.
»Ganz schlechte Idee«, sagte Tjark. Und was auch immer hier gerade läuft, dachte er, bevor er das verstehen und sich darüber informieren würde, mussten die Waffen weg. Und er brauchte Back-up von Meppen und Dierks. »Das Spiel ist aus«, ergänzte Tjark.
»Spiel«, murmelte Vural. »Ein Spiel.« Jetzt sah er zu Tjark. »Ein verficktes Spiel! Da hast du ziemlich recht, Mann! Das hier ist nichts als ein verficktes, abgekartetes Spiel!«
Tjark begriff immer noch nicht. Vural wirkte nicht nur stinksauer, sondern auch zutiefst enttäuscht, ein Schatten seiner selbst. Aber Tjark war ebenfalls stinksauer.
»Du hast mich reingelegt, Vural, du wolltest das hier alles …«
»Ach was!«, blaffte Vural zurück und unterbrach Tjark. Speicheltropfen sprühten von seinen Lippen. »Du mich nicht, oder was?«
»Spielt keine Rolle. Und ihr«, sagte Tjark zu den beiden Bikern, »legt jetzt ganz langsam eure Waffen nieder.«
»Nein.« Lady Macmeth ergriff das Wort. »Was willst du denn machen, Superbulle? Alle abknallen?«
»Zum Beispiel«, erwiderte Tjark. »Soll ich mit dir anfangen?«
Die Lady klappte die Kiefer aufeinander. Ihre Backenmuskeln arbeiteten. Das Mädchen im Hintergrund drückte sich noch tiefer in die Raumecke und hielt sich die Ohren zu.
»Ihr legt jetzt die Waffen weg«, sagte Tjark, »und nehmt die Hände hoch. Und Vural, du gehst ein paar Schritte zurück und nimmst ebenfalls die Hände hoch. Herr Rikens legt den Rucksack ganz vorsichtig auf den Couchtisch. Und Shirin sagt mir, ob sie in Ordnung ist, und Franziska sagt mir ebenfalls, ob sie

in Ordnung ist. Danach überlegen wir gemeinsam in aller Ruhe, wie es hier weitergehen wird.«
»Einen Scheiß werden wir tun«, brummte der größere der beiden Biker. Der, der auf Vural zielte.
Tjark hatte keine Wahl. Er bewegte die Hand mit der Waffe ein Stück nach links und schoss ein Loch in die Wand, zielte dann wieder auf den Kerl, der auf ihn zielte. Die Augen des Bikers waren weit aufgerissen. Shirin und Franziska keuchten auf, Lady Macmeth ebenfalls. Die beiden Biker schrien durcheinander, fuchtelten mit den Waffen herum und wurden dann wieder still. Rikens kniff die Augen zusammen und schien sich mit Gedankenkraft an einen anderen Ort teleportieren zu wollen.
»Seht ihr«, sagte Tjark, »das ist der Unterschied. Ich habe schon einige Male auf Menschen geschossen. Ihr nicht. Und Vural beeindruckt ihr mit den Pistolen ebenfalls nicht, denn der hat schon mehr als einmal in den Lauf von einer geblickt. Wenn ihr schon nicht bereit seid, eure Knarren zu benutzen, dann könnt ihr sie ebenso auf den Boden werfen. Ich werde meine nämlich bestimmt benutzen und jedem von euch in den Bauch schießen. Das tut höllisch weh. Ihr werdet nicht dran sterben, aber für den Rest eures Lebens in einen Beutel scheißen. Darüber dürft ihr jetzt fünf Sekunden lang nachdenken – und legt dann entweder die Waffen hin oder nicht. Fünf …«
Tjark zählte nach unten. »Vier.«
Nichts geschah.
Alle wirkten wie schockgefroren. Was okay für Tjark war. So lange geschah wenigstens nichts. Er sah außerdem keinen anderen Weg, die Lage zu deeskalieren, und Meppen und Dierks würden den Schuss gehört haben, ihre Schlüsse gezogen haben und dann …

Im nächsten Moment geschahen mehrere Dinge fast gleichzeitig.
Von hinten kamen Stimmen. Aus Richtung des Wintergartens. Rufen. Die beiden Biker fuhren herum, zielten in die Richtung. Dann verlor einer die Nerven und schoss.
Kreischen, Schreien.
Die Frauen warfen sich zu Boden, Rikens ebenfalls. Die Schüsse wurden beantwortet. Ohrenbetäubendes Krachen. Der Biker ging zu Boden. Der andere warf die Waffe fort. Lady Macmeth streckte sich aus und schnappte sich die Pistole.
Bevor Tjark reagieren konnte, nahm Vural die Beine in die Hand und lief los. Er rannte zur Eingangstür.
»Stopp!«, rief Tjark, zielte auf Vural, wurde aber zur Seite gestoßen.
Im selben Augenblick lösten sich zwei Schüsse aus der Waffe von Lady Macmeth und bohrten sich in die Decke. Die Lady rappelte sich auf, wollte in Richtung Wintergarten schießen. Tjark wollte auf sie zielen. Eine Sekunde später krachten weitere Schüsse. Die Lady wurde getroffen, fiel zu Boden und nahm dabei zwei Blumenvasen mit, die zerschepperten.
Tjarks Ohren waren taub. Die Luft stank nach Pulverdampf.
Er sah mit einem Mal Ceylan und Femke neben sich, die Waffen von sich gestreckt, auf den zweiten Biker zielend. Shirin lag auf dem Boden. Franziska hatte sich über sie geworfen. Rikens kroch über den Teppich, wimmernd und den Rucksack umklammernd. Dann folgten die anderen beiden Polizisten, Dierks und Meppen.
Nur Vural, den sah Tjark in dem Chaos nicht mehr.
»Alles okay?«, rief Femke, hockte sich zu Shirin und Franziska.
Meppen und Dierks nahmen sich den zweiten Biker vor, der die Hände hoch über den Kopf hielt, um ihm Handschellen

anzulegen. Dann war das Mädchen in der Ecke an der Reihe, das panisch und wie am Spieß schrie und sich weiter die Ohren zuhielt. Ceylan checkte den getroffenen Biker, auch Lady Macmeth, fühlte jeweils nach dem Puls. Tjark konnte nicht sagen, ob beide noch lebten oder tödlich getroffen worden waren.

»Scheiße, Tjark!«, rief Ceylan.

Sein Gehör kam zurück.

Vural, dachte er. Spürte den Wind. Die Tür zum Wohnzimmer stand offen. Die Haustür ebenfalls.

»Ich muss ihm nach.«

»Du bleibst hier!«

Tjark rannte bereits los.

»Tjark! Verdammt!«

Doch da war er bereits draußen, sah sich um. Der Deckel einer Mülltonne direkt neben ihm stand offen. Sicherlich vom Sturm. Er sah nach links, nach rechts, kein Vural. Dann geradeaus. Eine Bewegung zwischen zwei Dünen. Ein Schatten.

»Vural!«

Tjark rannte ihm hinterher, dem Meer und dem Sturm entgegen.

# 57.

Vural kam kaum gegen den Wind an, stolperte vorwärts und folgte dem Pattweg durch die Dünen. Er hielt die Pistole, die er eben aus dem Mülleimer genommen hatte, in beiden Händen, blickte sich um, wurde fast von einem Windstoß umgeworfen, hastete weiter voran, ohne zu wissen, wohin er wollte. Warum er überhaupt floh. Für wen?

Denn eben hatte sich seine Welt auf den Kopf gestellt, von links nach rechts gekrempelt. Was vorher richtig gewesen war, war jetzt falsch und andersherum. Nichts galt mehr. Sein Universum hatte Risse bekommen wie eine Glasscheibe und war schließlich in einem Scherbenregen zerplatzt.

Franziska hatte ihm in aller Seelenruhe erklärt, was geschehen war und wie. Shirin ebenfalls. Erst hatte Vural es nicht kapieren wollen. Aber dann rasteten die Zahnräder ein, und er begriff, dass er verraten worden war. Nur das Ausmaß des Betrugs, das konnte er einfach nicht fassen. Am liebsten hätte er Franziska den Hals umgedreht. Oder ihr die Haut abgezogen. Gleichzeitig hätte er am liebsten einfach alles hingeworfen, weil jegliche Kraft aus ihm gefahren schien.

Doch seine Überlebensinstinkte waren stärker.

Er hatte das Überraschungsmoment genutzt, als die Schüsse gefallen waren, und war zur Tür hinausgelaufen. Und jetzt hielt er geradewegs aufs Meer zu. Er musste fort von hier. Den Strand entlang. Dann wieder durch die Dünen.

Sich irgendwo ein Versteck suchen, bis der Sturm sich legte. Ein Boot finden. Fort von hier. Irgendwohin. In ein neues Leben.

Zurück würde verbrannte Erde bleiben. Und früher oder später, ja, früher oder später würde er sich rächen, ganz sicher. Entsetzlich rächen.

Aber hätte das einen Sinn? Wozu sollte das führen? Für *wen,* verdammt, sollte er sich rächen? Für sich selbst? Für seine Ehre? Was sollte er mit seiner sogenannten Ehre denn noch anfangen? War davon denn noch etwas übrig, oder war sie innerhalb von Sekunden so zerschmettert worden wie sein gesamtes Leben?

Vural stolperte, keuchte auf, rollte den Dünenweg hinab. Der Wind fräste den Sand über seinen Körper. Er brauchte drei Versuche, bis er wieder stand und sich weiter vorwärtsbewegen konnte. Noch war er mitten in den Dünen, musste ein Stück bergauf laufen. Aber er konnte das Meer bereits sehen. Er konnte es hören. Er hörte …

# 58.

»Vural!«, brüllte Tjark dem Flüchtenden hinterher.
Dann warf er sich flach auf den Boden, als zwei Schüsse krachten. Vural hatte auf ihn geschossen. Tjark keuchte. Sand stob von seinen Lippen. Er gab sich ein paar Sekunden, bevor er die Hand hob und blind in Vurals Richtung schoss. Dann ging er in die Hocke, sah Vural in Richtung Strand laufen, sprang auf und rannte ihm hinterher. »Vural!«, rief er erneut.

Dieses Mal blieb Vural stehen. Drehte sich zu Tjark um. Tjark nahm die Pistole in Anschlag, zielte auf Vural, der etwa hundert Meter Vorsprung haben musste, und ging weiter voran. Vural zielte auch auf Tjark. Aber er schoss nicht.

»Was?!«, fragte Vural.

Tjark konnte die Stimme gegen den Sturm kaum hören. Er bewegte sich weiter voran.

»Waffe weg! Hände hoch! Auf den Boden!«

»Und dann?!«

Vural machte keine Anstalten, die Waffe zur Seite zu legen. Tjark ging weiter voran. Keine fünfzig Meter mehr.

»Dann klären wir, was zu klären ist! Du hast keine Chance mehr, du hast …«

Vural warf die Waffe fort. »Du willst es klären?! Dann komm her und klär es mit mir! Hast du früher schon nicht geschafft, oder? Dann komm her und zeig's mir, Tjark!«

Tjark marschierte vorwärts. Noch etwa zehn Meter. Vural bewegte die Arme in einer »Na was jetzt«-Geste. Tjark ging weiter. Dann blieb er vor Vural stehen. »Hoch die Hände!«, rief er. »Auf den Boden!«

»Mehr hast du nicht drauf? Mit einer Knarre gegen einen Unbewaffneten? Mehr kannst du nicht, du feiger Hund? Bist immer noch ein Schwächling so wie früher!«

Tjark wusste, dass er sich nicht provozieren lassen sollte. Aber wie das immer so war …

Scheiß drauf, dachte er und steckte seine Pistole in den Hosenbund.

»Fick dich, Vural«, fauchte er, machte einen Schritt nach vorne, um Vural am Kragen zu packen.

Vural tat genau dasselbe, verpasste Tjark einen Kopfstoß. Für einen Moment lang sah Tjark Sterne. Er schlug blind zu. Seine Faust traf gegen etwas Hartes. Er schlug wieder zu und wieder und wieder, spürte einen Treffer in der Magengrube, der ihm die Luft raubte. Dann sah er Vural vor sich, blutend, wie er gerade ausholen wollte. Aber Tjark duckte sich und verpasste Vural einen Hieb mit dem Ellbogen mitten ins Gesicht.

Im nächsten Moment ging Vural zu Boden und lag blutend im Sand. Ehe Tjark verstand, was geschehen war, hockte er bereits breitbeinig über Vural, dessen Arme unter seinen Schienbeinen, eine Hand an Vurals Kehle, die andere zur Faust geballt und über seinem Gesicht schwebend.

»Jetzt«, flüsterte Tjark, »bist du genau da, wo ich dich haben will.«

»Leck mich«, röchelte Vural.

»Du bist verhaftet. Das war es für dich, *game over.* Deine Tochter ist in Sicherheit, keine Sorge, und du …«

Vural zischte. Blut blubberte ihm über die Lippen. »Du hast keine Ahnung, oder?«, fauchte er. »Keinen Schimmer hast du. Du willst wissen, was los ist? Ich sage dir, was los ist. Sie hatten nicht einmal den Anstand, mich weiter zu belügen, sondern haben mir die Wahrheit ins Gesicht gespuckt!«

# 59.

Sie haben«, fragte Ceylan. »Sie haben … Sie haben – was?« Ceylan begriff es nicht. Vielleicht war sie zu aufgeregt, oder die Zahnräder in ihrem Kopf weigerten sich, ineinanderzugreifen. Shirin rieb sich die Tränen aus dem Gesicht, während ihre Mutter sie mit den Armen umfangen hielt.

»Das habe ich nicht gewollt«, flüsterte Shirin. »Dass Menschen gestorben sind. Dass es so endet. Wir wollten das nicht.« Sie schluchzte, bebte, während die Hand ihrer Mutter ihr übers Haar strich. »Pscht«, murmelte sie, »alles wird gut.«

»Nichts da pscht«, blaffte Ceylan unwirsch. »Sie erklären mir das jetzt noch mal, damit ich es verstehe! Und Sie, Rikens, Sie bewegen sich keinen Zentimeter und lassen die Finger von Ihrem Telefon. Sie sind ebenfalls verhaftet.«

»Mit dem hat alles angefangen«, sagte Franziska Attaman. »Mit Hinnerk Rikens.«

Shirins Stimme zitterte, als sie leise erklärte: »Ich habe mich selbst entführt. Also – nicht wirklich. Ich … ich bin tatsächlich entführt worden, um meinen Vater aus der Reserve zu locken. Aber es war fingiert. Hinnerk Rikens hatte die Biker beauftragt, ihm die Laptops zurückzubringen, die Papa ihm gestohlen und in ein Versteck gebracht hatte, noch bevor er nach Kurdistan geflohen war. Damit fing alles an. Und dann sind Mama und ich auf den Zug aufgesprungen.«

»Was befindet sich auf den Laptops?«, fragte Ceylan.

Rikens erwiderte lediglich: »Das geht niemanden etwas an, und ohne meinen Anwalt, was ich hier jedem empfehlen würde, sage ich …«

Ceylan stemmte die Hände in die Hüften: »Das werden wir schon herausfinden, was sich auf den Laptops befindet, keine Sorge. Jedenfalls muss es wohl etwas sehr Wichtiges sein, wenn Sie Kriminelle dafür bezahlen, sie Ihnen wieder zu besorgen. Menschen, die über Leichen gehen. Und das ist Ihre Entscheidung, Herr Rikens, was Sie sagen wollen und was nicht. Sie sind ja vom Fach. Ich will nur begreifen, was hier los ist.«

»Es ist entglitten!«, rief Rikens.

»Kann man wohl sagen«, kommentierte Ceylan.

»Vural«, sagte Franziska Attaman mit erstickter Stimme, »hätte Shirin und mich mit nach Kurdistan genommen, in den Iran, den Irak, was weiß ich. Aber das wollten wir nicht. Auf keinen Fall.«

»Nur wegen ihm«, schrie nun Shirin auf, »ist das hier doch alles überhaupt passiert! Wegen seinem ... Scheiß! Auf keinen Fall ziehe ich mir nur wegen ihm eine Burka an und ...«

»Er hätte uns mitgenommen«, wiederholte Franziska. »Wir waren froh, ehrlich gesagt, als er abgetaucht war. Ich ... ich liebe ihn, aber ... aber es war genug. Und Shirin und mich aus unserem Leben herausreißen. Wissen Sie, was wir wegen Vural schon alles haben erdulden müssen? Sie waren doch selbst dafür verantwortlich, mich abzuhören. Sie haben Leute in meine Wohnung geschickt und mein Telefon angezapft. Alles wegen Vural. Er hat immer wieder versprochen: Nur ein Ding noch, dann höre ich auf. Hat er aber nicht. Plötzlich macht er diese Sache in Rotterdam. Ich war mehrfach kurz davor, ihn zu verlassen. Aber er hätte es nicht zugelassen. Er hätte mich und Shirin überallhin verfolgt – Sie sehen ja, wozu er imstande ist. Ich hätte mich nicht gegen ihn stellen können. Ich habe es ja versucht, aber ... dann kamen die Biker zu mir. Sie waren bei Cem, haben ihn zusammengeschlagen. Sie haben mich in der

Boutique aufgesucht. Sie wollten einen Code, aber ich hatte keine Ahnung, welcher Code das sein soll. Doch da kam mir eine Idee. Ich habe gesagt, dass Vural nichts aus der Reserve locken würde. Aber dass ich eine Idee hätte und froh wäre, wenn er aus dem Verkehr gezogen würde. Das haben sie mir erst nicht geglaubt. Ich habe dann mit Shirin über den Plan gesprochen, und sie hat eingewilligt. Ich habe den Bikern Geld angeboten, und dann wurde die Entführung fingiert. Ich hab Vural deswegen angerufen – wohl wissend, dass mein Telefon von der Polizei abgehört wird.«

»Und der Finger?«

Franziska blickte über die Schulter zu dem Mädchen mit den gefärbten Haaren und dem Verband. »War nicht Shirins.«

»Deswegen wollten sie uns nicht erlauben, Fingerabdrücke davon zu nehmen.«

Franziska nickte. »Deswegen habe ich wegen dem Finger gelogen und der Polizei gesagt, dass es gar keinen gibt. Ich wollte einerseits nicht, dass die Polizei feststellt, dass es nicht Shirins Finger ist. Andererseits habe ich natürlich schon auf die Polizei gesetzt, denn ich wusste, dass Vural alles stehen und liegen lassen wird, um uns zu holen, wenn er das von Shirin erfährt. Und ich habe jeden Tag dafür gebetet, dass die Polizei das Telefonat abhört und ihn fassen wird, damit Shirin und ich unser Leben führen können – wenn nicht mit ihm, dann eben ohne ihn.«

»Sie haben lediglich die Chance genutzt, die sich durch Rikens' verschwundene Laptops aufgetan hat? Sozusagen?«, fragte Ceylan.

»Ja«, flüsterte Shirin. »Sozusagen. Wobei es ja nur um den Code ging. Von den Laptops haben wir erst erfahren, als er damit hier aufgekreuzt ist.«

Franziska erklärte: »Und wenn die Polizei ihn nicht von sich aus fassen würde, dann ... dann wollte ich sichergehen, dass es anders geschieht. Dass er von der Biker-Gang gefangen und ausgeliefert wird. Ihm sollte auf keinen Fall etwas passieren.«
Shirin wischte sich erneut die Tränen von der Wange.
»Alles«, fragte Ceylan, »nur um nicht mit Vural fliehen zu müssen?«
»Verschleppt zu werden«, sagte Franziska, »wäre der treffendere Begriff.« Sie blickte Ceylan offen an. »Sie haben sicher Wurzeln in der Türkei oder im Nahen Osten. Sie haben doch gewiss eine Vorstellung davon, wie das Leben für Frauen aus dem Westen im Irak oder weiß der Geier wo sein würde. Würden Sie das wollen?«
Ceylan schwieg. Sie erinnerte sich an ihre eigene Biografie. Ihre sehr traditionellen Eltern hatten sie in der Türkei zu einer Ehe zwingen wollen, wobei es für sie das Selbstverständlichste der Welt gewesen war, die Heirat mit der anderen Familie abzusprechen und ihre Tochter außen vor zu lassen. Ceylan hatte sich geweigert und war vollkommen ausgerastet. Daraufhin waren ihre Brüder nach Deutschland gekommen, um Ceylan zu holen. Und das, obwohl sie bei der Polizei war. Hatte die Familie kein bisschen interessiert. Sie hatte sich versteckt, und Tjark war schließlich eingeschritten, hatte sich mit Ceylans Brüdern darauf verständigt, dass ein paar gebrochene Knochen oder Knast nicht unbedingt sein müssten, und somit das Schlimmste verhindert. Ceylans Verhältnis zu ihrer Familie war deswegen nach wie vor zerrüttet. Dafür hatte sie mit Kampfsport begonnen, weil sie sich geschworen hatte, dass sie niemals wieder so wehrlos sein würde wie in diesen Momenten. Sie war sogar norddeutsche Polizeimeisterin geworden – und das, obwohl sämtliche Gegnerinnen mindestens einen Kopf größer

gewesen waren als sie, die die Mindestanforderungen an Körperlänge für den Polizeidienst von einem Meter dreiundsechzig nur so gerade eben erfüllte.

»Nein«, antwortete Ceylan schließlich auf die Frage, »nein, das würde ich sicherlich nicht wollen. Aber darum geht es hier nicht.«

»Doch«, erwiderte Franziska Attaman. »Genau darum geht es.«

# 60.

Sie haben mich verraten«, zischte Vural. »Verkauft und verraten.«

Eine Bö stieß Tjark beinahe um. Doch er hielt sich an Vural fest, auf dessen Armen er immer noch kniete. Gerade hatte Vural ihm in wenigen Worten erklärt, dass Shirin und Franziska die Entführung inszeniert hatten, um Vural nach Deutschland zu locken, damit er hier von der Polizei festgenommen oder von den Bad Coyotes ausgeliefert wurde. Dafür hatten sie der Gang Geld versprochen, zu dem Franziska Zugang hatte. Sie hatten die Summe auf das draufgepackt, was Hinnerk Rikens ihnen bereits geboten hatte. Rikens hatte angenommen, dass der von ihm initiierte Auftrag, um seine Laptops zurückzubekommen, eskaliert wäre. Dabei steckte Vurals eigene Familie dahinter, um Vural aus dem Verkehr zu ziehen und gleichzeitig sicherzustellen, dass er am Leben blieb.

Und der Hintergrund?

Vurals Wille, seine Tochter und seine Frau zu sich zu holen, gemeinsam unterzutauchen und ein neues Leben in Kurdistan oder im Irak zu beginnen, wozu die Frauen womöglich zum Islam hätten konvertieren müssen. Das hatten sie nicht gewollt und geglaubt, sich gegen den mittlerweile sehr konservativen und gewaltbereiten Vater nicht durchsetzen zu können. Außerdem wollten sie kein Leben auf der Flucht und auch kein Leben mehr, über dem ständig ein Damoklesschwert schwebte, weil Vural von seinen Raubzügen und anderen kriminellen Aktivitäten einfach nicht lassen wollte, wie Tjark annahm. Das konnte man den Frauen nicht verübeln. Andererseits war es schockierend. Kein Wunder, dass Vural außer sich war.

»Das«, sagte Tjark, »hast du dir selbst zuzuschreiben, Vural. Dir und deinem Sturkopf. Und jetzt ist es so oder so vorbei.«

»Nichts«, fauchte Vural, »ist vorbei!«

Im nächsten Augenblick bäumte er sich auf, schwang die Beine nach oben. Ehe Tjark sichs versah, war sein Kopf zwischen Vurals Knien eingeklemmt, feine Nerven an den Ohren wurden gequetscht. Der Schmerz stach wie ein Messer und machte Tjark blind. Ein Hieb traf ihn im Gesicht. Bevor er sichs versah, war er es, der mit dem Rücken auf dem Boden lag.

Vural stand auf, holte mit dem Bein aus, um Tjark ins Gesicht zu treten. Doch dann stoppte er mitten in der Bewegung.

Tjark blinzelte.

»Keine Bewegung«, hörte er eine weibliche Stimme.

Femke stand hinter Vural und presste ihm eine Waffe ins Genick.

# 61.

Als Tjark die Treppen zum Keller hinabging, war es wie ein Abstieg in den siebten Kreis der Hölle. Das lag nicht an den getäfelten Wänden. Auch nicht an den Bildern, die Ansichten von Stränden und der Nordsee zeigten – die Art von Bildern, die man preiswert in Online-Galerien erwerben konnte oder in Hotels zu sehen waren und nach seiner Auffassung das nordische Pendant zu Gemälden von Tempeln in griechischen Restaurants darstellten. Nein, das Problem war der Soundtrack zu seiner Abwärtsbewegung, denn er hörte Musik, die möglicherweise von Helene Fischer, Andrea Berg oder einer vergleichbaren Schlagersängerin stammte. Tjark vermochte das nicht zu sagen. Er kannte sich damit nicht aus.

Mit etwas Glück würde sich die Untermalung des Abends noch ändern. Um dem Vorschub zu leisten, hielt er einen Karton unter dem Arm, um den eine Schleife gebunden war. Darin steckten rund fünfzig Singles, die er in einem auf Vinylplatten spezialisierten Geschäft gekauft hatte – früher Motown, Bee Gees, Curtis Mayfield, Marvin Gaye, Earth, Wind & Fire, Sharon Jones & The Dap-Kings, ein paar modernere Sachen von Beyoncé oder Joss Stone …

Keine Frage: Das war nicht Freds Musik. Aber man sollte niemals aufgeben, ihn davon zu überzeugen, dass diese Songs deutlich besser waren als das, was er für gewöhnlich hörte, wenngleich – das musste man zugeben – die Themen der Lyrics sich nicht wesentlich von deutschen Schlagern unterschieden.

Er öffnete die Tür zur Kellerbar, wo die Musik deutlich lauter war. Sie klang aus Freds neuestem Schatz, und Tjark musste zugeben: Die neue Jukebox war todschick und kam in der Kellerbar, die sein Freund und Kollege heute in kleinem Zirkel einweihte, hervorragend zur Geltung. Die Singles in dem Karton waren dafür gedacht, das Gerät damit zu füttern.

Greta war mit ihren Freundinnen zum Bowling. Fred hatte Tjarks Klingeln dennoch gehört, weil er sämtliche Haustechnik mit dem Handy über Apps steuern konnte – auch den Öffner und die Videoüberwachung am Eingang hatte er auf das Gerät geschaltet. Fred zapfte gerade ein frisches Bier. Ceylan und Femke saßen auf den Barhockern und hatten jeweils eines vor sich stehen. Das Licht war gemütlich und wurde nur von den bunten Blitzen einer Discokugel durchbrochen, die mittig unter der Decke hing.

Für einen Moment dachte Tjark an die Lampen, die die Storageboxen erhellt hatten. Die Spurensicherung hatte alles auseinandergenommen und beschlagnahmt, was Vural dort versteckt hatte. Es gab mehr als eine Box. Und es gab ein weiteres Versteck, in dem Bargeld lagerte und zu dem seine Frau Zugang hatte. Kurzum, alles, was Vural in seinem Leben geschaffen hatte, war beschlagnahmt worden. Auch das Haus, in dem seine Familie lebte und das möglicherweise mit Geld aus Raubzügen finanziert worden war. Und daran hatte Franziska vermutlich nicht gedacht.

Sie und Shirin waren zurück nach Oldenburg gegangen. Sie wollten ein neues Leben beginnen, in dem Vural keine Rolle mehr spielen sollte und auch nichts, das mit seinem Geld gekauft worden war. Die beiden Frauen wollten einen klaren Schnitt, nachdem geschehen war, was geschehen war.

Während Vural in Untersuchungshaft saß und auf seine Verhandlung wartete, war unter Ceylans Leitung die eingesetzte Sonderkommission damit beschäftigt, die Bad Coyotes auseinanderzunehmen. Ein glücklicher Nebeneffekt, wie Tjark fand: Nachdem die Northern Riders zerschlagen worden waren, ging es nun diesem Klub ans Leder, und zwar nach allen Regeln der Kunst. Auch Django saß im Knast und mit ihm ein paar weitere Biker. Django stand zudem unter psychologischer Betreuung, weil er wegen des Todes seiner Lady Macmeth als selbstmordgefährdet galt.

Vielleicht galt das auch für Rikens. Seine Karriere war zerschmettert. Die Presse hatte Wind bekommen – von Hausdurchsuchungen, Ermittlungen und allem. Er hatte seine Kandidatur zurückziehen müssen, seine Kanzlei in Harnisch gebracht und schwere Geschütze aufgefahren. Faktisch war Rikens in größte Geldschwierigkeiten geraten und hatte diese Probleme lösen sowie seinen Wahlkampf mit Schmiergeldern finanzieren wollen. Kurz: Er war bis zur Halskrause verschuldet und ebenso korrupt. Im Vorgriff auf einen möglichen Job als Wirtschaftsminister hatten ihm Lobbyisten und Unternehmen gewisse Summen offeriert, um sich Vorteile zu sichern. Die entsprechenden Daten und Unterlagen dazu befanden sich auf den Laptops, die Vural gestohlen hatte. Dabei ging es unter anderem um Genehmigungsverfahren von Windparks in der Nordsee, Energiepipelines und Grundstücke in Naturschutzgebieten – komplizierte Verfahren, von denen Tjark nichts verstand. Er verstand allerdings, dass es um mindestens drei Millionen Euro ging. Bislang. Denn die Auswertung der Dateien befand sich noch im Prozess, und das Ausmaß des Skandals war insgesamt noch nicht abschätzbar. Zumindest war es desaströs für Rikens.

»Nette Kneipe«, sagte Tjark und stellte den Karton mit den Schallplatten auf den Tresen, »aber miese Musik. Ich habe dir Futter für die Jukebox mitgebracht. Vielleicht bekommt ihr das besser.«

»Das ist Andrea Berg«, sagte Fred in einem Tonfall, als hätte Tjark eine Rolex mit einer Citizen verwechselt.
»Wir müssen das schon seit einer halben Stunde aushalten«, sagte Ceylan und verdrehte die Augen.
»Jetzt lasst den armen Fred in Ruhe«, bemerkte Femke. »Ist doch außerdem gar nicht sooo schlecht.«
Tjark verzog das Gesicht.
»Jedenfalls schön«, sagte Fred und stellte Tjark ein frisch Gezapftes hin, »dass ihr zur kleinen Einweihungsparty gekommen seid und wir auf den Erfolg in Sachen Attaman und Familie anstoßen.«
Was sie dann alle vier taten. Gläser klickten aneinander. Ceylan wischte sich den Bierschaum von der Oberlippe. Sie sagte zu Tjark: »Cowboy, weißt du eigentlich, dass ich dir in den letzten Tagen mehr als einmal am liebsten den Hals umgedreht hätte?«
»Natürlich weiß ich das.«
»Ich hätte dich festgehalten«, sagte Femke.
»Ich nicht«, meinte Fred. »Aber ich hätte es gern gefilmt.«
Tjark trank etwas Bier. »Tut mir leid. Ich habe mich sicherlich einige Male wie ein Arsch verhalten.«
Ceylan, Fred und Femke nickten.
»Es war aber in der betreffenden Situation und zu dem betreffenden Zeitpunkt nach meiner Meinung das Richtige. Ich habe beim besten Willen nicht damit gerechnet, dass ich Vural plötzlich in meiner Wohnung sitzen hatte. Aber so hat es sich nun mal entwickelt. Ich habe einen Deal mit ihm ausgehandelt.«
»An den er sich nicht gehalten hat«, erwiderte Ceylan.
»Er nicht. Und ich auch nicht. Hätte ich mich nicht an Vural geklemmt, wären er und seine Tochter jetzt tot – zumindest

habe ich das angenommen, bis …« Er zuckte mit den Achseln. »Na ja, bis sich alles anders dargestellt hat.«
»Du hättest uns mit ins Boot nehmen müssen«, sagte Femke.
Tjark antwortete: »Ich habe getan, was ich konnte. Ihr habt mich um Hilfe gebeten. Ich habe euch geholfen. Allerdings auf meine Art.«
»Eben.« Femke nickte. »Genau das ist das Problem: der Tjark-way.«
»Elke Wachtmann hat mit mir gesprochen«, sagte Ceylan. »Sie hat zur Kenntnis genommen, wie du aus der Reihe getanzt bist und deinen Alleingang durchgezogen hast.«
»Sie hat gesagt«, ergänzte Femke, »was jeder weiß: Das geht gar nicht.«
Fred meinte: »Es geht auf keine Kuhhaut.«
Tjark zuckte mit den Schultern.
Ceylan erklärte: »Wachtmann will dich trotzdem wieder im Team haben. Ich habe ihr gesagt, dass ich das für eine gute Idee halte, weil du dich dann wenigstens in gewissem Rahmen an Regeln hältst und eine Aufsicht hast.«
Tjark lachte.
»Zu viert«, ergänzte Femke, »funktionieren wir besser. Ich verstehe sowieso bis heute nicht, warum du hingeschmissen hast.«
Tjark dachte nach. Er betrachtete Fred, der offenbar verstand, was Tjark gerade durch den Kopf ging. Er nickte Tjark zu. Also holte Tjark Luft – und dann erklärte er es. Erklärte alles, was Fred bereits wusste. Alles über Hauke Berndtsen, über sein Druckmittel und was sein Plan gewesen war. Dass Tjark den Dienst quittiert hatte, um die anderen zu schützen, und dass er unter Hauke Berndtsens Radar bleiben wollte, um ihm keine neue Munition zu liefern.
Ceylan und Femke schwiegen, während Fred nachzapfte.

»Ey«, sagte Ceylan schließlich, »Hauke, echt ... Wenn ich den in die Finger bekomme ...«
»Besser nicht«, sagte Tjark.
»So ein Schwein«, murmelte Femke. »Er wollte dich allen Ernstes als Maulwurf benutzen?«
Tjark nickte.
»Und er hat angenommen, du tust das?«
»Karrieregeile Menschen mit einer narzisstischen Persönlichkeit gehen automatisch davon aus, dass andere ähnlich ticken wie sie.«
Ceylan trank einen großen Schluck Bier. »Wenigstens sitzt er jetzt an seinem Schreibtisch, malt Personalpläne und befasst sich mit Antikorruption. Ich habe sogar gehört, er geht bald vielleicht nach Brüssel zu Europol.«
»Am besten geht er dorthin«, sagte Fred, »wo der Pfeffer wächst.«
»Aber echt«, murmelte Femke.
Ceylan nickte. »Ich habe den Eindruck, dass die Wachtmann ganz genau weiß, was das für einer ist. Sie selbst ist ein anderes Kaliber. Sie will mit dir sprechen, Tjark. Wenn du nichts Besseres vorhast, solltest du sie anrufen und ihr bei der Gelegenheit erzählen, was du uns über Hauke erzählt hast, damit sie im Bilde ist.«
»Das Schicksal liegt vor mir, und wenn es mich fordert, wird sich der Silver Surfer aufschwingen.«
Ceylan verdrehte die Augen. Femke lachte auf.
»Du und deine Comics«, murmelte Ceylan. »Hört das nie auf?«
»Nein.« Tjark hob das Bierglas, um mit den anderen anzustoßen. »Auf die Fantastic Four«, sagte er und dachte: besser ein Bulle als kein Bulle, und wenn Hauke Berndtsen aus dem Weg

war und Wachtmann hinter ihm stand – warum nicht? Aber bevor er das Gespräch suchen und zusagen würde, sollte er mit Anne Madsen sprechen und sie nach ihrer Meinung fragen. Wenn er wieder für die SOK arbeitete, würde es bedeuten, dass sie sich deutlich weniger sehen könnten. Er glaubte nicht, dass das Anne gefallen würde. Und wie er selbst dazu stand – na ja, er würde es herausfinden.

# 62.

Madsen blickte auf das Meer und ließ den Sand durch die Finger rinnen. Sie stand am Fundort des letzten Opfers. Der Strandabschnitt war mit Algen und Treibholz vom letzten Orkan übersät.

Madsen dachte darüber nach, was Smilla, die Staatsanwältin, gesagt hatte. Dass der Mörder seinen Sand mitgebracht haben könnte.

Sie öffnete die Hand, ließ den Wind den Sand verwehen und blickte ihm über der Bucht vor Århus hinterher. Nein, der Sand, den der Mörder nutzte, stammte nicht von hier. Auch von keinem anderen Ort an der Ostsee. Vielmehr hatten die Laboruntersuchungen inzwischen ergeben, dass es sich in allen drei Fällen um solchen von einem Nordseestrand handelte.

Es war noch nicht klar, von wo genau. Die Nordsee war groß. Aber das würden die in Auftrag gegebenen vergleichenden Analysen bald enger eingrenzen können. Sand hatte alle möglichen Bestandteile und die forensischen Labore wiederum Zugriff auf alle möglichen Proben und Ergebnisse.

Die Frage war, was das bedeutete.

Sand gab es an der Ostsee genug. Man musste ihn nicht mitbringen. Aber entweder hatte der Mörder genau das getan und die Morde hier begangen – oder Maja Solness und Sofia Lund in Århus entführt, an der Nordsee getötet und dann wieder zurückgebracht. Und warum? Es mochte sein, dass er auf der anderen Seite Jütlands lebte und aus Gründen der Verschleierung Opfer außerhalb seiner Komfortzone suchte.

Doch warum sollte er sie zurückbringen? Vielleicht aus Fürsorge: Er brachte sie heim. Auch der Sand in den Augen mochte von Fürsorge sprechen. Er wollte, dass sie sanft schliefen.

Allerdings sprachen aus Madsens Sicht praktische Gründe gegen dieses Szenario. Der Sand würde beim Transport aus den Augen rieseln. Folglich war es sehr viel wahrscheinlicher, dass der Täter seinen persönlichen Sand verwendete. Also musste er eine Rolle spielen – vielleicht biografisch oder symbolisch im Sinne einer Bedeutsamkeit für die Inszenierung der Leichen.

Madsen blickte nach hinten, als sie ein Auto hörte. Der Dienstwagen von Niels stoppte, ihr Chef stieg aus und fuhr sich durch die Haare, die sofort vom Wind verweht wurden. Er trug einen dunkelblauen Anzug, dazu ein helles Hemd, keine Krawatte.

»Also finde ich dich hier«, sagte er und stoppte neben Madsen.

»Warum?«

Niels zuckte mit den Schultern, blinzelte gegen die Sonne. »Nichts weiter. Ich nahm nur an, du könntest hier sein. Und tatsächlich bist du es.«

»Du kannst Gedanken lesen?«

Niels nahm eine Sonnenbrille aus dem Sakko, setzte sie auf und antwortete: »Vielleicht. Wir haben Neuigkeiten, was den Sand betrifft. Und wir wissen, wer das dritte Opfer ist.«

Madsen blickte Niels an.

Niels sog die frische Seeluft tief ein, atmete langsam wieder aus. »Der Sand stammt nach Angaben der Chemiker von der Holmsland Klit. Sie haben gesagt, man könne das sehr genau sagen wegen irgendwelcher Algen vom Ringköbing Fjord, die darin vorkommen.«

»Oh?« Madsen spürte, wie sich ihr die Nackenhaare aufstellten.

Die Holmsland Klit war eine lang gestreckte Halbinsel, die den Fjord vom Meer abgrenzte. Tjark hatte dort sein Ferienhaus gehabt. Inzwischen hatte er ein neues, das aber in der Nähe des vorherigen lag.

»Das Opfer«, erklärte Niels, »ist im gleichen Alter wie die beiden vorherigen. Mit dem Unterschied, dass sie nicht von hier stammt, sondern aus Søndervig, was ebenfalls am Holmsland Klit liegt. Ihr Name ist Silje Ibsen. Sie hat als Verkäuferin in einem Supermarkt in Hvide Sande gearbeitet.«

Madsen stockte. Sie dachte nach.

Sie wusste, dass Tjark stets in einem Supermarkt in Hvide Sande einkaufen ging und dort seine Ölfarben bestellte, was er natürlich auch online hätte tun können, aber so war er nun mal. Madsen wusste außerdem, dass er sich von einer der Verkäuferinnen einmal ein Handy und auch ihr Auto geliehen hatte.

Sie war sich ziemlich sicher, sich an den Namen der jungen Frau erinnern zu können. Silje Ibsen. Silje vom Supermarkt …

Und mit einem Mal änderte sich alles: der Sandmann-Fall, die möglichen Motive, die Frage nach dem Sand …

»Ich glaube«, sagte Madsen und schluckte trocken, »ich weiß, wer sie ist.«

# Epilog

Das Zentrum für forensische Psychiatrie in Århus war Teil des neuen Universitätsklinikums, das jüngst für rund eins Komma drei Milliarden Kronen umgebaut und saniert worden war, was einer Summe von hundertfünfundsiebzig Millionen Euro entsprach. Der Bau war modern, die Innenausstattung ebenfalls, alles neu.

In der geschlossenen Abteilung war ein Mann in Isolation untergebracht, der auf seine Verhandlung wartete und aufgrund seiner schweren Verletzungen am Bewegungsapparat zuvor einige Zeit in einem Gefängniskrankenhaus verbracht hatte. Gutachter hatten ihm vorläufig eine dissozial-narzisstische Persönlichkeitsstörung bescheinigt, weswegen er seine Untersuchungshaft nicht in einem regulären Gefängnis verbrachte.

Wie es aussah, würde das Gutachten auch vor Gericht belegen, dass der Mann seine Störung aufgrund einer schweren Kopfverletzung vor einigen Jahren beim Einsatz in Afghanistan als *Embedded Reporter* davongetragen hatte, was ihn nur bedingt zurechnungsfähig für seine Taten machte.

Natürlich hatte Bengt Nordström gemordet und zum Schluss eine Polizistin entführt. Er hatte seinen Opfern Sprüche aus der Edda in die Haut geritzt – allerdings nicht, um sich auf sadistische Art und Weise daran zu ergötzen. Vielmehr waren es Botschaften gewesen, aus seiner Sicht sogar so etwas wie redaktionelle Kommentare in Bezug auf das soziale und politische Geschehen in Dänemark, das er verändern wollte.

Ziemlich verrückt und grausam, daran hatte niemand Zweifel, und deswegen würde Bengt Nordström wahrscheinlich bis zum Ende seiner Tage in der Psychiatrie und zum großen Teil in Sicherungsverwahrung verbringen, weil absolut nicht auszuschließen war, dass er dort weitermachte, wo er aufgehört hatte. Er würde nicht müde werden, sondern vielmehr im Lauf der Zeit auf neue Ideen kommen.

Der physische Schaden, der Nordströms psychische Krankheit verursacht hatte, war nicht therapierbar. Ein Granatsplitter hatte wesentliche Leitungen gekappt, und zwar solche, die zum Beispiel mit Empathie zu tun hatten oder mit rationalem Handeln, wenngleich Nordström sein eigenes Handeln für durchaus rational und zweckorientiert hielt.

Die Kritik, die er immer wieder in Kommentaren in den *Århus News* geäußert hatte, war die eine Sache. Die andere Sache waren die brutalen Mittel, zu denen Nordström am Ende gegriffen hatte, um seine Ziele durchzusetzen. Er war gefährlich, denn Nordström war – trotz seiner schrecklichen Taten und ergänzend zu seiner Schädigung – charismatisch, einnehmend und manipulativ. Außerdem hatte er eine Schwelle überschritten, für die es für jemanden wie ihn kein Zurück mehr gab.

Die Umwelt hatte die besorgniserregende Entwicklung im Laufe der Jahre nur schubweise mitbekommen. Seine Frau hatte sich getrennt, weil sich Bengt Nordströms Wesen nach der Verletzung über Jahre hinweg verändert hatte und sein Zorn beständig gewachsen war. Dennoch war es ihm gelungen, seine zerstörerischen Gedanken stets für sich zu behalten. Das Monster in ihm war in der Stille gewachsen, bevor es sich Bahn brach.

Nordström, der mit Beinschienen im Rollstuhl saß und die Buckel auf der Raufasertapete zählte, kannte den Inhalt des vorläufigen Gutachtens natürlich nicht. Aber er war kein

Dummkopf und im Besitz all seiner geistigen Kräfte. Er hielt sich außerdem für vollkommen normal, wenngleich ihm durchaus klar war, dass seine Taten nicht mit dem geltenden Recht, nicht mit der allgemeingültigen Moral und Ethik vereinbar waren. Trotzdem hielt er sie für gerechtfertigt, denn in einem Krieg gab es Opfer, und Bengt Nordström war im Krieg. Er hatte den EU-Austritt seines Landes erzwingen wollen und viele andere politische und soziale Veränderungen in Gang setzen. Er hatte auf spektakuläre Art und Weise Prominente getötet, um die größtmögliche Aufmerksamkeit für seine Ziele zu erlangen.
Doch am Ende hatte das System gewonnen und Bengt Nordström geschlagen – zumindest vorübergehend. Es war in Form des Polizisten Tjark Wolf über ihn hereingebrochen, der Nordström die Knie zerschossen hatte, weswegen er wohl den Rest seines Lebens im Rollstuhl verbringen würde.
Nordström war verständlicherweise nicht sehr glücklich über seinen Zustand und auch nicht darüber, dass er als Mensch, der seiner Meinung nach nicht verrückt war, in der geschlossenen Klapse unter Verrückten aufbewahrt wurde. Er war fuchsteufelswild deswegen und wurde außerdem gezwungen, zusätzlich zu den starken Schmerzmitteln Psychopharmaka zu nehmen, die ihn ruhigstellten und sein Gehirn umnebelten.
Allerdings legten die Medikamente sein Gehirn nicht komplett lahm, o nein, auch wenn man das beim Staatsfeind Nummer eins, der zugleich der Volksfreund Nummer eins war, sicher gerne gehabt hätte. Er erhielt nur leichte Dosen, und sein Anwaltsteam achtete darauf, dass das so blieb.
Es handelte sich um eine angesehene Kanzlei für Strafrecht. Nordström hatte sich mit der Auswahl Zeit gelassen, denn di-

verse Rechtsanwälte hatten sich regelrecht darum gerissen, den prestigeträchtigen Fall Nordström in die Finger zu bekommen. Nordström hatte sie alle antanzen und sich umwerben lassen, bevor er dann den Zuschlag gab.

Jetzt atmete Nordström tief durch. Gerade war er bei der Zahl 567 angekommen, war aber kurzfristig mit den Gedanken abgeglitten und wusste, dass er jetzt noch mal von vorne anfangen müsste. Dazu hatte er keine Lust. Er drehte sich und blickte stattdessen zum Fenster aus Panzerglas hinaus.

Er war abgelenkt gewesen, weil er wieder einmal an die Außenwelt gedacht hatte und daran, was er in dem auf stumm geschalteten TV-Gerät gesehen hatte. Man erlaubte ihm die Nutzung jeden Tag für eine bestimmte Zeit. Dann kam ein Pfleger herein, stellte den Flachbildschirm an und später wieder aus. In Gesellschaft durfte Nordström nicht mehr fernsehen, nachdem er bei den ersten beiden Malen einen schizophrenen Mörder, der seine Großmutter getötet und zum Teil verspeist hatte, zum Durchdrehen und dazu gebracht hatte, sich in Rage ein Stück Fleisch aus der eigenen Hand zu beißen.

Dabei hatte Nordström ihn nur ein wenig geärgert, um sich geistig fit zu halten. Hatte den Kerl damit gepiesackt, dass er seine Oma nicht nur aus Liebe gegessen habe, sondern vielmehr einfach nur geil auf Menschenfleisch gewesen sei, von dem ja genug an seinen eigenen Knochen hafte. Warum nicht das mal probieren?

In den Innenhof ließ man ihn ebenfalls nur noch allein und nicht mehr mit anderen Insassen. Bloß weil er einem durchgeknallten Mithäftling unter dem blauen Himmel erklärt hatte, dass die Handystrahlung ja ziemlich harmlos sei gegenüber dem, was sie heute mit Satelliten machen könnten, deren Strahlung sie direkt auf die Gehirne ausrichteten, worauf der Mann einen Anfall bekommen hatte. Fand Nordström ebenso amüsant wie die Sache mit dem Autokannibalismus. Es waren kleine Streiche, aber dennoch führten sie zu seiner Isolation und dazu, dass die Anwälte Stress machten und meinten, er müsse vor der Verhandlung un-be-dingt den Ball flach halten.

Die Anwälte, ein Team, waren Nordströms einziger Kontakt nach draußen. Und der Fernseher natürlich. In den Nachrichten hatte er die Neuigkeiten über die Morde des Täters gelesen, den man »Sandmann« nannte. Was für eine schöne Bezeichnung und nicht so profan und offensichtlich wie die, die man für ihn gewählt hatte: »Runenkiller«.

Nordström lächelte, als er daran dachte und gleichzeitig aus dem Fenster blickte. Schon damals, als er ins Krankenhaus gekommen war, hatte man ihm ein Handy gegeben, um einen Anwalt zu kontaktieren. Das war ein Fehler gewesen. Man hätte ihm ein Festnetzgerät geben sollen. Er hatte es genutzt, um einen Browser aufzurufen, sich in Social-Media-Accounts einzuloggen und seine Mails zu lesen. Die meisten Kommentatoren und E-Mail-Schreiber hatten ihn verflucht. Einige aber nicht. Manche hatten gesagt, dass er zwar ein Killer sei, aber mit einigen seiner Aussagen ja durchaus recht habe. Das war runtergegangen wie Öl. Er hatte damit gerechnet, dass es auch regelrechte Fans geben würde. Jeder außergewöhnliche Mensch weckte das Interesse von anderen, die lernen oder sich im Glanz seiner Bekanntschaft sonnen wollten.

Oder mehr.

Einer davon war der Sandmann.

Zu Nordströms Anwaltsteam gehörte eine Mitarbeiterin, die zwei-, dreimal allein gekommen war, um ihn über Sachverhalte

aufzuklären und weil sie Unterschriften für Vollmachten benötigte – Nordström war zwar ein Mörder und Häftling mit attestierter Persönlichkeitsstörung, aber entmündigt war er nicht und galt außerdem nicht als gemeingefährlich in dem Sinne, dass man sich nicht mit ihm allein in ein Zimmer trauen durfte – wenngleich die jüngsten Erfahrungen zeigten, dass man das besser trotzdem nicht tun sollte.
Nordström hatte die Assistentin namens Alva Larsen in zähe Gespräche verwickelt und ihr zig Fragen gestellt, worauf sie einige Male per Telefon oder Textnachricht nachfragen musste, wobei er sich gemerkt hatte, wie sie ihr Gerät mit einem Nummerncode entsperrte. Er nutzte das, als sie sich einmal zur Toilette verabschieden musste und ihre Unterlagen im Besuchsraum ließ. Schnappte sich das Telefon und hatte den Code im dritten Versuch, loggte sich über den Webbrowser in seinen Mailaccount ein und ebenfalls in seine Social Media.
Es war umwerfend.
Und so hatte er den Sandmann kennengelernt, der nicht der einzige Epigone war, der Kontakt aufnehmen wollte. Da waren mehrere, aber der Sandmann, der seinen Text in Englisch verfasst hatte, hatte unmittelbar Nordströms Interesse geweckt.
Er hatte von Sand-in-die-Augen-Streuen geschrieben und von Dingen, die wie Sand zwischen den Fingern zerrinnen, vom Kopf-in-den-Sand-Stecken und davon, dass etwas in ihm schlummere, das hinauswolle, dass er etwas tun möge, was man nicht tun dürfe, und er Nordström für dessen Stärke bewundere, weil er sich über diese Grenzen hinweggesetzt habe.
Nordström hatte ihm eine Antwort geschickt, bevor Alva Larsen zurückgekommen war, und geschrieben, dass persönliche Entwicklung unaufhaltsam sei und ein erster Schritt besser früher als später getan werde.

Bei Alva Larsens nächstem Besuch hatte Nordström das Spiel wiederholt. Dieses Mal hatte sie einen Laptop bei sich gehabt, den sie für ein paar Minuten entsperrt auf dem Tisch ließ. Der Sandmann hatte geantwortet, sich überschwänglich bedankt und von seinen Visionen und Ideen und seinem Drang berichtet. Nordström hatte erwidert, dass er mit großem Interesse die Metamorphose verfolgen werde und hoffe, er werde die Zeichen erkennen. Beziehungsweise möge doch bitte der Sandmann dafür Sorge tragen, dass Nordström die Signatur begreife.

Und das hatte er. Er hatte Nordström die ersten beiden Opfer regelrecht vor die Füße geworfen. Und noch jemand anderen: Anne Madsen.

Bei einem dritten Kontakt hatte Nordström dem Sandmann gratuliert und eine Bemerkung über Anne Madsen gemacht, die Nordström gejagt hatte. Er hatte außerdem bedauert, dass er nicht teilhaben konnte, sondern in der Klapse schmorte und im Rollstuhl saß, woran der deutsche Polizist Tjark Wolf schuld sei. Wie gerne er doch beide zur Rechenschaft ziehen wolle.

Tja, dachte Nordström und sah den Wolken dabei zu, wie sie über den Himmel zogen. Und das war hoffentlich beim Sandmann angekommen.

Mal sehen, was man über das neueste Opfer des Sandmanns erfahren würde und ob darin eine weitere Botschaft an Nordström versteckt war. Er ging davon aus. Und es wäre spannend, dachte er, zu verfolgen, wie der Sandmann weiter agierte. Wenn es Nordström möglich wäre, würde er aus dem Off steuernd eingreifen und den Sandmann als verlängerten Arm nutzen.

Doch Alva war zuletzt nicht mehr allein gekommen. Nordström würde sich für die Kommunikation etwas Neues einfallen lassen müssen.

Einen heißen Draht zum Sandmann, überlegte er. Und nicht nur zu dem allein, nein, denn da gab es noch andere interessante Persönlichkeiten, die ihm geschrieben hatten. Wirklich aufregende Menschen mit spannenden Ansichten und Hobbys.
Nordström lächelte zufrieden. Tjark Wolf, dachte Nordström, ich komme.
Und du wirst mich nicht einmal sehen.